버지니아 울프 단편선

Virginia Woolf

세계문학전집 470

버지니아 울프 단편선

Virginia Woolf

버지니아 울프
이미애 옮김

민음사

일러두기

1 이 책은 Virginia Woolf, *The Complete Shorter Fiction of Virginia Woolf* (Mariner Books, 1989)를 저본으로 번역하였다.
2 본문에서 고딕체는 원서의 이탤릭체를 표기한 것이다.
3 본문의 각주는 모두 옮긴이 주이다.

차례

벽 위의 자국　7

큐 식물원　19

단단한 물체　30

쓰지 않은 소설　40

유령의 집　60

어떤 모임　64

월요일 또는 화요일　88

현악 사중주　90

푸른색과 초록색　98

밖에서 본 여자 대학교　100

과수원에서　106

본드가의 댈러웨이 부인　111

새 드레스　127

함께 그리고 외따로　141

동류 인간을 사랑한 남자　152

요약　162

존재의 순간: 슬레이터네 핀은 뾰족하지 않아　168

거울 속의 여인: 하나의 상(像)   180

공작 부인과 보석상   189

사냥꾼들   201

래핀과 래피노바   215

탐조등   229

유산   237

작품 해설   251
작가 연보   263

벽 위의 자국

내가 고개를 들어 벽 위의 자국을 처음 본 것은 아마 올 1월 중순경이었을 게다. 어떤 날짜를 확실히 하려면 그때 무엇을 보았는지 떠올릴 필요가 있다. 그래서 이제 돌이켜 보니 난롯불, 책의 낱장 위에 얇은 막처럼 고르게 덮인 노란빛, 벽난로 선반 위에 놓인 둥근 유리 수반의 국화 세 송이가 떠오른다. 그래, 겨울철이었음이 분명하다. 막 다과를 끝낸 때였을 게다. 고개를 들어 벽 위의 자국을 처음 보았을 때 담배를 피우던 기억이 나니까. 나는 담배 연기 사이로 바라보다가 벽난로에서 불타는 석탄 덩어리를 잠시 응시했다. 그러자 성의 탑 위에서 진홍색 깃발이 펄럭이던 옛 환상이 떠올랐고, 검은 바위 비탈을 오르는 붉은 기마대가 생각났다. 그러다 벽 위의 자국이 눈에 띄면서 그 환상이 사라지는 바람에 약간 안도감을 느꼈다. 아주 오래전, 어린 시절에 생겨난 그 환상은 그 후에 습관적으로 떠오르곤 했다. 벽난로 선반 위로 15센티미터나 18센티미터쯤 떨어진 흰 벽에 까맣게 나 있는 그 자국은 작고 둥글었다.

어떤 새로운 사물을 보면 생각은 재빨리 떼 지어 몰려가서, 지푸라기 한 가닥을 열심히 옮기는 개미들처럼, 그것을 약간 들어 옮기고는 다시 내버려둔다……. 그 자국이 못을 박아서 생긴 것이라면 큰 초상화가 아니라 작은 세밀화를 걸기 위한 것이었음이 분명하다. 흰 곱슬머리에 파우더를 뿌리고 뺨에 분을 바른, 입술이 붉은 카네이션 같은 여자의 세밀화를. 물론 모사품이다. 우리보다 앞서 이 집에 살았던 사람들은 그런 식으로, 낡은 방에 낡은 그림을 골라 걸었을 테니까. 그들은 실로 그런 부류였고, 아주 흥미로운 사람들이었다. 그들을 다시 보지 못할 테고, 그 후 그들에게 어떤 일이 있었는지 절대 알 수 없겠기에 나는 그들을 아주 빈번히, 아주 기묘한 곳에서 떠올리곤 한다. 그들은 가구 스타일을 바꾸고 싶어서 이사를 한다고 그 남자가 말했다. 자기 생각으로는 예술 이면에 사상이 있어야 한다고, 그가 말하는 도중에 우리는 그에게서 떨어져 나왔다. 기차를 타고 빠르게 지나갈 때, 교외 빌라의 뒤뜰에서 차를 막 따르려는 노부인과 테니스공을 막 치려는 젊은이에게서 떨어져 나오듯이.

그런데 벽 위의 저 자국이 무엇인지는 잘 모르겠다. 어떻든 못을 박아 만든 자국이라고는 생각할 수 없다. 그러기에는 너무 크고 너무 둥글다. 내가 일어설 수도 있겠지만, 일어나서 본다 해도 그것이 어떻게 생겨난 것인지는 분명히 알지 못할 게 거의 확실하다. 일단 어떤 일이 일어나고 나면 그것이 어떻게 발생했는지 아무도 알지 못하니 말이다. 아! 맙소사, 삶의 불가사의란! 생각은 얼마나 부정확하고, 인간은 또 얼마나 무지한가! 우리는 우리가 소유한 물건조차 통제하지 못한다는 사실을, 이 인생이란 우리의 문명사회에도 불구하고 얼마나 우발적인 것인지를 예시하기 위해, 살아오는 동안 잃어버린 것을 몇 가지만 헤아려 보기로 하자. 우선 어떻게 잃어버렸는지 도무지 이해할 수 없는, 제본 도구가 든 연푸른색 상자 세 개를 들 수 있다. 대체 어떤 고양이가 그것을 쏠아 대고, 어떤 쥐가 갉아 먹었을까? 그다음으로는 새장과 띠쇠, 강철 스케이트, 앤 여왕 시대 양식의 석탄 통, 핀볼 게임판, 손풍금을 들 수 있다. 이 모두가 사라졌고, 보석도 마찬가지이다. 오팔과 에메랄드, 그것들은 순무 뿌리 주위에 흩어져 있다. 참으로 인생은 얼마나 많은 것을 긁어내고 잘라 버리는가! 내가 아직 등에 옷을 걸치고 이 순간 단단한 가구에 둘러싸여 앉아 있다는 사실이 놀라울 뿐이다. 자, 인생을 무언가에 비유하고 싶다면 지하철에서 시속 50마일로 휘날려 가는 것에 비유할 수 있다. 저쪽 끝에 내리면 머리카락에 머리핀이 하나도 남아 있지 않다! 총알처럼 쏘아져 완전히 벌거벗겨진 채 신의 발밑에 떨어진다! 우체국에서 황급히 내동댕이친 갈색 종이 꾸러미처럼 곤두박질쳐서 아스포델꽃이 피어 있는 낙원에 떨어진다! 경주마의 꼬리처럼 머리칼을 뒤로 휘날리며. 그래, 그것이 쏜살같이 지나가는 인생을, 끊임없이 벌어지는 폐허와 복원을 예

벽 위의 자국

시하는 듯하다. 너무나 되는대로, 너무나 마구잡이식으로 일어나는……

그러나 삶이 끝난 후에는. 두터운 녹색 줄기들이 서서히 파괴되어 늘어지면 꽃받침이 뒤집어지면서 자줏빛과 붉은빛이 물밀듯이 밀려든다. 어쨌든 여기에 태어나듯이 저기에 태어나면 안 될 이유라도 있을까? 무력하고, 말도 못 하고, 눈의 초점도 맞추지 못하고, 풀뿌리를 더듬거나 거인들의 발톱을 더듬으며. 어느 것이 나무이고, 어느 것이 남자이고 여자인지, 혹은 그런 것들이 과연 존재하는지 어떤지에 대해서도 약 오십 년간은 말할 수 없는 상태일지 모른다. 오직 빛과 어둠의 공간만 있을 테고, 그 공간을 두꺼운 줄기들이 가로지를 것이며, 좀 높은 곳에서는 아마 모호한 색깔 — 흐릿한 분홍색과 푸른색 — 의 장미 모양 얼룩들이 보일 텐데, 시간이 지나면서 점점 더 선명해지고, 명확해지다가 무엇이 될지는 모르겠다…….

하지만 벽 위의 저 자국은 구멍이 아니다. 그것은 지난여름에 내버려둔 작은 장미 이파리처럼 어떤 둥글고 검은 물체 때문에 생겼을지 모른다. 나는 집 안을 부지런히 청소하는 편이 아니기에 벽난로 위의 먼지를, 가령 트로이를 세 번이나 뒤덮었다는 먼지를, 소멸을 전적으로 거부하는 도자기의 파편에 불과하다고 누군가는 믿는 것을 그저 바라만 본다.

창밖의 나무가 창유리를 살그머니 두드린다……. 나는 조용하고 평온하게, 그리고 폭넓게 생각하고 싶다. 절대 방해받지 않고, 절대 의자에서 일어날 필요도 없고, 어떠한 반감이나 방해물도 느끼지 않고, 한 가지 사물에서 다른 것으로 쉽게 미끄러져 들어가고 싶다. 나는 표면의 단단하고 개별적인 사실들에서 멀어져 깊이, 더 깊이 가라앉고 싶다. 마음의 중심을 잡기 위해 스쳐 지나가는 첫 번째 생각을 움켜잡아 보자······. 셰익스피어······. 자, 다른 사람과 마찬가지로 셰익스피어도 괜찮겠다. 안락의자에 깊숙이 앉아서 난롯불을 들여다본 사람. 그래서 아주 높은 어느 하늘에서 기발한 생각들이 소낙비처럼 끊임없이 그의 마음에 쏟아져 내렸다. 그는 손으로 이마를 받치고 있고, 사람들은 열린 문으로 ─ 어느 여름날 저녁에 이런 광경이 있었다고 하므로 ─ 들여다본다. 그러나 이것, 이 역사적 픽션은 얼마나 따분한가! 내게 조금도 흥미를 일으키지 못한다. 유쾌한 생각, 에둘러서 내 낯을 세워 주는 생각을 떠올릴 수 있으면 좋겠다. 왜냐하면 그런 생각이 가장 기분 좋고, 자신에 대한 찬사를 듣기 싫어한다고 진심으로 믿는 겸손하고 우중충한 잿빛 사람들의 마음에도 빈번히 떠오르기 때문이다. 그것이 스스로를 직접 칭찬하는 생각은 아니다. 바로 그것이 아름다운 점인데, 가령 이와 같은 생각이다.

'그러고 나서 나는 방에 들어갔어. 사람들이 식물학에 대해 얘기하고 있었지. 내가 킹스웨이가에 있는 낡은 집터의 쓰레기 더미에서 자라는 꽃을 보았다고 말했어. 그 씨앗은 틀림없이 찰스 1세 시절에 뿌려졌을 거라고. 찰스 1세 시대에는 어떤 꽃들이 자랐죠? 내가 물었어.(그러나 그에 대한 대답은 기억나지 않아.) 자줏빛 꽃술이 달리고 키가 큰 꽃들일 거예요.' 이런 식으로 이어진다. 그러는 내내 나는 마음속에서 은밀히 내 모습을 사랑스럽게 꾸민다. 드러내 놓고 내 모습을 숭배하지는 않지만. 혹시라도 그렇게 한다면, 그러는 자신을 간파하고 당장 손을 뻗어 책을 집어 들고 스스로를 보호할 것이다. 실로 신기하게도 사람은 자신의 이미지를 우상처럼 숭배하거나 또는 우스꽝스럽게 만들거나 더는 믿을 수 없을 만큼 실물과 너무 다르게 조작하는 것을 본능적으로 차단한다. 아니, 그건 결국 그리 신기하지 않은 일인가? 그것은 대단히 중요한 문제이다. 만일 그 거울이 박살 나 버리면, 그 이미지는 사라지고, 깊은 숲속의 초록빛에 감싸인 그 낭만적 인물은 더 이상 존재하지 않고, 다른 사람들의 눈에 보이는 껍데기 인간만 남는다. 그러면 얼마나 답답하고 얄팍하고 뻔하고, 훤히 보이는 세계가 될까! 사람이 살 수 없는 세계이다. 우리는 버스와 지하철에서 서로를 대면할 때 거울 속을 들여다본다. 그래서 우리의 눈에는 흐리멍덩하고 유리처럼 뿌연 빛이 감돈다. 미래의 소설가들은 거울에 비친 상을 더욱 중요하게 인식할 것이다. 물론 그 상은 하나만이 아니라 거의 무한히 존재하기 때문이다. 바로 그것이 그들이 탐구할 오지이고, 그들이 뒤쫓을 환영이다. 그들은 현실 묘사를 그들의 작품에서 점점 더 빼 버릴 테고, 현실을 아는 걸 당연한 일로 여길 것이다. 그리스인들이 그랬고 어쩌면 셰익스피어가 그랬듯이. 하지만 이런 일반화는 매우 무가치한 일이다. 일반화라는 단어가 풍기는 군사적 어감만으로도 충분하다. 그 단어는 주요 신문 기사라든지 각료들을 연상시키고, 실로 우리가 어렸을 때 사물 그 자체라고, 표준적이고 진짜라고 생각했던 모든 것들을 연상시킨다. 거기서 벗어나려면 이루 말할 수 없이 무서운 저주를 받지 않을 수 없었다. 일반화라는 말은 왠지 몰라도 런던의 일요일, 일요일 오후의 산책, 일요일의 오찬을 연상시키고, 또한 죽은 자들에 대해 말하는 방식이나 의복, 또 누구도 좋아하지 않지만 모두 한 방에 모여 어느 시간까지 앉아 있어야 하는 규범 같은 관습을 떠올린다. 모든 것에 표준이 있었다. 그 특정한 시기에 식탁보의 표준은 왕궁의 복도에 깔린 카펫의 사진에서 볼 수 있듯이 작고 노란 부분들이 두드러진 태피스트리로 만들어야 한다는 것이었다. 다른 종류의 식탁보는 진짜 식탁보가 아니었다. 이런 진짜들, 일요일의 오찬과 일요일의 산책, 시골 대저택, 식탁보들이 전부 진짜가 아니라 실은 절반쯤 환영이었고, 그것을 믿지 않는 사람들에게 내려지는 저주라는 것이 실은 규칙을 벗어난 자유로움일 뿐임을 알게 된 것은 얼마나 큰 충격이었던가. 하지만 또 얼마나 경이로웠던가. 그런 것들, 그 진짜 표준적인 것들을 이제 무엇이 대체할 수 있을지 궁금하다. 남자들은 어쩌면 여자가 되어야 할 게다. 남성적 관점, 즉 우리의 생활을 통제하고, 표준을 정하고, 휘터커의 공직 서열표를 결정한 남성적 관점은 전쟁 이후 많은 남자와 여자들에게 절반은 환영이 되었을 테고, 바라건대 마호가니 찬장과 랜드시어의 그림들, 신과 악마, 지옥과 기타 등의 환영들이 들어갈 쓰레기통으로 머지않아 조롱을 받으며 들어갈 것이며, 우리를 규칙에서 벗어난 자유로움에 취하게 만들 것이다. 자유가 정말 존재한다면······.

어떤 빛을 받으면 벽 위의 저 자국은 사실 벽에서 튀어나온

벽 위의 자국

듯이 보인다. 완벽하게 둥글지도 않다. 확실하지 않지만 그것의 그림자가 보이기도 한다. 손가락으로 벽의 그 부분을 쓸어 보면 어느 점에서 작은 봉분을 오르다가 내려갈 것 같다. 무덤이나 막사라고들 하는 사우스 다운스의 고분들처럼 매끄러운 봉분 말이다. 그 둘 중에서 나는 무덤이기를 바란다. 대부분의 영국인들처럼 나는 우울한 기분을 선호하고, 산책을 마칠 때 풀밭 밑에 흩어져 있을 유골을 생각하는 것이 자연스럽다고 여기므로······. 그것에 관한 책이 있을 것이다. 어떤 고고학자가 틀림없이 그 뼈를 파내어 이름을 붙였을 것이다······. 고고학자란 어떤 사람일지 궁금하다. 아마도 대부분은 퇴역한 대령으로 늙은 노동자들을 이끌고 여기 꼭대기로 올라와서 흙덩어리와 돌멩이를 조사하고 이웃 목사와 서신을 나눌 것이다. 아침 식사 시간에 개봉된 그 편지는 그들에게 자부심을 줄 테고, 화살촉들을 비교하기 위해 나라를 가로질러 어떤 주의 주도에도 가 봐야 할 것이다. 이런 일은 그들뿐 아니라 그들의 늙은 아내들에게도 즐거운 일이다. 그 아내들은 자두 잼을 만들거나 서재를 청소하는 등 그 봉분이 막사인지 무덤인지를 결정하는 중요한 문제가 계속 유보되기를 바랄 이유가 많기 때문이다. 한편 대령 자신은 그 양쪽에 대한 증거를 축적하면서 철학자인 양 유쾌한 기분을 느낀다. 사실 그는 결국에 막사일 거라고 믿게 되는데, 그 주장에 대한 반박을 받고는 소논문의 초안을 작성한다. 그 논문을 지역 학회의 계간 모임에서 발표할 예정이었는데 그때 뇌졸중을 일으켜 자리에 눕고 만다. 그가 온전한 정신일 때 마지막으로 생각한 것은 아내와 자식이 아니라 막사와 그곳의 화살촉이었다. 그 화살촉은 지금 지방 박물관의 상자에 들어 있고, 어떤 중국인 살인자의 발과 엘리자베스 시대의 못 한 줌, 튜더 시대의 사기 파이프, 로마 시대의 도자기 한 점, 그리고 넬슨이 사용한 포도주 잔과 함께 있다. 이는 실은 내가 뭐가 뭔지 모른다는 것을 입증한다.

아니, 아니, 입증된 것도 없고 알게 된 것도 없다. 만일 내가 바로 이 순간에 일어서서 벽 위의 자국이 실은 ― 뭐라고 말할까? ― 엄청나게 큰 낡은 못대가리라는 것을 확인한다면, 200년 전에 박힌 못이 여러 세대에 걸쳐 끈기 있게 문질러 닦은 하녀들의 노고 덕분에 이제 페인트칠 위로 대가리를 드러내고 흰 벽에 난롯불빛이 비치는 방을 보면서 처음으로 현대의 삶을 감상하고 있는 거라면 나는 무엇을 얻게 될까? 지식을? 더 숙고할 문제를? 나는 일어서서 생각할 수도 있고 가만히 앉아서도 생각할 수 있다. 그런데 지식이란 무엇일까? 우리 시대의 지식인이란 동굴과 숲속에 웅크리고 앉아서 약초를 달이고, 들쥐를 심문하고, 별들의 언어를 써 내린 마녀들과 은둔자들의 후예가 아니었을까? 우리의 미신이 줄어들고 아름답고 건강한 마음에 대한 존중심이 커질수록 지식인에 대한 존중심은 작아진다……. 그래, 우리는 매우 쾌적한 세상을 상상할 수 있다. 훤히 트인 들판에 새빨갛고 새파란 꽃들이 피어 있는 조용하고 드넓은 세상. 경찰관처럼 위압적인 교수나 전문가 혹은 가정주부가 없는 세상, 물고기가 수련 줄기를 스치고 하얀 바닷새 알 둥지 위에 떠서 비늘로 물을 가르듯 생각으로 가를 수 있는 세상······. 그 밑에서 세상의 중심에 뿌리박은 채 갑자기 빛줄기가 어슴푸레 스며들고 그 빛을 반사하는 회색 물을 올려다보면 얼마나 평화로울까. 휘터커의 연감이 없다면, 공직 서열표가 없다면!

벌떡 일어나서 저 벽 위의 자국이 실로 무엇인지, 못인지, 장미 이파리인지, 목재 판자의 갈라진 틈인지 직접 보아야 한다.

여기서 자연은 또다시 자기 보존의 낡은 수법을 구사한다. 이렇게 이어지는 생각은 순전히 힘을 낭비할 뿐이고 현실과 충돌할 조짐까지 보인다고 자연은 판단한다. 휘터커의 공직 서열표에 반대하려고 손가락 하나라도 까딱할 사람이 어디 있겠는가? 캔터베리 대주교 다음에 대법관이 나온다. 대법관 다음에 요크 대주교가 나온다. 모두 누군가에 뒤이어 나온다. 그것이 휘터커의 지론이다. 누가 누구 뒤에 오는지를 아는 것이 중요하다. 휘터커는 알고 있으니, 그것에 격노할 것이 아니라 위안으로 삼으라고 자연은 충고한다. 위안을 얻을 수 없으면, 이 평화로운 시간을 산산이 부숴야겠다면 벽 위의 자국을 생각하라.

나는 자연의 수법을 알고 있다. 어떤 생각이 흥분이나 고통을 일으킬 조짐을 보이면 그것을 끝낼 방법으로 행동을 취하라고 자극하는 것 말이다. 이런 까닭에 우리는 행동가를 약간 경멸한다. 그들이 생각을 하지 않는다고 가정한다. 그래도 벽 위의 자국을 살펴봄으로써 불쾌한 생각을 완전히 끝낼 수 있다면 해로울 건 없다.

실로 그것을 뚫어지게 응시하고 있으려니 바닷속에서 지지

물을 움켜잡은 느낌이다. 내가 느끼는 만족스러운 실체감 덕분에 대주교 두 명과 대법관이 당장 더없이 허망한 그림자로 바뀌고 만다. 여기 명확한 무언가가 있다. 실재하는 무언가가. 그러므로 한밤중의 악몽에서 깨어난 사람은 급히 불을 켜고 잠자코 누워서 서랍장을 숭배하고, 견고함을 숭배하고, 우리가 아닌 다른 존재를 입증하는 비인격적인 세계를 숭배한다. 그 세계를 우리는 확신하고 싶어 한다…… 목재에 대해 생각하면 기분이 좋다. 그것은 나무에서 왔고, 나무는 자란다. 우리는 나무가 어떻게 자라는지 알지 못한다. 여러 해 동안 나무는 우리에게 아무 관심을 두지 않고 자란다. 목초지에서, 숲에서, 그리고 강가에서. 나는 이런 것들에 대해 생각하기를 좋아한다. 암소들은 뜨거운 오후에 나무들 밑에서 꼬리를 획획 흔들어 댄다. 강은 초록 일색이라 뜸부기가 물속에 뛰어들었다가 다시 올라올 때 온통 초록색으로 물든 꼬리를 보게 되리라고 기대한다. 나는 바람에 나부끼는 깃발처럼 물결에 맞서 균형을 잡고 있는 물고기와 강바닥에서 천천히 둥글게 진흙 더미를 만드는 물방개에 대해 생각하기를 좋아한다. 나무 그 자체를 생각하는 것도 좋아한다. 우선 목재의 촘촘하고 메마른 느낌을, 그러고는 폭풍우의 맹렬한 회초리질을, 그다음에는 천천히 분출하는 달콤한 수액에 대해 생각하기를 좋아한다. 또한 한겨울 밤에 이파리들이 바싹 오그라들고, 탄환처럼 내리쏘는 달빛을 받는 연약한 이파리 하나 없이, 벌거벗은 떡갈나무 열매가 땅 위에서 밤새 구르고 또 구르는 텅 빈 들판에 서서 나무에 대해 생각하기를 좋아한다. 6월이면 새들의 노래가 꽤 요란하고 이상하게 들릴 것이다. 주름진 나무껍질을 힘겹게 기어오르거나, 얇은 차양처럼 뒤덮인 녹색 이파리들 위에서 햇볕을 쬐고 다이아몬드처럼 잘린 붉은 눈으로 앞을 직시하는 벌레들의 발은 얼마나 차갑게 느껴질까……. 땅의 엄청난 냉기에 눌려 섬유 조직이 하나씩 딱딱 끊어지고, 그런 다음에 마지막 폭풍우가 몰려와 덮치면서 가장 높이 뻗은 나뭇가지들을 다시 땅속 깊이 휘몰아 넣는다. 그렇더라도 삶은 끝나지 않는다. 온 세상에, 침실에, 배 위에, 보도에, 남자들과 여자들이 차를 마신 후 앉아서 담배를 피우는 거실에, 참을성을 갖고 계속 나무를 지켜보는 수백만의 생명이 있다. 그것은, 이 나무는, 평화로운 생각, 행복한 생각으로 가득하다. 나는 각각을 떼어 놓고 싶다. 그런데 무언가 방해하고 있다……. 내가 어디 있었지? 그게 다 뭐에 관한 거였지? 나무? 강? 구릉? 휘터커 연감? 아스포델꽃이 만발한 들판? 하나도 기억나지 않는다. 모든 것이 움직이고, 무너지고, 미끄러지고, 사라진다……. 엄청난 격변이 일어난다. 누군가 내 머리 위에서 말하고 있었다.

"신문을 사러 나갈 거요."

"그래요?"

"신문을 사 봐야 소용없지만…… 아무 일도 없어나지 않으니. 이 지긋지긋한 전쟁, 빌어먹을 전쟁! ……그런데 벽 위에 왜 달팽이가 있는지 모르겠네."

아, 벽 위의 자국! 그건 달팽이였다.

큐 식물원

타원형의 꽃밭에 100여 개의 줄기가 솟아올라 중간쯤에서부터 하트 모양이나 혀 모양의 이파리들을 위로 내뻗고 그 끝에서 표면에 얼룩진 반점들이 두드러진 빨강, 파랑, 노랑 꽃잎을 펼쳤다. 붉은색, 푸른색, 노란색 음영이 드리워진 목구멍에서 솟아난 곧은 막대는 금빛 가루가 덮여 거칠고 끝은 곤봉 모양으로 둥글었다. 커다란 꽃잎들이 여름날의 산들바람에 흔들렸고, 흔들릴 때마다 붉은빛과 푸른빛, 노란빛이 서로 교차하면서 그 아래 손톱만 한 갈색 흙을 더없이 복잡한 색채의 반점으로 물들였다. 그 빛은 매끄러운 잿빛 조약돌 위에, 혹은 갈색 원형 줄무늬가 있는 달팽이 껍데기에 내려앉았다. 아니면 빗방울 속으로 들어가 얇은 물방울 막을 선명한 붉은색과 푸른색, 노란색으로 팽창시켜서 터뜨릴 것 같았다. 그런데 그 물방울은 다시 은회색으로 바뀌었고, 이제 빛은 잎사귀에 내려앉아 표피 아래 실처럼 뻗은 잎맥을 드러냈으며, 더 나아가 봉긋하게 솟은 하트 모양과 혀 모양의 이파리들 밑의 드넓은 녹색 공간을 환히 비추었다. 그때 산들바람이 머리 너머에서 제법 상쾌하게 살랑거리더니 저 위의 공중에, 7월에 큐 식물원을 걷고 있는 남자들과 여자들의 눈에 다채로운 색깔을 반짝였다.

이 남자들과 여자들은 희한하게도 아무렇게나 움직이며 꽃밭을 흩어져 지나갔는데, 그 모습이 잔디밭을 지그재그로 가로질러 한 꽃밭에서 다른 꽃밭으로 날아다니는 희고 푸른 나비들과 다르지 않았다. 그 남자는 여자보다 15센티미터쯤 앞에서 무심히 걸음을 옮겼고, 반면 여자는 보다 확고한 목적이 있어 보이는 걸음걸이로 나아가며 아이들이 너무 뒤처지지 않는지 보려고 이따금 고개를 돌릴 뿐이었다. 무심결이었는지 몰라도 남자는 일부러 여자 앞에서 거리를 유지하고 있었다. 자기 생각을 이어 가고 싶었기 때문이다.

'십오 년 전에 릴리와 여기 왔었지.' 그는 생각했다. '저 너머 호숫가에 앉았고. 뜨거운 오후 내내 그녀에게 결혼해 달라고 애원했지. 잠자리가 우리 주위를 끝없이 맴돌았어. 그 잠자리와, 발가락 부분에 네모난 은빛 버클이 달린 그녀의 구두가 지금도 생생히 떠올라. 나는 말을 하면서 줄곧 그녀의 구두를 보았지. 짜증 난 듯이 구두가 움직였을 때 고개를 들어 보지 않아도 그녀가 무슨 말을 하려는지 알았어. 그녀의 온 존재가 그 구두 속에 있는 것 같았어. 그리고 내 사랑, 내 욕망은 그 잠자리 속에 있었지. 왠지 몰라도 그 잠자리가 저기, 저 이파리에, 한가운데 붉은 꽃이 핀 저 넓은 이파리에 내려앉으면, 저 이파리에 잠자리가 내려앉으면, 그녀가 곧 승낙할 것 같았지. 그런데 잠자리는 빙글빙글 돌기만 할 뿐 어디에도 내려앉지 않았어. 물론, 다행히도, 내려앉지 않았지. 그랬더라면 엘리너와 아이들을 데리고 이곳을 걷고 있지 않을 테니.'

"그런데 엘리너, 지난날들을 생각해 본 적 있어?"

"왜 그런 것을 묻는데, 사이먼?"

"방금 옛날 생각이 났거든. 릴리 생각이. 내가 결혼할 수도 있었던 여자……. 아니, 왜 말이 없어? 내가 과거를 떠올리는 게 마음에 걸려?"

"그럴 이유가 있겠어, 사이먼? 남녀가 나무 아래 누워 있는 이런 공원에 오면 누구나 과거를 떠올리지 않아? 저들, 저 남자들과 여자들, 나무 아래 누워 있는 저 유령들이 사람의 과거이자 과거에서 남은 모든 것이고…… 사람의 행복이자 실체 아냐."

"내게는 네모난 은색 구두 버클과 잠자리……."

"내게는 키스였어. 이십 년 전 저기 호숫가에 이젤을 앞에 놓고 앉아서 수련을 그리는 꼬마 여자애들 여섯 명을 상상해 봐. 내가 처음으로 본 붉은 수련이었지. 그런데 갑자기 내 목덜미에 입술이 닿았어. 오후 내내 손이 떨려서 그림을 그릴 수 없었지. 나는 시계를 꺼내서 시간을 보았고, 딱 오 분만 그 키스에 대해 생각하자고 마음을 먹었어. 너무 소중했거든. 콧등에 사마귀가 난 늙은 은발 여자의 키스, 그게 내가 평생 나눈 키스의 근원이었어. 자, 가자, 캐럴라인, 가자, 허버트."

그들은 이제 넷이 나란히 걸으면서 꽃밭을 지나쳤다. 오래지 않아 나무들 사이로 그들의 몸집이 작아졌고, 햇빛과 그림자가 등 위에서 흔들리는 큼직하고 불규칙한 조각들로 떠돌면서 그들은 반쯤 투명해 보였다.

그 타원형 꽃밭에서 달팽이가 이 분 남짓 붉은색과 푸른색, 노란색으로 물들었던 껍데기 속에서 이제 아주 조금 움직이는 것 같았고, 그러고는 푸석푸석한 흙더미를 올라가려고 애쓰기 시작했다. 달팽이가 흙더미에 오르자 흙이 부서져 내렸다. 달팽이는 명확한 목적지를 앞에 둔 것 같았는데, 특이하게 다리를 높이 쳐든 말라빠진 녹색 곤충과 이 점에서 달랐다. 그 벌레는 흙더미를 건너가려다 심사숙고하듯 더듬이를 떨면서 잠시 기다리더니 기이하게도 반대 방향으로 재빨리 가버렸다. 누런 절벽들과 그 사이 구덩이의 깊은 녹색 호수들, 뿌리에서 꼭대기까지 흔들리는 편평한 칼날 같은 나무들, 둥근 잿빛 바위들, 얇고 사각거리는 느낌의 울퉁불퉁하고 방대한 지표면. 이 온갖 것들이 달팽이가 목적지를 향해 한 줄기에서 다른 줄기로 나아가는 길에 가로놓여 있었다. 달팽이가 천막처럼 떨어져 있는 아치 모양의 낙엽을 돌아갈 것인지, 아니면 밀고 나아갈 것인지를 결정하기 전에 다른 인간들의 발길이 화단을 지나갔다.

이번에는 둘 다 남자였다. 그중 젊은이는 어딘지 어색하게 평온한 표정을 짓고 있었다. 옆 사람이 말하는 동안 그는 눈을 들어 한결같이 정면을 응시하다가 옆 사람이 말을 끝내면 즉시 다시 땅을 바라보았다. 어느 때는 긴 침묵이 흐른 후에야 입을 열었고 어느 때는 아예 열지 않았다. 연장자는 기묘하게 고르지 않은 걸음걸이로 휘청거리며 걸었는데 손을 휙 내밀거나 머리를 갑자기 쳐들었다. 마차 끄는 말이 집 밖에서 기다리다 지쳐 안달하는 모습 같았다. 그러나 그 사람의 이런 몸짓은 우유부단하고 종잡을 수 없었다. 그는 거의 쉬지 않고 말을 이어 갔고, 혼자 미소를 짓고는 자기 미소가 대답이기라도 한 양 다시 말을 이어 갔다. 그는 영혼에 대해 말하는 중이었다. 죽은 자들의 영혼이 지금도 그에게 천국에서의 경험에 대해 온갖 기묘한 얘기를 들려준다는 것이었다.

"천국은 고대인들에게 테살리아로 알려져 있었어, 윌리엄. 지금은 이 전쟁 때문에 혼령들이 산들 사이에서 천둥처럼 우르르 울리고 있지."

그는 말을 멈추고 귀를 기울이는 듯하더니 미소를 짓고 고개를 휙 저은 후에 말을 이었다.

"작은 전기 배터리와 고무 조각이 있으면 전선을 절연할 수 있네. 분리? 절연? 글쎄, 자세한 내용은 그냥 넘어가기로 하지. 이해할 수 없는 것을 자세히 말해 봐야 소용도 없으니. 간단히 말해서 그 작은 장치를 침대 머리 옆의 편리한 곳에, 가령 말끔한 마호가니 스탠드에 둔다네. 내가 지시하는 대로 일꾼이 모든 장치를 고정하면, 그 과부는 귀를 대고 미리 협의한 암호로 영혼을 불러내는 거야. 여자들! 과부들! 검은 상복을 입은 여자들……."

이때 그는 멀리 있는 어떤 여자의 드레스를 흘끗 본 것 같았다. 그늘진 곳에서 그 드레스는 거무스레한 보라색으로 보였다. 그는 모자를 벗고 가슴에 손을 얹더니 뭐라 중얼거리고 열광적으로 손을 흔들어 대며 그녀를 향해 나아갔다. 그러나 윌리엄은 그의 소매를 붙잡고는 노인의 관심을 돌리기 위해 지팡이를 들어 꽃 한 송이에 끝을 갖다 댔다. 좀 어리둥절한 채 잠시 꽃을 바라보던 노인은 꽃에 귀를 기울였고 거기서 흘러나오는 목소리에 대답하는 것 같았다. 수백 년 전에 유럽에서 가장 아름다운 젊은 여자와 함께 갔던 우루과이의 숲에 대해 말하기 시작했다. 윌리엄에게 이끌려 가면서 열대 장미의 밀랍 같은 꽃잎에 뒤덮인 우루과이의 숲과 나이팅게일, 바닷가, 인어, 바다에 빠져 죽은 여자들에 대해 중얼거리는 그의 목소리가 들려왔고, 의연하게 참아 내는 표정이 윌리엄의 얼굴에 서서히 더 깊이 스며들었다.

   노인의 뒤를 따라가면서 그의 몸짓에 약간 어리둥절했던 두 노부인은 중하층 출신으로, 한 명은 몸집이 육중하고 퉁퉁했고, 다른 한 명은 장밋빛 뺨에 동작이 날렵했다. 그 계층의 사람들이 대부분 그렇듯이 그들은 정신 장애를 드러내는 기이한 행동에, 특히 부자들의 그런 행동에 노골적인 흥미를 드러냈다. 그러나 꽤 떨어져 있어서 그 몸짓이 그저 기벽에 불과한 것인지 진짜 정신 이상을 드러내는 것인지는 확인할 수 없었다. 잠시 그들은 말없이 노인의 등을 뚫어지게 쳐다보고는 다 안다는 듯 묘한 눈빛을 주고받은 후 매우 복잡한 그들의 대화를 활발히 엮어 갔다.

   "넬, 버트, 롯, 세스, 필, 파, 그가 말했어, 내가 말했지, 그녀가 말했어, 내가 말했고, 내가 말했고, 내가 말했고……."

"내 버트, 시스, 빌, 할아버지, 그 노인, 설탕,
 설탕, 밀가루, 훈제 청어, 푸성귀,
 설탕, 설탕, 설탕."

반복해서 떨어지는 단어들 사이로 육중한 여자는 땅에 차분하고 확고하게 꼿꼿이 서 있는 꽃들을 바라보며 묘한 표정을 지었다. 깊은 잠에서 깨어난 사람이 낯설게 빛을 반사하는 놋쇠 촛대를 보고는 눈을 감았다가 다시 눈을 떠서 놋쇠 촛대를 다시 쳐다보고, 마침내 잠이 완전히 깨어서 온 힘을 다해 촛대를 응시하듯이 꽃들을 보았다. 이렇게 그 육중한 여자는 타원형의 꽃밭 맞은편에서 걸음을 멈추었고, 동행한 여자의 말을 듣는 척도 하지 않았다. 그녀는 거기 서서 그 단어들이 자기 몸 위에 떨어지도록 내버려두고 상체를 천천히 앞뒤로 흔들면서 꽃들을 바라보았다. 그러고는 앉을 곳을 찾아서 차를 마시자고 제안했다.

달팽이는 이제 낙엽을 돌아가거나 그 위로 넘어가지 않고 목적지에 도달할 방법을 모두 생각해 보았다. 이파리에 오르기 위해 필요한 노력은 말할 것도 없고, 촉수 끝에 닿기만 해도 놀랍게도 바스락거리며 떨리는 얇은 섬유 조직이 그의 무게를 견딜 수 있을지 의심스러웠다. 그래서 달팽이는 결국 낙엽 밑으로 기어 들어가기로 결정했다. 이파리의 구부러진 부분이 땅에서 높이 들려 있었다. 달팽이가 그 벌어진 틈에 머리를 막 들이밀고 높은 갈색 지붕을 찬찬히 살펴보며 시원한 갈색빛에 적응하고 있을 때, 두 사람이 바깥에서 잔디밭을 지나갔다. 이번에는 젊은 남자와 여자였다. 둘 다 한창때의 청춘, 아니 청춘의 절정에 이르기 직전이었다. 겹겹이 싸인 매끄러운 분홍 꽃송이가 끈끈한 덮개를 터뜨리기 직전, 완전히 자랐어도 나비의 날개가 아직 펼쳐지지 않은 채 햇볕을 쬐고 있을 그런 때였다.

"운 좋게도 금요일이 아니군." 남자가 말했다.

"왜? 행운을 믿어?"

"금요일에는 6펜스를 내거든."

"6펜스가 어때서? 그것이 6펜스의 가치도 없어?"

"그것이라니, '그것'이 뭘 말하는 거지?"

"아, 뭐든지. 내 말은, 무슨 뜻인지 알잖아."

이 말들은 제각기 긴 침묵 후에 이어졌고, 생기 없이 단조로운 목소리로 흘러나왔다. 그들은 꽃밭 가장자리에 가만히 서서 함께 여자의 양산 끝을 부드러운 흙 속에 깊이 밀어 넣었다. 이 행동과 청년의 손이 여자의 손등에 머물렀다는 사실은 그들의 감정을 야릇하게 표현했다. 이 짧고 무의미한 말들도 무언가를 표현했듯이. 그 말들은 그 묵직한 의미 덩어리에 비해 날개가 짧아 멀리 날아가기에는 부적절했기에, 그들의 미숙한 감각에는 매우 거대하게 느껴지는 그들을 둘러싼 아주 평범한 사물에 어색하게 내려앉았다. 그러나 그 안에 어떤 낭떠러지가 숨겨져 있지 않은지, 아니면 건너편에 얼음 깔린 비탈이 햇빛에 반짝이지 않을지 누가 알겠는가?(양산 끝을 흙 속에 밀어 넣으며 그들은 이렇게 생각했다.) 누가 알겠는가? 누가 이것을 본 적이 있겠는가? 그녀가 큐 식물원에서 어떤 차를 파는지 궁금해할 때도 그 청년은 그녀의 말 이면에서 무언가가 서서히 나타나 방대하고 굳건한 모습으로 서 있다고 느꼈다. 안개가 아주 천천히 걷히며 드러냈다. 아, 맙소사, 저 형체들은 뭐지? 작고 흰 탁자들, 먼저 그녀를 보고 그를 쳐다본 웨이트리스들. 그리고 그가 진짜 2실링짜리 동전으로 지불할 계산서가 있었다. 그것은 진짜이고, 모두 다 진짜라고 그는 주머니 속의 동전을 만지작거리며 다짐했다. 그와 그녀를 제외한 모든 사람에게 진짜였다. 그에게도 진짜로 보이기 시작했다. 그러고 나서는…… 하지만 너무 흥분해서 더는 가만히 서서 생각할 수 없었다. 그는 흙에 박힌 양산을 휙 잡아당기고는 조급하게 다른 사람들과, 다른 사람들처럼, 차 마실 곳을 찾아가려 했다.

"가자, 트리시. 차 마실 시간이야."

"도대체 어디서 차를 마실 수 있는데?"

그녀는 흥분해서 아주 묘하게 떨리는 목소리로 물었고, 막연히 주위를 돌아보며 이끄는 대로 풀밭 길을 내려갔다. 양산을 질질 끌면서 고개를 이리저리 돌렸고, 차 마시는 것도 잊어버리고는 야생화 사이에 있던 난초와 두루미, 중국식 탑과 이마에 볏이 있는 진홍색 새를 떠올리면서 저 아래로, 또 저 아래로 가고 싶었다. 그러나 그 청년은 그녀를 계속 이끌었다.

이렇게 한 쌍, 또 한 쌍의 사람들이 거의 똑같이 일정하지 않게 목적 없이 움직이며 꽃밭을 지나갔고 겹겹이 쌓인 녹청색 안개에 감싸였다. 처음에 그들의 몸은 단단한 형체와 약간의 색깔을 갖고 있었으나 조금 지나자 형체와 색깔이 녹청색 대기 속에서 녹아 버렸다. 얼마나 무더웠는지! 너무나 더워서 개똥지빠귀도 꽃들이 드리운 그늘에서 총총 뛰었는데, 기계 장치가 있는 장난감 새처럼 한 동작을 하고 오래 멈추었다가 다음 동작으로 넘어갔다. 흰 나비들은 막연히 떠도는 대신 층층이 모여 춤을 추면서 가장 큰 꽃들 위에서 흰 날개를 펄럭이며 부서진 대리석 기둥의 윤곽을 만들었다. 종려나무 온실의 유리 지붕은 마치 반짝이는 녹색 우산들로 가득한 시장 전체가 햇빛 속에 문을 연 듯이 빛을 발했다. 비행기가 윙윙거리는 가운데 여름날 하늘의 목소리가 그 맹렬한 영혼을 나지막이 토해 냈다. 노랑과 검정, 분홍과 순백, 이 온갖 색깔을 띤 형체들, 남자들과 여자들, 아이들이 한순간 지평선 위에서 모습을 드러냈다. 그다음에 풀밭에 드넓게 깔린 노란색을 보고 그들은 망설이다가 나무 밑 그늘을 찾았고, 노란색과 초록색이 어우러진 대기 속에서 물방울처럼 녹으며 그 대기를 붉은색과 푸른색으로 은은히 물들였다. 크고 육중한 몸집들은 열기에 맥없이 주저앉아 땅 위에 웅크리고 누워 움직이지 않았지만 그들의 목소리는 두툼한 양초 밀랍에서 늘어진 불꽃처럼 그들에게서 떨리며 흘러나오는 것 같았다. 목소리들. 그래, 목소리들. 말 없는 목소리들이 갑자기 깊은 만족감으로, 아주 강렬한 욕망으로 침묵을 깨뜨렸다. 아니, 아이들의 목소리로 신선하고 놀랍게 정적을 깨뜨렸던가? 그러나 정적은 없었다. 모터가 달린 버스들이 내내 바퀴를 돌리며 기어를 바꾸고 있었다. 겹겹이 포개진 강철 상자들에서 각각의 상자가 그 안에 든 상자를 끊임없이 돌리는 듯이 도시는 중얼거렸다. 그 꼭

대기에서 목소리들이 크게 소리쳤고, 수많은 꽃잎이 다채로운 색깔을 공중에 번뜩였다.

단단한 물체

　방대한 반원형의 해변에서 움직이는 건 작고 검은 점 하나뿐이었다. 그 검은 점이, 뭍에 올라앉은 정어리 배의 늑재와 척추에 다가가자 검은색이 옅어지면서 네 개의 다리가 있음이 분명해졌다. 그것이 젊은 두 남자의 몸이라는 것은 시시각각 더욱 명확하게 드러났다. 모래를 배경으로 보이는 윤곽만 봐도 그들에게는 활기가 넘쳤다. 서로 다가섰다가 물러나곤 하는 몸들의 뭐라 말할 수 없는 활력이 작고 둥근 머리의 작은 입에서 쏟아져 나오는 격렬한 논쟁을 희미하게나마 분명히 보여 주었다. 좀 더 가까이 왔을 때 오른쪽에 있는 사람이 지팡이를 반복해서 찔러 대는 것으로 보아 그것이 확인되었다.
　'자네가 내게 말하고자 하는 것은…… 자네가 실로 믿는다고…….'

밀려오는 파도 옆에서 오른쪽의 지팡이는 모래 위에 길고 곧은 줄무늬를 그으면서 이렇게 주장하는 듯했다.

"정치라니 빌어먹을!"

왼쪽에 있던 몸에서 이 소리가 똑똑히 터져 나왔다. 이 말이 나왔을 때쯤엔 두 사람의 입과 코, 턱, 짧은 콧수염, 트위드 모자, 투박한 장화, 수렵복, 체크무늬 양말이 좀 더 선명하게 드러났다. 그들의 파이프에서 나온 담배 연기가 공중으로 피어올랐다. 몇 킬로미터에 걸쳐 펼쳐진 바다와 모래언덕에 이 두 사람의 몸만큼 단단하고, 활기차고, 건장하고, 붉고, 털이 많고 남성적인 것은 없었다.

그들은 검은 정어리 배의 늑재 여섯 개와 척추 옆에 털썩 주저앉았다. 몸이 논쟁을 떨쳐 내고 기고만장한 기분을 변명할 때 어떻게 하는지 여러분은 알 것이다. 털썩 주저앉아 느긋한 태도로 뭔가 새로운 것을 기꺼이 시작하려는 마음을 표현한다, 다음에 손에 잡히는 것이 무엇이든 간에. 그래서 해변을 반 마일가량 지팡이로 그으며 걸어왔던 찰스는 납작한 점판암 조각으로 물수제비를 뜨기 시작했다. "정치라니 빌어먹을!"이라고 소리쳤던 존은 손가락으로 모래 속을 깊이, 더 깊이 파 내려가기 시작했다. 소매를 약간 끌어 올려야 할 정도로 손목을 넘어 더 깊이 파고들면서 그의 눈은 강렬한 빛을 잃었다. 아니, 어른의 눈에 헤아릴 수 없는 깊이를 더해 주는 사고와 경험의 배경이 사라지고, 어린아이의 눈빛에 드러나는 경이로움 외에는 아무것도 보이지 않는 맑고 투명한 표면만 남았다. 의심할 바 없이 그것은 모래 속을 파 들어간 행동과 관련이 있었다. 잠시 파고 들어간 후에 손가락 끝 주위로 물이 스며드는 것을 그는 기억했다. 그러고 나면 그 구멍은 도랑이 되고, 구덩이가 되고, 샘이 되고, 바다에 이르는 은밀한 수로가 된다. 손가락을 물속에서 움직이며 그중에 무엇을 만들지를 고르던 그의 손가락이 뭔가 단단한 것 — 완전한 물방울 모양의 단단한 물질 — 을 그러쥐었고, 크고 울퉁불퉁한 덩어리를 떼어 내 천천히 지면으로 끌어냈다. 그것을 덮고 있던 모래가 떨어져 나가자 초록 색조가 드러났다. 그것은 불투명할 정도로 두꺼운 유리 덩어리였다. 바닷물에 매끈해져서 모서리나 형체가 완전히 닳아 없어졌기에 그것이 병이었는지, 큰 잔이었는지, 창유리였는지는 알 수 없다. 그것은 그냥 유리였는데, 거의 보석 같았다. 금테로 감싸거나 철사 줄로 꿰기만 하면 보석이 될 터였다. 목걸이의 일부가 되거나 손가락에서 흐릿한 녹색 빛을 발할 수도 있었다. 어쩌면 정말 보석일지도 모른다. 노를 저어 만을 건너는 노예들의 노래를 들으며 선미에 앉은 흑인 공주가 물속에 담그고 끌어간 손가락에 끼워져 있던 것일지도 모른다. 혹은 엘리자베스 시대에 만들어진 보물 상자가 바다에 빠져 그 참나무 판자가 쪼개지고 벌어지면서 거듭 구르고 굴러 그 안의 에메랄드가 마침내 해변에 도달한 것일 수도 있다. 존은 그것을 손안에서 굴려 보고, 햇빛에 비춰 보았다. 그 울퉁불퉁한 덩어리를 들어 친구의 몸과 뻗은 오른팔을 가리도록 해 보았다. 하늘에 대느냐 몸에 대느냐에 따라 초록색이 약간 옅어지기도 하고 짙어지기도 했다. 재미있으면서도 어리둥절했다. 막막한 바다와 실안개가 낀 해변과 비교할 때 그것은 너무나 단단하고, 너무나 응축되고, 너무나 확고한 물체였다.

이제 한숨 소리가 들려와 그를 방해했다. 깊은 마지막 한숨에 그는 친구 찰스가 손에 넣을 수 있는 납작한 돌을 다 던졌거나, 돌을 던질 만한 가치가 없다는 결론에 이르렀다는 것을 알았다. 그들은 나란히 앉아서 샌드위치를 먹었다. 다 먹고 나서 몸을 털며 일어섰을 때 존은 유리 덩어리를 꺼내서 말없이 바라보았다. 찰스도 보았다. 하지만 그것이 납작하지 않은 것을 보고는 파이프에 담배를 채우며 어리석은 생각을 떨치듯이 힘차게 말했다.

"내가 하던 말로 돌아가자면……."

그는 존이 그 덩어리를 잠시 바라본 후 망설이듯이 주머니에 넣는 것을 보지 않았거나, 보았더라도 주시하지 않았을 것이다. 그것은 어린아이가 길에 흩어진 조약돌 하나를 주울 때의 충동과 같았을 것이다. 그 돌을 놀이방의 벽난로 선반 위에 두고 따뜻하고 안전하게 보관하겠다고 약속하고, 그 행동으로 인해 힘이 있고 자비롭다는 느낌이 들어 즐거워하며, 그 돌이 비슷한 수백만 개의 돌 가운데 자기가 선택된 것을 알고 뛸 듯이 기뻐하며 큰길에서 춥고 축축하게 지내는 대신 이런 행복을 얻어 즐거워하리라고 믿으면서 말이다.

'수백만 개의 돌멩이 중에서 얼마든지 다른 돌이 선택될 수도 있었지만 바로 나야, 나, 나!'

이런 생각이 존의 마음속에 있었든 아니든 간에 그 유리 덩어리는 벽난로 선반에 자리를 잡았고 청구서와 편지들이 쌓인 작은 더미를 묵직하게 누르면서 훌륭한 문진으로 사용되었을 뿐만 아니라 책을 보던 젊은이의 눈이 두리번거리다가 자연스럽게 머무는 곳이 되었다. 다른 생각에 잠긴 마음으로 약간 멍한 상태에서 거듭거듭 바라보다 보면 어떤 물건이든 마음속 생각과 아주 깊이 혼합되어 그것의 실제 형체를 잃고 약간 다르게 이상적인 형체로 재구성되어 거의 예기치 않은 순간에 뇌리를 사로잡는다. 그래서 존은 밖에서 걷다가 바로 그 유리 덩어리를 연상시키는 것을 보면 자기도 모르게 골동품 가게의 진열창에 다가갔다. 어떤 종류의 물건이든, 다소 둥글고 어쩌면 사그라지는 불꽃이 덩어리 안에 깊이 파묻힌 물체이기만 하면, 도자기나 유리, 호박, 바위, 대리석, 심지어 선사 시대의 매끄러운 타원형 새알도 괜찮았다. 또한 그는 땅바닥에서 눈을 떼지 않게 되었는데, 특히 집 안의 쓰레기를 던져 버리는 이웃의 쓰레기 매립지에서 그랬다. 그런 물건이 종종 그곳에 나타났는데, 누구에게도 쓸모가 없고 볼품없어서 던져지고 버려진 것들이었다. 두세 달이 지나자 그가 수집한 물건 네다섯 개가 벽난로 선반 위에 자리를 잡았다. 그것들도 쓸모가 있었다. 국회 의원에 입후보해서 빛나는 경력을 막 시작하려는 사람은 정리해야 할 서류들, 예를 들어 선거구민들에게 할 연설, 정책 성명서, 후원 호소문, 정찬 초대장 등이 얼마든지 있었다.

어느 날인가 자기 선거구민들에게 연설하기 위해 기차를 타려고 법학원의 자기 숙소에서 나와 걷고 있던 그의 눈에 커다란 법학원 건물의 토대를 둘러싼 작은 풀밭에 반쯤 숨겨져 있던 놀라운 물체가 들어왔다. 철책들 사이로 지팡이를 밀어 넣어야 그 끝에 닿을 수 있었지만 그는 그것이 더없이 놀라운 형태의 도자기 조각이라는 것을 알 수 있었다. 불가사리와 거의 흡사한 모양으로, 불규칙적이지만 틀림없이 다섯 개의 뾰족한 끝으로 갈라지게 생겼거나 우연히 쪼개진 것이었다. 전체적으로 푸른색이었지만 녹색 줄무늬나 반점 같은 것이 푸른색을 덮었고 진홍색 줄이 있어서 아주 매력적이고 풍부한 빛이 감돌았다. 존은 그것을 손에 넣기로 마음먹었다. 그런데 지팡이를 밀수록 그것은 더 멀리 물러났다. 결국 그는 숙소로 돌아와서 철사로 고리를 만들어 지팡이 끝에 붙였고, 아주 조심스럽고 교묘하게 지팡이를 사용한 끝에 마침내 손에 넣을 수 있는 곳으로 그 도자기 조각을 끌어냈다. 그것을 잡은 순간 그는 승리의 탄성을 질렀다. 그 순간 시계가 울렸다. 그가 약속을 지키는 것은 불가능했다. 그 회의는 그가 불참한 채로 진행되었다. 그런데 그 도자기 조각은 어떻게 해서 그런 놀라운 형태로 부서졌을까? 꼼꼼히 살펴본 결과 그 별 모양이 우연히 생긴 것임은 의심할 바 없었고, 그래서 더욱 신기했다. 그런 물건은 또다시 존재할 것 같지 않았다. 모래에서 파낸 유리 덩어리의 반대쪽 벽난로 선반에 올려놓자 그것은 다른 세계에서 온 생물처럼 보였다. 어릿광대같이 기이하고도 환상적이었다. 그것은 우주에서 빠르게 돌며 춤을 추면서 빛을 깜박이는 변덕스러운 별 같았다. 너무나 선명하고 초롱초롱한 도자기와 너무나 말없이 사색적인 유리의 대조에 그는 매료되었다. 의아하고 놀라운 심정으로 그는 어떻게 그 두 가지가 같은 방 안의 같은 좁다란 대리석 판에 놓이게 되었는지는 차치하고 어떻게 같은 세계에 존재하게 되었는지를 자문했다. 그 물음은 답을 찾지 못한 채 남겨졌다.

이제 그는 부서진 도자기가 가장 많이 있을 곳들, 가령 철로 사이의 쓰레기장이나 철거된 집터, 런던 인근의 공유지를 찾아다니기 시작했다. 그런데 도자기를 아주 높은 곳에서 던지는 경우는 거의 없다. 인간이 그런 행동을 하는 경우는 극히 드물다. 매우 높은 집이 있어야 하고, 여기에 지독하게 무모하며 충동적이고 격정적인 편견을 갖고 있어서 밑에 누가 있을지 생각하지 않고 창밖으로 병이나 항아리를 던질 여자가 있어야 한다. 부서진 도자기는 많이 볼 수 있었지만 별다른 목적이나 특징 없이 가정에서 사소한 우연으로 부서진 것이었다. 그럼에도 그는 그런 조각들에 더욱 깊이 천착하면서 런던에서 발견되는 것만 해도 모양이 무한히 다양하다는 사실에 종종 깜짝 놀라곤 했다. 그리고 그 다양한 질과 무늬를 더욱 경이에 찬 눈으로 고찰하게 되었다. 가장 멋진 견본은 집으로 가져와 벽난로 선반에 올려 두었다. 하지만 무거운 것으로 눌러 둬야 할 서류가 점점 줄어들면서 그것들의 용도는 더욱 장식적인 것으로 바뀌었다.

아마 그가 자기 임무를 소홀히 했거나 건성으로 수행했거나 아니면 그를 찾아온 그의 선거구 주민들이 벽난로 선반의 모습을 보고 좋지 않은 인상을 받았던 모양이다. 어떻든 그는 의회에서 그들을 대표할 의원으로 선출되지 않았다. 친구 찰스는 그 사건에 너무 상심하여 그를 위로하려고 서둘러 찾아왔지만 그 재앙에 거의 낙담하지 않은 그의 모습을 보고 너무 엄청난 사건이어서 당장은 실감하지 못하는 모양이라고 생각했다.

사실 존은 그날 반스 공유지에 갔었고, 그곳의 가시금작화 덤불 밑에서 아주 눈에 띄는 쇳조각을 찾아냈다. 그 유리와 거의 똑같이 커다란 구형이지만 아주 차갑고 묵직하며 새까맣고 금속성인 것으로 보아 이 지구에 이질적인 것, 죽은 별에서 유래했거나 그 자체가 달의 쇠찌꺼기였음이 분명했다. 그것은 그의 호주머니를 짓누르고, 벽난로 선반을 짓눌렀다. 차가운 빛을 발했다. 하지만 그 운석은 유리 덩어리와 별 모양의 도자기와 같은 선반에 자리 잡았다.

눈길이 그 물건들을 하나씩 돌아볼 때마다, 이것들을 능가하는 물건을 손에 넣겠다는 결의가 그 젊은이를 괴롭혔다. 그는 더욱더 결연하게 탐색에 온 노력을 바쳤다. 만일 야심에 사로잡힌 그에게 언젠가는 새로 발견한 쓰레기 더미에서 보상을 얻으리라는 확신이 없었더라면, 그가 겪은 피로와 조롱은 말할 것도 없고 실망감 때문에 그 힘든 일을 포기했을 것이다. 조절할 수 있는 고리가 붙은 긴 장대와 가방을 챙겨 들고 그는 지상의 모든 퇴적물을 쑤석거렸고, 빽빽이 뒤엉킨 덤불 밑을 긁어냈고, 그런 물건이 떨어져 있을 것으로 예상되는 담벼락 사이의 공간이나 뒷골목을 모두 뒤지고 다녔다. 기준이 높아지고 취향이 엄격해짐에 따라 무수한 실망감을 삼켜야 했지만 그는 늘 어떤 희망의 빛에, 기묘한 자국이 있거나 부서진 도자기나 유리 조각에 매료되어 나아갔다. 하루하루가 지나갔다. 이제 그는 젊지 않았다. 그의 경력, 정치가로서 경력은 과거의 것이 되었다. 사람들은 그를 찾아오지 않았다. 그는 너무 말이 없는 사람이라 정찬에 초대할 가치가 없었다. 그는 자신의 진지한 야심에 대해 누구에게도 말하지 않았다. 사람들의 이해 부족이 그들의 태도에서 명백히 드러났기 때문이다.

지금 그는 의자에 기대앉아서 찰스가 정부의 처사에 관해 자신이 하던 이야기를 강조하려고 벽난로 선반 위의 돌들을 수십 번 들었다가 힘주어 내려놓으면서도 그것들의 존재를 한 번도 의식하지 않는 것을 지켜보았다.

"대체 어찌 된 일인가, 존?" 찰스가 갑자기 몸을 돌려 그를 보며 말했다.

"무엇 때문에 그 모든 것을 한순간에 포기하게 됐나?"

"나는 포기하지 않았네." 존이 대답했다.

"하지만 자네에게는 이제 손톱만큼의 기회도 없네." 찰스가 모질게 말했다.

"그 점에는 동의하지 않네." 존이 확신을 갖고 말했다.

그를 바라보는 찰스의 마음은 몹시 불편했다. 더없이 기이한 의혹에 사로잡혔다. 자신과 존이 서로 다른 것에 대해 말하고 있다는 기묘한 느낌이 들었다. 그는 몹시 울적한 심정을 덜어 줄 만한 것을 찾으려고 둘러보았지만 방 안의 어수선한 모양새를 보자 더욱 울적해졌다. 저 막대기, 저기 벽에 걸린 낡은 여행 가방은 뭐란 말인가? 그리고 저 돌들은? 존을 쳐다보았을 때 그 얼굴에 드러난, 어딘가 확고하고 요원한 표정에 그는 더럭 겁이 났다. 존이 연단에 그저 모습을 드러내는 것도 불가능하다는 사실을 너무나 잘 알았다.

"예쁜 돌이군."

그가 되도록 쾌활하게 말했다. 그리고 약속이 있다고 말하며 그는 존을 떠났다, 영원히.

쓰지 않은 소설

그처럼 불행한 표정을 보면 눈길은 슬며시 신문 가장자리를 넘어 그 가엾은 여자의 얼굴에 닿을 수밖에 없다. 그 표정만 아니라면 특별할 것 없는 얼굴이었지만, 그 표정으로 인해 인간 운명의 상징에 가까웠다. 인생이란 우리가 사람들의 눈에서 보는 것이다. 인생은 눈으로 배우는 것이고, 배우고 나면 숨기려 해도 절대로 의식하지 않을 수 없는 것이다. 무엇을? 아마도 인생이 그러하다는 것을. 맞은편의 다섯 얼굴들, 다섯 명의 어른 얼굴들, 각각의 얼굴에 앎이 있다. 참으로 이상하게도 사람들은 그것을 숨기려 한다! 저 얼굴들에는 자기를 드러내지 않으려는 특징이 새겨져 있다. 입술을 꼭 다물고 눈을 가리며 다섯 사람이 제각기 앎을 숨기거나 어수룩하게 보이려고 무언가를 하고 있다. 한 사람은 담배를 피우고, 다른 사람은 뭔가를 읽고, 세 번째 사람은 수첩에 적은 것들을 검토한다. 네 번째 사람은 맞은편 액자에 들어 있는 노선 지도를 응시하고, 다섯 번째 사람은……. 다섯 번째 사람의 끔찍한 점은 그녀가 아무것도 하지 않는다는 것이다. 그녀는 삶을 바라본다. 아, 그러나 그 가엾고 불행한 여자는 당당하게 행동한다. 제발, 우리를 위해서, 그걸 숨겨 줘요!

마치 내 말을 듣기라도 한 듯이 그녀는 얼굴을 들고 자리에서 약간 뒤척이더니 한숨을 쉬었다. 내게 사과하면서 동시에 '당신이 알기만 했어도!'라고 말하는 것 같았다. 그러더니 그녀는 다시 삶을 바라보았다.

'하지만 난 알고 있어요.'

말없이 대답하며 나는 예절을 차리느라 《타임스》를 흘끗 보았다.

'나는 전부 다 알아요.'

"독일과 연합군 사이의 평화 협정이 어제 파리에서 공식적으로 시작되었다…… 이탈리아의 수상 니티 씨는…… 돈카스터에서 여객 열차가 화물차와 충돌했다……."

우리 모두는 알고 있다. 《타임스》도 안다. 그런데 우리는 모르는 척하는 거다. 내 눈은 다시 신문 가장자리를 살짝 넘어갔다. 그녀가 몸을 부르르 떨더니 등판 한가운데로 기묘하게 팔을 꿈틀거렸고 고개를 절레절레 흔들었다. 다시 나는 내 커다란 삶의 저수지를 일부 살펴보았다. '원하는 걸 잡아요.' 내가 말을 이었다.

'출생이든, 죽음이든, 결혼이든, 순회 재판소든, 새들의 습성

이든, 레오나르도 다빈치든, 샌드힐스 살인 사건이든, 고임금과 생활비든, 아, 원하는 걸 잡으세요.'

내가 반복해서 말했다.

'모두 다 《타임스》에 있어요!'

다시 한없이 피로한 기색으로 그녀는 고개를 이리저리 돌렸고, 마침내 뱅뱅 돌다가 지친 팽이처럼 머리가 목 위에 가만히 머물렀다.

《타임스》는 그녀가 느끼는 슬픔 같은 것에 대해서는 방어막이 되지 못했다. 하지만 다른 사람들은 교류를 막았다. 삶에 저항하는 최선의 방법은 신문을 접어서 완벽하게 네모지고 빳빳하고 두툼하게 만들어 삶이 스며들지 못하도록 하는 것이다. 이렇게 하고서 나는 나 나름의 방패로 무장하고 재빨리 올려다보았다. 그녀는 내 방패를 꿰뚫어 보았다. 내 눈을 들여다보며 그 깊은 곳에 혹시 침전되어 있을지 모를 용기를 찾아서 축축한 진흙으로 만들어 버리는 것 같았다. 그녀가 꿈틀거리는 몸짓만으로도 모든 희망이 부정되었고, 모든 환상이 무가치해졌다.

그렇게 덜거덕거리면서 우리는 서리주를 통과하고 주 경계를 넘어 서식스주에 들어섰다. 그런데 삶을 응시하느라 나는 다른 여행객들이 하나씩 떠났고 뭔가를 읽는 남자를 제외하고는 우리 둘만 남았다는 것을 알아차리지 못했다. 이제 스리브리지스역에 이르렀다. 기차가 천천히 속도를 줄이더니 플랫폼에 닿아서 멈추었다. 저 남자가 우리를 두고 내릴까? 나는 양쪽 가능성 모두에 기도했고, 마지막에는 그가 남기를 기도

했다. 그 순간 그가 정신을 차리더니 볼일 다 본 듯이 신문을 경멸하듯 구기고는 문을 벌컥 열고 우리만 남기고 나가 버렸다.

그 불행한 여자는 몸을 약간 앞으로 숙이고 활기 없이 단조롭게 내게 말을 걸었다. 기차역과 휴일에 대해, 이스트본에 있는 남자 형제들에 대해, 연중 이맘때에 대해 말했다. 연초였는지 연말이었는지 지금은 기억나지 않는다. 그러나 드디어 창밖을 내다보고, 내가 알고 있었듯이, 오로지 삶을 응시하며 그녀는 숨을 내쉬었다.

"멀리 떨어져서 지낸 게…… 그게 문제였어요……." 아, 이제 우리는 파국에 다다랐다. "내 올케가," 그녀의 쓰라린 어조는 차가운 강철에 뿌린 레몬 같았다. 내가 아니라 스스로에게 말하며 그녀는 중얼거렸다. "말도 안 되는 소리라고들 하죠, 모두들 그렇게 말해요."

이렇게 말하면서 그녀는 등의 살갗이 가금류 판매상의 진열창에 있는 털 뽑힌 닭인 양 안절부절못했다.

"아, 저 소!"

그녀는 목초지에 서 있는 커다란 나무 소에 충격을 받아 경솔한 말을 하지 않게 된 듯이 불안하게 내뱉었다. 그러더니 몸을 부르르 떨었고, 내가 앞서 보았듯이 경련이 일어난 다음에는 어깻죽지 사이의 어딘가 타고 있거나 가려운 듯이 어색하고 딱딱한 몸짓을 했다. 그러고는 다시 세상에서 가장 불행한 여자의 얼굴로 돌아갔다. 나는 다시 그녀를 비난했지만 전처럼 확신이 서지는 않았다. 어떤 이유가 있다면, 내가 그 이유를 안다면, 그 오점은 인생에서 지워졌을 테니까.

"올케라고 하셨죠." 내가 말했다.

그 단어에 독설을 내뱉듯이 그녀는 입술을 오므리더니 앙다물었다. 그러고는 장갑을 들고 창유리의 얼룩을 세게 문지를 뿐이었다. 마치 무언가를, 어떤 얼룩이나 지워지지 않는 오염을 영원히 닦아 내려는 듯이. 사실 그 얼룩은 그녀가 아무리 문질러도 그대로였고, 그녀는 다시 의자에 몸을 파묻고는 내가 예상했듯이 몸을 부르르 떨고 팔을 움켜잡았다. 무슨 충동에서인지 나도 장갑을 들고 내 쪽의 창문을 문질렀다. 그 유리창에도 작은 얼룩이 있었다. 아무리 문질러도 없어지지 않았다. 그러고 나자 내 몸속으로 경련이 스쳐 갔다. 나는 팔을 구부려 등판 한가운데를 잡아당기려 했다. 내 피부도 가끔 판매상의 진열창에 있는 축축한 닭의 피부처럼 느껴졌다. 양어깨 사이의 한 곳이 가렵고 따끔거렸고, 축축하고 피부가 벗겨진 느낌이었다. 손이 닿을 수 있을까? 슬쩍 시도해 보았다. 그녀는 나를 보았다. 한없이 야릇하고 슬픈 미소가 그녀의 얼굴을 스치더니 희미하게 사라졌다. 그러나 그녀는 소통을 했고, 비밀을 털어놓았고, 자신의 독을 넘겨 주었으므로 더는 말하지 않을 것이다. 나는 구석 자리에 기대앉아 그녀의 눈길로부터 내 눈을 피하기 위해 언덕 비탈과 우묵한 땅, 잿빛과 자주색으로 물든 겨울 풍경을 쳐다보면서 그녀의 전갈을 읽었고, 그녀의 비밀을 해독했다. 그녀의 응시를 받으며 그것을 읽었다.

올케의 이름은 힐다이다. 힐다? 힐다라고? 힐다 마시. 한창 젊은 힐다, 가슴이 풍만하고 부인다운 힐다, 마차가 멈춰 설

때 힐다는 동전을 들고 문간에 서 있다.

"가엾은 미니, 전보다 더 메뚜기 같군요. 작년에 입었던 낡은 외투를 입고. 자, 애가 둘 있고 요즘 같은 날에는 더 이상할 수 없어요. 아뇨, 미니. 나한테 있어요. 여기 있어요, 운전사 아저씨. 미니 방식은 내게 통하지 않아요. 들어와요, 미니. 아, 바구니는 물론이고 미니도 나를 수 있겠어요!"

이렇게 그들은 식당에 들어간다.

"미니 고모란다, 얘들아."

나이프와 포크가 높은 곳에서 서서히 가라앉는다. 그들(밥과 바버라)은 식탁에서 일어나 뻣뻣하게 손을 내민다. 다시 그들의 의자로 돌아가서 입안 가득 음식을 다시 넣으며 멀뚱멀뚱 쳐다본다.(하지만 이런 것은 건너뛰기로 하자. 장식품, 커튼, 세 잎 무늬가 있는 도자기 접시, 직사각형 모양의 노란 치즈, 네모난 하얀 비스킷 ─ 건너뛰자고 ─ 아, 하지만 기다려! 점심 식사를 절반쯤 했을 때 몸을 떨다니. 밥은 숟가락을 입에 문 채 그녀를 응시한다. "푸딩을 계속 먹으렴, 밥." 그러나 힐다는 못마땅해한다. '대체 왜 씰룩거린담?' 건너뛰자. 위층 층계참에 이를 때까지 건너뛰자. 놋쇠 테로 장식한 층계, 닳은 리놀륨. 아, 그래! 이스트본의 지붕들이 내다보이는 작은 침실 ─ 애벌레의 등처럼 이쪽저쪽 지그재그로 이어진 지붕들, 붉고 노란 줄무늬가 있고 짙은 남색 슬레이트가 덮여 있다.) 자, 미니, 문이 닫혔다. 힐다는 육중하게 아래층으로 내려간다. 당신은 바구니를 묶었던 끈을 풀고, 침대에 변변찮은 잠옷을 올려놓고, 털 달린 펠트 슬리퍼를 나란히 둔다. 거울, 당신은 거울을 피한다. 모자 고정용 핀을 꼼꼼하게 정리한다. 조가비로 장식된 상자에는 뭐가 들어 있을까? 당신은 흔들어 본다. 작년에는 진주 단추가 있었지. 그게 다였다. 그러고는 코를 훌쩍이고, 한숨을 쉬고, 창가에 앉는다. 12월 오후 3시. 비가 주룩주룩 내린다. 직물 상점의 천창에서 나지막이 새어 나오는 빛, 높은 곳에서 나오는 다른 빛은 하인의 침실에 걸려 있다. 이 빛은 꺼진다. 그러자 쳐다볼 것이 없다. 한순간 멍해졌다. 그런 다음에 당신은 무엇을 생각할까?(맞은편의 그녀를 살짝 훔쳐보자. 그녀는 잠이 들었거나 그런 척하고 있다. 그래, 그녀는 오후 3시에 창가에 앉아서 무슨 생각을 할까? 건강, 돈, 청구서, 그녀의 신?) 그래, 의자 끝에 앉아서 이스트본의 지붕들을 내려다보며 미니 마시는 신에게 기도한다. 다 괜찮아. 그녀는 신을 더 잘 보려는 듯이 여기서도 유리창을 문지를지 모른다. 그러나 그녀는 어떤 신을 보는 걸까? 미니 마시의 신, 이스트본 뒷거리의 신, 오후 3시의 신은 누구일까? 나도 지붕을 본다. 하늘을 본다. 그런데, 오, 맙소사, 이렇게 신을 보다니! 앨버트 공보다는 크뤼거 대통령[1]과 더 비슷하다. 그것이 내가 생각해 낼 수 있는 최선이다. 그가 검은 프록코트를 입고 그리 높지 않은 곳에서 의자에 앉아 있는 것을 본다. 그가 앉을 구름 한두 개를 만들어 낼 수 있다. 그런데 구름 속에 늘어뜨린 그의 손은 막대를 잡고 있다. 경찰봉인가? 까맣고 두껍고 가시가 있

---

[1] 파울루스 크뤼거(Paulus Kruger, 1825~1904). 1880년 영국에 저항한 보어 전투의 지도자였으며 이후 남아프리카 트란스발의 대통령이 되었다. 영국 빅토리아 여왕의 부군으로 온유한 기독교 정신을 표방한 앨버트 공과는 대조되는 인물이다.

는. 야만스러운 늙은 불한당. 미니의 신! 그가 가려움과 갈라진 피부와 씰룩거림을 그녀에게 보냈던 것일까? 그래서 그녀는 기도하는 걸까? 그녀가 창문에서 문지른 것은 죄의 오점이다. 오, 그녀가 뭔가 범죄를 저질렀나 봐!

내가 선택할 수 있는 범죄들이 있다. 숲이 스치듯 날아간다. 여름이면 저기에 블루벨이 피고, 저기 빈 땅에 봄이 오면 앵초꽃이 만발한다. 그런데 이십 년 전에 헤어졌다고? 맹세를 깨뜨리고? 미니는 맹세하지 않았어! ……그녀는 충실했어. 자기 어머니를 얼마나 성심껏 간호했던가! 모아 두었던 돈을 모두 비석에 썼지. 유리 아래 화환을 놓고 항아리에 수선화를 꽂아 두었지. 그런데 내 생각이 딴 데로 빗나가고 있어. 범죄가 있었지……. 그들은 그녀가 슬픔을 간직했다고, 비밀을 ― 그녀의 섹스라고 그들은 말할 거야 ― 억눌렀다고 말하겠지. 그 과학적인 사람들은. 그러나 그녀를 섹스에 얽어매다니 얼마나 허튼소리인가! 아니야, 이게 더 그럴듯해. 이십 년 전에 크로이든 거리를 지날 때 포목상 진열창에서 전깃불에 반짝이던 보라색 리본 고리가 그녀의 눈길을 사로잡았어. 그녀는 머뭇거렸지. 6시가 지났어. 그래도 뛰어가면 집에 도착할 수 있었지. 그녀는 회전 유리문을 밀고 들어갔어. 할인 판매 시간이었어. 얇은 쟁반에 리본들이 넘쳐 났지. 그녀는 멈춰 서서 이것을 꺼내 보고, 장미가 달린 리본을 만지작거렸어. 선택할 필요도, 살 필요도 없었어. 쟁반마다 놀라운 것들이 가득했지. "7시까지 안 닫아요."

그럼 지금이 7시라고. 그녀는 마구 달렸고, 급히 서둘렀고,

집에 도착했는데 그러나 너무 늦었어. 이웃들, 의사, 남동생 아기, 주전자, 뜨거운 물에 데고, 병원, 죽음, 아니면 다만 그 충격, 그 비난? 아, 그렇지만 세세한 일은 중요하지 않아! 문제는 그녀가 갖고 있는 거야. 그 오점, 그 범죄, 속죄할 것이 언제나 그녀의 어깻죽지 사이에 있어. '맞아요.' 그녀가 내게 고개를 끄덕이는 것 같다. '내가 저지른 일이 그거예요.'

당신이 그런 일을 저질렀든 하지 않았든, 혹은 당신이 무엇을 했든 난 개의치 않는다. 그건 내가 원하는 게 아니다. 포목상 가게의 창문은 보라색 고리가 되었고…… 그거면 충분하다. 약간 값싸고 약간 평범하지만, 범죄를 선택해야 하므로. 하지만 그렇다면 너무 많은, (다시 살짝 쳐다보자 — 아직도 자고 있거나 자는 척하고 있군! 하얗고 초췌한 얼굴에 입술을 꼭 다물어 의외로 고집이 센 기미를 보이고, 섹스를 암시하는 것은 전혀 없어.) 아주 많은 범죄들은 당신이 저지른 범죄가 아니다. 당신의 범죄는 값싼 것이었고, 다만 그 응보가 엄중할 뿐이다. 이제 교회 문이 열리고 그녀는 딱딱한 나무 의자에 앉고, 갈색 타일 위에 무릎을 꿇는다. 겨울이든 여름이든 매일 어스름이 깔리는 저녁이든 새벽이든(여기서 그녀가 하려고 하듯이) 기도를 올린다. 그녀의 온갖 죄가 떨어지고, 떨어지고, 계속해서 떨어져 내린다. 그 오점은 죄를 받아들인다. 그것은 부풀어 오르고 빨개지고 화끈거린다. 그러면 그녀는 몸을 씰룩거린다. 어린 소년들이 손가락질한다.

"밥이 오늘 점심 먹을 때 그랬지."

그러나 나이 든 여자들은 최악이다.

사실 지금 당신은 더는 기도를 올릴 수가 없다. 크뤼거가 구름 아래로 떨어졌고 — 화가가 붓으로 회색 액체를 발라 지우고 그 위에 검은색을 덧칠한 듯이 — 경찰봉의 끝까지 이제 사라졌다. 이런 일은 늘 일어나는 법이지! 당신이 그를 보고 그를 느꼈을 때 누군가 방해한다. 이번에는 힐다였다.

당신은 그 여자를 얼마나 싫어하는지! 그녀는 심지어 밤중에 욕실 문을 잠그기도 할 것이다. 당신이 원하는 건 찬물뿐인데도. 때로 밤중에 몸이 좋지 않을 때 물로 씻으면 좀 나을 것 같은데도. 그런데다 아침 식사 때 존은 — 아이들은 — 음식은 형편없다. 때로 친구들 — 무성한 양치식물로도 그들을 완전히 가리지 못한다 — 그들도 짐작한다. 그래서 당신은 밖으로 나가 바닷가를 걷는다. 잿빛 파도가 밀려오고, 종이들이 나부끼고, 유리 온실이 녹색 식물을 보호하고 찬바람을 막아 준다. 그런데 의자에 앉으려면 2펜스를 내야 한다. 너무 비싸다. 모래사장을 따라 설교자들이 있으니까. 아, 저기 흑인이 있다. 저기 기이한 사람도, 저기 잉꼬를 가진 사람도. 가엾은 어린 새들! 여기에는 신을 생각하는 사람이 없단 말인가? 저 위에, 잔교 너머에, 막대를 든 신이 있으리라 생각하고 보니 하늘은 구름에 덮여 있다. 아니 푸른 하늘이라면 흰 구름이 신을 숨기고 있는 거다. 그리고 저 음악은…… 저건 군악이군. 그런데 저들은 무엇을 낚으려 하는 걸까? 물고기를 잡는 건가? 아이들이 뚫어지게 바라보는군! 그래, 그러면 집으로 돌아가는 길에 — '집으로 돌아가는 길!' 이 말에는 의미가 담겼어. 구레나룻이 난 저 노인이 말했을 거야. 아니, 아니야, 그는

쓰지 않은 소설

실은 말하지 않았어. 하지만 모든 것에는 의미가 있지. — 문간에 기댄 현수막, 상품 진열창 위에 적힌 이름들, 바구니에 담긴 붉은 과일, 미용실에 있는 여자들의 머리 — 모두가 "미니 마시!"라고 말한다. 그런데 여기 얼간이가 갑자기 끼어든다. "계란이 더 싸요!" 늘 일어나는 일이지! 내가 순전히 광기로 그녀를 폭포 위로 몰아가고 있을 때 꿈속의 양 떼처럼 그녀가 다른 방향으로 몸을 돌리더니 내 손가락 사이로 달아나 버렸다. 계란이 더 싸요. 세상의 기슭에 얽매여 있는 미니 마시에게는 범죄도, 슬픔도, 열광적인 문장도, 정신 나간 짓도 없다. 점심 식사에 늦은 적도 없고, 비옷을 입지 않고 폭풍우를 맞은 적도 없고, 계란이 싸다는 것을 알지 못했던 적도 없다. 그렇게 그녀는 집에 도착해 장화를 문질러 깨끗이 닦는다.

내가 당신을 제대로 읽은 걸까? 그러나 인간의 얼굴은, 빽빽하게 인쇄된 종이 뭉치 너머로 보이는 인간의 얼굴은 더 많은 것을 담고 있고, 더 많은 것을 억누르고 있다. 이제 눈을 뜨고 그녀는 밖을 내다본다. 인간의 눈에는 — 그것을 뭐라고 정의할까? — 갈라진 틈, 분리된 곳이 있어서, 그래서 당신이 줄기를 잡을 때 나비는 날아가고 — 저녁에 노란 꽃 위에 떠 있던 나방은 — 당신이 손을 들어 올리면 저 멀리 높이 가 버린다. 나는 손을 올리지 않을 테다. 그러니 가만히 흔들리며 떠 있으라. 당신이 미니 마시의 생명이든, 영혼이든, 혼령이든, 무엇이든 간에. 나 역시 내 꽃 위에 — 구릉 위의 매처럼 — 홀로 떠 있다. 그렇지 않으면 삶이 무슨 가치가 있겠는가? 저 높이 올라 저녁에, 정오에, 가만히 떠 있고, 구릉 위에 가만히 떠 있다. 손이 재빨리 흔들리면 — 위로 솟구친다! 그러고 나서 다시 균형을 잡는다. 홀로, 보이지 않은 채, 저 아래 모든 것을 아주 고요히 바라본다. 모두 사랑스러운 것을. 아무도 보지 않고, 아무도 개의치 않는다. 다른 사람들의 눈은 우리의 감옥이고, 그들의 생각은 우리의 새장이다. 저 위의 공기, 저 아래 공기. 그리고 달과 불멸……. 아, 그러나 나는 흙더미에 떨어진다. 당신도 내려온 걸까, 구석에 있던 당신, 당신의 이름이 뭐였더라? 여자, 미니 마시, 그런 이름이었나? 그녀가 저기 있다, 꽃에 꼭 붙어서. 손가방을 열고, 빈 껍질을, 달걀을 꺼낸다. 달걀이 더 싸다고 누가 말했지? 당신인가, 아니면 나였나? 아, 기억하겠지만, 집으로 오는 길에 당신이 한 말이야. 그때 노신사가 갑자기 우산을 폈지. 아니, 재채기를 했던가? 어떻든 크뤼거는 갔고, 당신은 '집으로 돌아와' 구두를 깨끗이 닦았지. 그래, 이제 당신은 무릎에 손수건을 펼치고 거기에 작고 각진 달걀 껍질 조각을, 지도 조각을, 수수께끼를 떨어뜨린다. 내가 그것들을 맞출 수 있으면 좋으련만 안데스산맥의 비탈에서 흰 대리석 덩어리들이 튀어 올라 굴러서 일단의 스페인 노새 몰이꾼들과 그들의 호송대를 모두 깔아뭉개 죽게 했다. 드레이크의 노획물, 금과 은. 그러나 다시 돌아가자면…….

무엇으로, 어디로 돌아갈까? 그녀는 문을 열었고, 우산을 우산대에 넣었다. 그건 말할 필요도 없다. 지하실에서 훅 올라온 쇠고기 냄새도 말할 것 없다. 점, 점, 점. 그러나 그렇게 해도 지울 수 없는 것, 내가 고개를 숙이고 눈을 질끈 감고 용감한 대군과 맹목적인 황소처럼 돌격해서 흩어 버려야 하는 것

쓰지 않은 소설

은, 의심할 바 없이, 양치식물 뒤에 있는 형체들, 행상들이다. 언젠가는 그들이 사라질 거라는 희망을 품고 나는 그곳에 그들을 내내 숨겨 두었다. 아니면 실로 그래야 하듯이 그들이 나타나는 편이 나을 거라는 희망을 품고 있었을지 모른다. 이야기가 셋은 아니더라도 두 명의 행상과 엽란 덤불과 함께 굴러가면서 으레 풍부해지고 풍성해지려면, 운명과 비극을 더해 가려면 말이다.

"엽란의 길게 갈라진 잎은 그 행상의 일부만 가려 주었다……"

철쭉이라면 그를 완전히 가릴 수 있을 텐데. 게다가 내가 그토록 갈망하는 붉은색과 흰색을 실컷 즐길 수 있을 텐데. 그러나 이스트본에, 그것도 12월에, 마시 집 안의 식탁에 철쭉이라니……. 아니, 안 돼, 감히 그렇게는 못 하지. 기껏해야 빵 껍질과 양념 통, 주름 장식과 양치식물뿐이야. 어쩌면 나중에 바닷가에서 어떤 순간이 있을 거야. 게다가 나는 초록색 번개 무늬 사이로 그리고 무늬가 새겨진 유리잔의 곡선 너머로 즐겁게 구멍을 뚫어 맞은편에 앉은 남자를 최대한 유심히 훔쳐보고 싶은 욕망을 느낀다. 마시 가족이 지미라고 부르는 제임스 모그리지인가?(미니, 당신은 내가 이것을 분명히 밝힐 때까지 씰룩거리지 않겠다고 약속해야 해.) 제임스 모그리지는 여행을 하며 돌아다니는데 — 단추를 팔면서? — 그러나 단추 이야기를 끼워 넣을 때는 되지 않았고 — 길고 두꺼운 종이 위에 늘어놓은 크고 작은, 공작 눈 색깔이나, 탁한 금색, 연수정이나 산호 가지 같은 단추들 — 하지만 때가 되지 않았다고 말했지. 그는 여행을 하고 목요일마다 이스트본에 들러서 마시 가족과 함께 식사한다. 그의 붉은 얼굴, 작고 침착한 눈(전체적으로 결코 평범하지 않다.), 엄청난 식욕(이편이 안전하다. 그는 빵을 적셔 먹을 육수가 다 없어질 때까지 미니를 바라보지 않을 테니까.), 다이아몬드처럼 접은 냅킨. 그러나 이것은 유치하니, 독자에게 어떤 인상을 줄지 몰라도, 내 말을 받아들이지 말라. 모그리지 집으로 재빨리 가서 그 집 안을 활기차게 움직여 보자. 자, 가족의 신발은 토요일마다 제임스가 직접 수선한다. 그는 《진실》을 읽는다. 그런데 그가 열정적으로 좋아하는 것은? 장미와 은퇴한 병원 간호사인 아내. 흥미롭군. 제발 내가 좋아하는 이름을 가진 여자를 넣도록 하자. 그런데 아니. 그녀는 태어나지 않은 마음속 자식이고, 사회적으로 인정받지 못하지만 그럼에도 나의 철쭉처럼 사랑받는다. 지금까지 쓰인 모든 소설에서 가장 훌륭하고 가장 사랑스러운 이들이 얼마나 많이 죽는가. 반면에 모그리지는 살아 있다. 그것은 인생의 실책이다. 여기 맞은편에 앉은 미니는 계란을 먹고 있다. 선로의 다른 쪽 끝에 — 루이스역을 지났나? — 지미가 있어야 한다. 그렇지 않으면 그녀가 무엇 때문에 씰룩거리겠는가?

모그리지. 인생의 실책이 있어야 한다. 인생은 자신의 법칙을 부과한다. 인생은 길을 가로막는다. 인생은 양치식물 뒤에 있다. 인생은 독재자이다. 아, 그렇지만 불한당은 아니다! 아니지, 나는 정말이지 자발적으로 움직인 거니까. 나는 뭔지 모를 충동에 이끌려 양치식물과 양념 통, 얼룩진 식탁과 더러워진 병을 가로질러 움직인다. 나는 단단한 살 위에, 건장한 등

뼈 어딘가에, 모그리지라는 남자의 몸에, 영혼에 뚫고 들어가서 발을 디딜 수 있는 곳이라면 어디든 자리를 잡기 위해 저항할 수 없이 움직인다. 거대하고 안정된 뼈대, 고래 뼈처럼 강인하고 참나무처럼 곧은 척추, 가지를 내뻗은 갈비뼈, 방수포처럼 팽팽한 살갗, 붉은 구멍들, 빨아들이고 다시 뿜어내는 심장. 한편 음식이 작은 갈색 육면체로 잘라져 떨어져 내리고 맥주가 쏟아져 들어와 마구 휘돌아 피가 되고…… 그리하여 우리는 눈에 이른다. 엽란 뒤에서 그 눈은 무엇을 본다. 검고 희고 음울한 것을. 다시 접시를 보고, 엽란 뒤의 나이 든 여자를 본다.

"마시의 누이야. 나는 힐다가 더 마음에 들어." 이제 식탁보를 본다. "마시는 모리스 가족에게 무슨 문제가 있는지 알 거야."

그런 이야기가 오가고 치즈가 들어왔다. 다시 접시, 그 접시를 돌리는 거대한 손가락, 이제 맞은편의 여자.

"마시의 누이야. 전혀 마시 가족 같지 않지. 가련한 노인네…… 암탉에게 먹이나 주시지……. 맹세코, 그녀는 왜 씰룩거리는 거지? 내가 말한 것이 아니라고? 저런, 저런, 저런! 이 나이 든 여자들이란. 저런, 저런!"

(그래요, 미니, 당신이 씰룩거린 걸 난 알아요. 하지만 잠시만 제임스 모그리지를 봐요.)

"저런, 저런, 저런!"

이 소리는 얼마나 아름다운가! 잘 마른 목재에 나무망치를 두드리는 소리 같고, 바닷물이 세차게 밀려와 초록색이 탁해질 때 늙은 고래잡이의 심장이 고동치는 소리 같다.

"저런, 저런!"

조바심치는 영혼들에게 그들을 달래 주고 위로하고 그들을 삼베 천으로 감싸고 "안녕히. 행운을 빌어요!"라고 말하고는 "무엇이 마음에 드세요?"라고 말하는 조종 소리. 모그리지가 그녀를 위해 장미꽃을 꺾어 주고 싶어도 그건 끝났고, 그건 지나갔으니까. 자, 다음은 무슨 일이지?

"부인, 기차를 놓치겠어요."

그들은 지체하지 않으니까.

그 남자의 방식은 그렇다. 떠나갈 듯 울려 퍼지는 소리가 그렇다. 세인트폴 성당의 종소리와 합승 자동차 소리가 그렇다. 하지만 우리는 빵 껍질을 털어 내고 있다. 오, 모그리지, 머물지 않을 거예요? 떠나야 해요? 당신은 오늘 오후에 작은 마차를 타고 이스트본을 지날 건가요? 당신이 초록 마분지 상자에 둘러싸여 때로는 블라인드를 내리고 때로는 아주 엄숙하게 앉아서 스핑크스처럼 뚫어지게 쳐다보며, 늘 무덤 같은, 장의사와 관 같은, 말과 마부를 둘러싼 어스름 같은 음산한 표정을 짓는 사람인가요? 말해 주세요. 그러나 문들이 쾅 닫혔다. 우리는 다시는 만나지 못할 것이다. 모그리지, 안녕히!

그래, 그래, 나는 가고 있다. 바로 집 꼭대기로. 한순간만 머물겠다. 마음속에서 찌꺼기가 어찌나 빙빙 도는지. 이 괴물들이 얼마나 엄청난 소용돌이를 남긴 것인지. 물결이 뒤흔들리고, 잡초들이 흔들리며 여기서는 초록색으로 저기서는 검은색으로 모래에 부딪치고 그러다가 차차 원자들이 재집결하고 침전물이 걸러진다. 그러면 다시 눈으로 맑고 고요하게 바라보고, 죽은 자를 위한 기도가 입술에 떠오른다. 결코 다시는 만나지 않을 사람들, 고개를 끄덕이며 인사한 사람들의 영혼을 위한 장례의식이.

제임스 모그리지는 이제 죽었고, 영원히 사라졌다. 자, 미니. "나는 그것을 더는 대면할 수 없어." 만일 그녀가 그렇게 말했다면.(그녀를 보자. 그녀는 달걀 껍질을 깊이 경사진 곳에 털어 내고 있다.) 그녀는 침실 벽에 기대어 암적색 커튼 가장자리에 붙은 작은 장식 공들을 잡아당기며 분명히 그렇게 말했다. 그러나 자신이 자신에게 말한다면, 누가 말하고 있는 걸까? 무덤에 갇힌 영혼, 몰리고, 몰리고, 몰려 중앙의 지하 무덤으로 떠밀린 혼령. 수녀가 되어 세상을 떠난 자아. 아마 겁쟁이겠지만, 랜턴을 들고 불안하게 어두운 복도를 위아래로 스치고 다니는 모습은 어떻든 아름다울 것이다.

"나는 더는 견딜 수 없어." 그녀의 혼령이 말한다. "점심 식사 때의 그 남자 — 힐다 — 아이들."

오, 맙소사, 그녀가 흐느끼다니! 그것은 자신의 운명을 한탄하는 혼령이다. 여기로 저기로 쫓겨, 점점 줄어드는 카펫 — 겨우 발 디딜 곳 — 사라지는 우주의 쪼그라든 조각들 — 사랑, 인생, 믿음, 남편, 아이들, 소녀 시절에 흘끗 보았던 뭔지 모를 화려한 장관과 가장 행렬 — 에 머물고 있는 혼령이다.

"날 위한 건 아니야, 날 위한 건 아니야."

그러나 그렇다면 머편이나 털이 벗겨진 늙은 개가 그녀 차지일까? 구슬을 엮은 깔개와 리넨 속옷이 주는 위안을 상상해야겠다. 만일 미니 마시가 차에 치여 병원에 간다면 간호사들과 의사들은 아우성치겠지……. 멋진 풍경과 전망이 있다. 멀리 떨어져 있고 가로수 길 끝의 푸른 점, 한편 어떻든 간에 차는 풍부한 맛이고, 머핀은 뜨겁고, 그 개는…….

"베니, 네 집으로 들어가. 엄마가 네게 뭘 가져왔는지 보렴!"

그래서 엄지손가락이 닳은 장갑을 들고, 이른바 어려운 상황으로 마음을 잠식하는 악마에 한 번 더 도전하며, 당신은 회색 털실을 넣었다가 빼면서 요새를 재건한다.

안으로 넣었다가 빼고, 가로지르고 넘어가며 그물을 자아내면 그 사이로 신이 몸소……. 쉿, 신을 생각하지 마! 바늘땀이 얼마나 단단한지! 당신은 바느질 솜씨가 자랑스러울 테지. 절대 그녀를 방해하지 말자. 빛이 부드럽게 내려앉게 하면 구름이 처음 돋아난 초록 이파리의 속 조끼를 보여 준다. 참새가 작은 가지에 앉아 굽은 가지에 매달린 빗방울을 흔들게 하라……. 왜 올려다보지? 어떤 소리가 들린 걸까, 아니면 어떤 생각이 든 걸까? 오, 맙소사! 당신이 하던 일로, 보라색 고리가 달린 유리창으로 돌아간 걸까? 하지만 힐다가 올 거야. 수치스럽고 창피했던 일들. 오! 갈라진 틈을 막아.

장갑을 수선한 다음 미니 마시는 그것을 서랍장에 넣는다. 그녀는 단호하게 서랍을 닫는다. 나는 거울에 비친 그녀의 얼굴을 흘끗 본다. 입술을 꼭 다물고 턱을 쳐든다. 그러고 나서 그녀는 구두끈을 맨다. 그러고는 목을 만져 본다. 당신은 어떤 브로치를 달까? 겨우살이 모양일까, 브이 자 형태의 위시본일까? 그런데 무슨 일이지? 내가 착각한 게 아니라면 맥박이 빨라졌고, 그 순간이 오고 있고, 이야기의 가닥들이 줄달음치고, 나이아가라 폭포가 눈앞에 있다. 위기가 닥쳤다! 하늘의 가호가 있기를! 그녀는 내려간다. 용기, 용기를 내라! 그것을 직시하고, 그것이 돼라! 제발 지금은 깔개 위에서 기다리지 마라! 문에 도착했다! 나는 당신 편이다. 말하라! 그녀에게 맞서서 그녀의 영혼을 당혹하게 만들어라!

"아, 실례해요! 네, 여기가 이스트본이에요. 그 짐을 내려 드릴게요. 손잡이를 잡아 드릴게요."(그러나 미니, 우리가 아닌 척하지만 나는 당신을 제대로 읽었다. 지금 나는 당신을 이해한다.)

"당신 짐은 이게 다예요?"

"정말 고마워요."

(그런데 당신은 왜 주위를 돌아볼까? 힐다는 역에 나오지 않을 테고 존도 안 올 텐데. 모그리지는 이스트본의 먼 곳에서 달리고 있고.)

"내 가방 옆에서 기다릴게요, 부인. 그게 제일 안전하니까. 그가 나오겠다고 했어요……. 오, 저기 오네요! 저 아이가 내 아들이에요."

그렇게 그들은 함께 걸어갔다.

그래, 하지만 나는 혼란스럽다……. 물론, 미니, 당신이 더 잘 알겠지! 낯선 젊은 남자라니……. 멈춰! 내가 그에게 말할게. 미니, 마시 부인! 하지만 모르겠다. 바람에 휘날리는 그녀의 망토에 기묘한 뭔가가 있다. 오, 하지만 그건 사실이 아니야. 외설적이야……. 출구에 이르렀을 때 그가 몸을 구부리는 것을 봐. 그녀는 차표를 찾았어. 우스울 일이 뭐 있어? 그들은 나란히 길을 따라간다……. 자, 내 세계는 끝났어! 내가 어디서 있는 거지? 내가 뭘 아는 거지? 저건 미니가 아냐. 모그리지는 아예 없었어. 난 누구지? 인생이란 너무도 빈약해.

하지만 그들을 마지막으로 바라보자. 그가 연석에서 내려서고 그녀가 그를 따라 큰 건물의 모퉁이를 돌아갈 때 내게는 경이감이 차올라 — 새롭게 밀려든다. 신비로운 인물들! 어머니와 아들. 당신들은 누구인가? 왜 거리를 따라 걷는가? 오늘 밤에는 어디에서 자고, 그다음 내일은 어디서 잘 것인가? 오, 그 경이감이 소용돌이치고 용솟음치며 — 나를 다시 표류하게 한다! 나는 그들을 뒤따르기 시작한다. 사람들은 이리저리 차를 몰아간다. 하얀빛이 칙칙거리며 쏟아져 내린다. 판유리 창문. 카네이션. 국화. 어두운 정원의 담쟁이덩굴. 문간의 우유 배달 수레. 내가 어디를 가든 신비로운 인물들이 있다. 나는 당신들, 모퉁이를 도는 어머니들과 아들들을 본다. 당신, 당신, 당신. 나는 서두르고, 나는 따라간다. 여기는 바다가 분명하다고 나는 상상한다. 풍경은 잿빛으로 물들었고 재처럼 어둑하다. 물은 중얼거리며 움직인다. 내가 무릎을 꿇는다면, 내가 그 의식을 치른다면, 그 예로부터의 익살을 부린다면, 그건 당신, 미지의 인물들, 내가 흠모하는 당신 때문이다. 내가 양팔을 벌린다면, 내가 포옹하는 것은 당신이고, 내게로 끌어당기는 것은 당신, 매력적인 세계이다!

쓰지 않은 소설

유령의 집

몇 시에 잠에서 깨든 어느 문인가는 닫히고 있었다. 그들은 손을 잡고 이 방 저 방으로 다니며 여기서는 뭔가를 집어 올리고 저기서는 열어 보면서 확인하고 있었다, 유령 부부가.
"그걸 여기 두었는데." 여자가 말했다.
그러자 남자가 덧붙였다. "아, 여기에도 두었지."
"2층에 있어요." 여자가 중얼거렸다.
"그리고 정원에도." 남자가 속삭였다.
"조용히." 그들이 말했다. "안 그러면 우리가 그들을 깨우겠어요."
하지만 당신들이 우리를 깨운 건 아니었다. 물론 아니다. "저들이 그걸 찾고 있어. 커튼을 치고 있군." 누군가는 이렇게 말하고 책을 한두 페이지 더 읽을지 모른다. "이제 그것을 찾앉군." 이렇게 확신하며 여백에 글을 써넣던 연필을 멈출 수도 있다. 그러고는 책을 읽다가 싫증이 나서 자리에서 일어나 직접 둘러볼지 모른다. 집 안은 텅 비고, 문들은 열려 있다. 산비둘기가 만족스럽게 재잘거리고, 농장에서 윙윙거리는 탈곡기 소리가 들릴 뿐이다. "내가 여기 왜 왔더라? 무얼 찾으려 했지?" 내 손에는 아무것도 없었다. "그럼 위층에 있으려나?" 사과는 고미다락에 있었다. 그래서 다시 내려갔다. 정원은 여전히 고요하고, 책이 미끄러져 잔디밭에 떨어져 있을 뿐이었다.

그러나 그들은 거실에서 그것을 찾았다. 혹시라도 그들의 모습이 보였다는 말은 아니다. 창유리에 사과가 비쳤고, 장미가 비쳤다. 유리 속 이파리들은 모두 초록색이었다. 만일 그들이 거실에서 서성였다면, 사과가 노란 쪽으로 돌려져 있을 뿐이었다. 하지만 그다음 순간 문이 열렸다면, 바닥에 퍼지고 벽에 걸리고 천장에 매달려 있다면……. 무엇이? 내 손에는 아무것도 없었다. 개똥지빠귀의 그림자가 카펫을 가로질렀다. 깊은 정적의 샘에서 산비둘기가 재잘재잘 소리를 끌어냈다.

"위험하지 않아, 위험하지 않아, 위험하지 않아." 집의 맥박이 부드럽게 고동쳤다. "보물이 숨겨져 있어. 방에……." 맥박이 딱 멈추었다. 아, 그게 숨겨진 보물이었나?

한순간 후 빛이 사그라졌다. 그러면 정원으로 나간 걸까? 그러나 나무들은 방황하는 한 줄기 햇살을 위해 어둠을 자아냈다. 내가 찾는 빛줄기는 너무나 가늘고 너무나 희한하게, 지평선 밑으로 차갑게 가라앉아 늘 유리창 뒤편에서 타올랐다. 유리창은 죽음이었다. 죽음이 우리를 갈라놓았다. 먼저 수백

년 전에 그 여자에게 갔다가 그 집을 떠났고 모든 창문을 봉했다. 방들은 어두워졌다. 그는 그 집을 떠났고, 그녀를 떠났고, 북쪽으로 갔고, 동쪽으로 갔고, 남쪽 하늘에서 선회하는 별들을 보았다. 그가 집을 다시 찾아와 보니, 집은 낮은 구릉 아래로 떨어져 있었다. "위험하지 않아, 위험하지 않아, 위험하지 않아." 집의 맥박이 즐겁게 고동쳤다. "보물은 네 거야."

바람이 가로수 길에서 포효한다. 나무들이 이리저리 굽어지고 휘어진다. 달빛이 빗속에서 후드득 떨어지며 흐른다. 그러나 등불의 빛줄기는 창문에서 수직으로 떨어진다. 양초는 맹렬하게 고요히 타오른다. 집 안을 돌아다니고, 창문을 열고, 우리를 깨우지 않으려고 속삭이며 그 유령 부부는 기쁨을 찾는다.

"여기서 우리가 잤지." 그 여자가 말한다.

그러자 그가 덧붙인다. "수없이 키스했지."

"아침에 깨어나······."

"나무들 사이로 은빛이······."

"위층에서······."

"정원에서······."

"여름이 왔을 때······."

"눈 내리는 겨울철에······."

멀리 떨어진 곳에서 문들이 닫히고, 심장의 맥박처럼 부드럽게 부딪쳤다.

그들은 더 가까이 다가와 문간에서 멈춘다. 바람이 멎고, 유리창에서 빗물이 은빛으로 미끄러진다. 우리의 눈이 어두워지고, 옆에서 나는 발걸음 소리도 들리지 않는다. 어떤 부인이 유령 망토를 펼치는 것도 보이지 않는다. 그의 손이 랜턴을 가린다. "봐요." 그가 나직이 말한다. "곤히 잠들었어. 그들의 입술에 사랑을."

허리를 굽히고 은빛 등불을 우리 몸 위로 치켜든 채 그들은 오래도록 깊이 바라본다. 오래도록 그들은 멈춰 서 있다. 바람이 곧바로 휘몰아치자 불꽃이 살짝 기울어진다. 거친 달빛 줄기들이 바닥과 벽을 가로지르고, 고개 숙인 얼굴들과 부딪쳐 물들인다. 곰곰이 생각에 잠긴 얼굴들, 잠든 자들을 살펴보며 자신들의 숨겨진 기쁨을 찾는 얼굴들.

"위험하지 않아, 위험하지 않아, 위험하지 않아." 집의 맥박이 당당하게 고동친다.

"오랜 세월이……." 그가 한숨을 쉰다. "당신이 다시 나를 찾아냈지."

"여기에서," 그녀가 중얼거린다. "잠을 자고, 정원에서 책을 읽고, 웃고, 고미다락에서 사과를 굴리고. 우리 보물을 여기 남겨 두었지……."

앞으로 기울어진 그들의 불빛이 내 눈꺼풀을 들어 올린다.

"위험하지 않아! 위험하지 않아! 위험하지 않아!" 집의 맥박이 거칠게 고동친다.

잠에서 깨어나며 내가 소리친다. "아, 이게 당신들이…… 숨긴 보물이에요? 가슴속의 빛이?"

유령의 집

어떤 모임

그 일은 이렇게 일어났다. 어느 날 차를 마신 후 우리 예닐곱 명이 앉아 있었다. 일부는 길 건너 모자 상점의 창문을 바라보고 있었는데, 그곳에는 아직도 햇빛이 진홍빛 깃털과 금빛 슬리퍼를 환하게 비추고 있었다. 다른 이들은 한가하게 찻쟁반 가장자리에 각설탕으로 작은 탑들을 쌓고 있었다. 내 기억으로는 얼마 후 우리는 난롯불 주위에 둘러앉아서 언제나처럼 남자들을 칭찬하기 시작했다. 남자들은 정말 강하고, 고귀하고, 뛰어나고, 용감하고, 아름답다고. 어떻게든 한 남자에게 평생 붙어사는 사람들이 정말 부럽다고. 그때 아무 말 없던 폴이 갑자기 울음을 터뜨렸다.

폴은 정말이지 늘 별나게 굴었다. 한 가지 이유를 들자면 그녀의 아버지가 기이한 사람이었다. 그는 유언장에서 딸에게 큰 재산을 남겼는데, 그녀가 런던 도서관의 책을 모두 읽어야 한다는 조건이 있었다. 우리는 최선을 다해 그녀를 위로했지만 마음속으로는 헛수고라는 걸 알고 있었다. 우리는 그녀를 좋아했지만, 폴은 미인이 아니었고 구두끈이 풀려도 개의치 않았다. 우리가 남자들을 칭찬하는 동안 그녀는 자기와 결혼하고 싶어 할 남자는 한 명도 없으리라 생각했을 것이다. 이윽고 그녀는 눈물을 닦았다. 한참 동안 우리는 그녀의 말을 도무지 이해할 수 없었다. 양심에 비추어 볼 때 무척 이상한 말이었다. 우리가 알고 있듯이 그녀는 런던 도서관에서 책을 읽으며 대부분의 시간을 보냈다고 했다. 꼭대기 층의 영국 문학에서 시작하여 1층에 있는 《타임스》로 꾸준히 내려오는 중이었다. 그런데 지금 절반쯤, 아니 어쩌면 4분의 1밖에 내려오지 않았는데 끔찍한 일이 일어났다. 더 이상 읽을 수 없었던 것이다. 책은 우리가 생각하는 것과 너무 달랐다. "책들은," 그녀가 일어서면서 내가 도저히 잊지 못할 씁쓸한 어투로 소리쳤다. "대부분 입에 담을 수 없이 고약해!"

물론 우리는 셰익스피어가 책을 썼고, 밀턴과 셸리도 책을 썼다고 소리쳤다.

"아, 그래." 그녀가 우리의 말을 가로막았다. "너희는 교육을 받았지. 하지만 런던 도서관 회원은 아니잖아."

그러고는 다시 울음을 터뜨렸다. 마침내 기분을 좀 추스르자 그녀는 늘 갖고 다니던 책 더미에서 한 권을 펼쳤다. '창가에서'인지 '정원에서'인지, 아니면 그 비슷한 제목의 책이었고 벤턴이나 헨슨, 아니면 그 비슷한 이름을 가진 남자가 쓴 책이었다. 그녀가 처음 몇 페이지를 읽었다. 우리는 말없이 귀를 기울였다.

"그런데 그건 책이 아니잖아."

누군가 말했다. 그래서 그녀는 다른 것을 골랐다. 이번에는 역사책이었는데 책을 쓴 사람의 이름은 기억나지 않는다. 그녀가 읽어 갈수록 우리 마음속에서는 초조한 기분이 점점 커졌다. 한마디도 옳은 것 같지 않았고, 문체는 형편없었다.

"시! 시!" 우리는 조급하게 소리쳤다.

"시를 읽어 봐!"

그녀가 작은 책을 펼치고 거기 담긴 장황하고 감상적이며 실없는 소리를 입에 올렸을 때 얼마나 황당한 기분이 엄습했는지는 도저히 묘사조차 할 수 없다.

"틀림없이 여자가 썼을 거야."

누군가 주장했다. 그런데 아니었다. 시를 쓴 사람은 젊은 남자이고 현재 가장 유명한 시인 중 하나라고 그녀가 말했다. 그 말이 얼마나 큰 충격이었을지 상상하는 것은 독자에게 맡기겠다. 우리 모두는 더 읽지 말라고 소리쳐 간청했지만 그녀는 고집을 피우며 『대법관들의 생애』를 발췌해서 읽어 주었다. 낭독이 끝났을 때 우리 중 가장 나이가 많고 영리한 제인이 일어서더니 자신은 이해가 되지 않는다고 말했다.

"남자들이 이런 쓰레기를 쓴다면, 우리 어머니들은 왜 그런 인간들을 낳느라 젊음을 낭비한 걸까?"

우리는 모두 입을 다물었다. 그 침묵 속에서 가엾은 폴이 흐느끼는 소리가 들렸다.

"아니, 우리 아버지는 왜 내게 읽기를 가르쳤을까?"
클로린다가 제일 먼저 마음을 가다듬었다.
"그건 전부 우리 잘못이야." 그녀가 말했다. "우리는 읽는 법을 알고 있어. 하지만 폴을 제외하면 누구도 책을 읽으려고 애쓴 적이 없지. 나는 아이들을 낳으며 젊은 시절을 보내는 게 여자의 당연한 의무라고 생각해 왔어. 아이를 열 낳은 어머니를 존경했고. 열다섯 낳은 할머니는 더 존경했거든. 솔직히 고백하자면, 나는 스물을 낳겠다는 야심을 갖고 있었어. 우리는 남자들이 여자들과 똑같이 부지런하고 똑같이 가치 있는 일을 한다고 생각하면서 지금껏 모든 시대를 살아온 거야. 우리는 아이를 낳는 반면에 남자들은 책과 그림을 낳는다고 생각했지. 우리는 세상을 사람으로 채웠어. 그들은 세상을 문명화했고. 그런데 이제 우리가 글을 읽게 되었으니, 어떤 방해도 받지 않고 그 결과를 판단할 수 있겠지? 아이를 하나 더 낳기 전에 우리는 이 세상이 어떤 곳인지 알아내겠다고 맹세해야 해."

그래서 우리는 질문하는 모임을 만들었다. 누군가는 군함을 찾아가 보기로 했다. 누군가는 학자의 서재에 숨어서 지켜보기로 했다. 또 누군가는 사업가들의 회의에 참석하기로 했다. 그러면서 모두 책을 읽고, 그림을 보고, 음악회에 가고, 거리에서 눈을 크게 뜨고 살펴보고, 끊임없이 질문을 던지기로 했다. 우리는 아주 어렸다. 그날 밤 헤어지기 전에, 인생의 목적은 좋은 사람과 좋은 책을 만들어 내는 것이라는 의견에 동의했던 것을 보면 우리가 얼마나 단순했는지 판단할 수 있다. 우리가 던질 질문은 남자들이 현재 목표를 얼마만큼 달성했는지 알아내는 것이었다. 우리는 만족스러운 답변을 얻을 때까지 아이를 하나도 낳지 않겠다고 엄숙하게 맹세했다.

그렇게 우리는 헤어졌고, 누군가는 영국 박물관으로, 누군가는 해군으로 갔다. 누구는 옥스퍼드에 갔고, 누구는 케임브리지에 갔다. 우리는 왕립 미술원과 테이트 미술관을 찾아갔다. 연주회장에서 현대 음악을 들었고, 법정에 갔고, 새로운 연극을 보았다. 누구든 외식을 할 때면 상대방에게 질문들을 던지고 답변을 꼼꼼하게 기록했다. 간간이 우리는 만나서 관찰한 것들을 비교했다. 아, 정말 즐거운 모임이었다. 로즈가 '명예'에 관해 쓴 글을 읽으며, 자신이 에티오피아 왕자처럼 차려입고 영국 군함에 올랐던 일을 묘사했을 때는 어느 때보다 큰 폭소를 터뜨렸다. 속임수를 알아차린 선장은 (이제 평범한 신사로 변장한) 그녀를 찾아와서 자신의 명예를 회복해야 한다고 주장했다.

"그런데 어떻게요?" 그녀가 물었다.

"어떻게?" 그가 고함쳤다. "물론 지팡이로!"

그가 분노로 제정신이 아니라는 것을 안 그녀는 최후의 순간이 되었다고 생각하며 몸을 숙였고, 놀랍게도 엉덩이에 가볍게 여섯 대만 맞았다.

"영국 해군의 명예를 지키기 위한 복수이다!" 그가 소리쳤다.

몸을 일으킨 그녀는 얼굴에 땀을 흘리며 떨리는 오른손을 내밀고 있는 그를 보았다.

"물러서시오!" 그녀가 허세를 부리면서 그의 사나운 말투를 흉내 내어 소리쳤다. "내 명예는 아직 회복되지 않았소!"

"신사다운 말씀이군!" 그는 이렇게 대답하고 깊은 생각에 잠겼다.

"영국 해군의 명예를 회복하기 위한 복수를 여섯 대로 했다면, 평범한 신사의 명예는 몇 대로 회복해야 하나?" 그가 혼잣말했다.

그는 그 문제를 동료 장교들과 상의하는 게 좋겠다고 말했다. 그녀는 오만하게, 기다릴 수 없다고 대답했다. 그는 그녀의 민감한 감성을 칭찬했다.

"가만있자," 그가 갑자기 소리쳤다. "부친께서 마차를 건사하셨소?"

"아니요." 그녀가 말했다.

"아니면 승마용 말은?"

"우리에게는 당나귀가 있었소." 그녀는 잘 생각했다. "풀 베는 기계를 끄는 당나귀요."

이 말에 그의 얼굴이 밝아졌다.

"내 어머니의 이름은……." 그녀가 덧붙였다.

"제발, 이보시오, 모친의 성함은 말하지 마시오!"

그는 사시나무처럼 떨며 귀까지 빨개져서 소리를 질렀다. 적어도 십 분은 지난 다음에야 그녀는 그가 이야기를 계속하도록 유도할 수 있었다. 마침내 그는 허리 뒤쪽 자기가 가리키는 곳을 그녀가 네 대 반 때린다면(반 대는 그녀의 증조모의 삼촌이 트라팔가르 해전에서 전사한 사실을 인정하여 양보한 것이라고 그는 말했다.) 그녀의 명예는 새것이나 다름없이 깨끗해진다고 결정했다. 그렇게 했다. 그들은 음식점으로 가서 포도주 두

병을 마셨고, 그가 그 값을 내겠다고 고집을 부렸다. 그런 다음 두 사람은 영원한 우정을 맹세하며 헤어졌다.

그다음에 우리는 패니가 법정을 찾아간 이야기를 들었다. 처음 갔을 때 그녀는 판사들이 목각 인형이든지 아니면 인간을 닮은 큰 동물들인데, 아주 근엄하게 움직이며 중얼거리고 머리를 끄덕이도록 훈련을 받아 인간 흉내를 내고 있다는 결론을 내렸다. 이 생각이 맞는지 시험해 보려고 그녀는 재판의 결정적인 순간에 손수건에 들어 있던 청파리들을 풀어놓았지만 그 판사들이 인간의 징후를 드러냈는지는 판단할 수 없었다. 파리가 윙윙거리는 소리에 단잠이 들었던 그녀가 깨어 보니 그 순간 죄수들이 지하 감방으로 끌려가고 있었다. 그러나 그녀가 가져온 증거를 바탕으로 우리는 판사들을 인간으로 가정하는 것은 부당하다는 의견에 동의했다.

헬렌은 왕립 미술원에 다녀왔는데, 그림들에 대해 보고해 달라고 하자 연푸른색 책을 낭독하기 시작했다.

"오, 사라진 손의 감촉과 고요한 목소리를 위해. 사냥꾼은 집에 왔네. 산에서 집으로 돌아왔네. 그는 고삐를 한 번 흔들었지. 사랑은 달콤하고, 사랑은 덧없어. 봄, 아름다운 봄은 한 해의 유쾌한 왕이라네. 오, 이제 4월이 왔으니 영국에 있으면 좋으련만. 남자들은 일해야 하고 여자들은 울어야 하지. 의무의 길은 영광으로 나아가는 길이니······."

이런 헛소리를 우리는 더 이상 들을 수 없었다.

"시는 더 듣고 싶지 않아!" 우리가 소리쳤다.

"영국의 딸들이여!"

그녀가 읽기 시작했지만 우리가 그녀를 끌어 앉혔고, 그렇게 실랑이를 벌이는 통에 꽃병의 물이 그녀에게 쏟아졌다.

"맙소사!" 그녀가 개처럼 몸을 털며 소리쳤다. "이제 카펫을 뒹굴면서 내 몸에 남아 있는 영국 국기의 흔적을 털어 낼 수 있는지 알아보겠어. 그럼 어쩌면······."

그러더니 격렬하게 뒹굴었다. 그리고는 일어나서 현대의 그림들이 어떠한지를 설명하려 했는데 카스탈리아가 그녀의 말을 가로막았다.

"그림의 평균 크기는 얼마야?" 그녀가 물었다.

"아마 가로 60센티미터에 세로 75센티미터일 거야." 그녀가 말했다.

헬렌이 말하는 동안 카스탈리아는 받아 적었다. 그녀가 말을 끝냈을 때 우리는 서로 눈길을 마주치지 않으려고 애썼는데, 카스탈리아가 일어나 말했다.

"너희가 바란 대로 난 청소부로 가장하고 옥스브리지에서 지난주를 보냈어. 그래서 몇몇 교수의 방에 출입할 수 있었지. 이제 너희에게 몇 가지를 알려 주려고 하는데 문제는," 그녀가 말을 끊었다. "어떻게 말해야 좋을지 모르겠다는 거야. 전부 너무 이상하거든. 이 교수님들은," 그녀가 말을 이었다. "잔디밭 주위에 서 있는 큰 건물의 각자 감방 같은 곳에서 혼자 지내. 하지만 편리하고 안락한 시설은 모두 갖추고 있지. 버튼만 누르면 작은 램프에 불이 들어와. 그들의 논문은 말끔하게 정리되어 있어. 책이 아주 많고. 아이들이나 동물은 전혀 없고 다만 길 고양이 대여섯 마리와 늙은 피리새 한 마리뿐이었어.

내 기억엔 수컷이었어." 그녀가 말을 멈췄다. "내 숙모 한 분이 덜위치에 사시는데 선인장을 키웠지. 온실에 가려면 두 부분으로 나뉜 응접실을 지나야 했어. 온실에 가면 뜨거운 배관 위에 선인장이 수십 개 올려져 있었어. 못나고 땅딸막하고 뻣뻣한 가시가 있는 작은 식물이 각각의 화분에 심어져 있었지. 숙모님은 알로에꽃이 100년에 한 번 핀다고 하셨어. 그런데 그런 일이 일어나기도 전에 숙모님은 돌아가셨지……."

우리는 본론에서 벗어나지 말라고 그녀에게 말했다.

"그래," 그녀가 다시 말을 이었다. "홉킨 교수가 안 계실 때 나는 그분이 필생의 업적으로 여기는 사포 편집본을 뒤져 보았어. 15센티미터나 17센티미터 정도 되는 이상한 책이었는데, 전부 다 사포가 쓴 글은 아니었어. 아니야. 대부분은 사포의 순결을 옹호하는 글이었어. 어떤 독일인이 그것을 부정했거든. 정말이지 이 두 신사가 얼마나 열렬하게 논쟁을 벌였는지 몰라. 그중에서도 머리핀 같은 도구가 어떻게 쓰였는지 그 용도에 대해 많은 학식을 드러내고 독창적으로 논쟁하는 것이 내 눈에는 정말 놀라웠어. 그런데 문이 열리고 홉킨 교수가 나타났을 때 정말 놀랐지. 아주 친절하고 온유한 노신사였어. 하지만 그분이 순결에 대해 뭘 알겠어?"

우리는 그녀의 말을 오해했다.

"아니, 아냐." 그녀가 반박했다. "틀림없이 그분은 명예로운 분이야. 로즈가 말한 함장과 비슷하지는 않지만 난 숙모님의 선인장을 생각하고 있었어. 그 선인장들이 순결에 대해 뭘 알겠어?"

또다시 우리는 논지에서 벗어나지 말라고 말했다. 옥스브리지의 교수들이 인생의 목적인 좋은 사람들과 좋은 책들을 만들어 내는 데 도움이 됐어?

"저런!" 그녀가 큰 소리로 말했다. "그걸 물어볼 생각을 못 했네. 그들이 무언가를 만들어 낼 수 있을 거라는 생각이 전혀 들지 않았거든."

"네가 약간 실수를 한 것 같아." 수가 말했다. "어쩌면 홉킨 교수는 부인과 전문의였을 거야. 학자는 완전히 다른 부류의 사람들이야. 학자는 유머와 기발한 발상이 넘치고, 어쩌면 포도주에 중독되어 있을 거야. 하지만 그게 뭐 어때! 관대하고 영리하고 상상력이 풍부하고, 함께 있으면 기분 좋은 사람인데 그건 당연해. 누구보다도 훌륭한 인간들과 어울리며 평생을 살아가니까."

"흠," 카스탈리아가 말했다. "다시 가서 알아보는 게 좋겠어."

세 달쯤 지난 후 내가 혼자 앉아 있을 때 카스탈리아가 들어왔다. 그녀의 모습을 보고 왜 가슴이 뭉클했는지는 모르겠다. 나는 감정을 억누를 수 없어 황급히 방을 가로질러 그녀를 꼭 끌어안았다. 그녀는 아주 아름다웠을 뿐만 아니라 기분이 더없이 좋아 보였다.

"너무 행복해 보인다!" 그녀가 앉았을 때 내가 큰 소리로 말했다.

"옥스브리지에 갔었어." 그녀가 말했다.

"질문하러?"

"질문에 답하러." 그녀가 대답했다.

"우리의 맹세를 깨뜨린 건 아니지?"

그녀의 모습에서 무언가 낌새를 채며 내가 걱정스럽게 말했다.

"아, 그 맹세." 그녀가 태평하게 말했다. "난 아기를 갖게 될 거야. 네가 묻고 싶은 게 그거라면. 넌 상상할 수 없을 거야." 그녀가 큰 소리로 말했다. "얼마나 신나고, 얼마나 아름답고, 얼마나 만족스러운지."

"뭐가?" 내가 물었다.

"질문에…… 질문에…… 답하는 것이."

그녀가 약간 혼란스럽게 대답했다. 그러고 나서는 모든 이야기를 들려주었다. 그런데 내가 여태껏 들어 보지 못한 흥미롭고 흥미진진한 이야기를 하던 도중에 그녀가 몹시 기이한 소리를 질렀다. 환성 같기도 하고 어이, 하고 부르는 소리 같기도 했다.

"순결! 순결이라! 내 순결은 어디 있지!" 그녀가 소리쳤다.

"도와줘, 저! 향수병!"

방에는 겨자가 들어 있는 양념 통밖에 없었다. 그 냄새라도 맡도록 그녀에게 주려고 했을 때 그녀가 평정을 되찾았다.

"네가 세 달 전에 그것을 생각했어야 했는데." 내가 가혹하게 말했다.

"맞아," 그녀가 대답했다. "지금 생각해 봐야 소용도 없지. 그런데 우리 엄마가 내게 카스탈리아[2]라는 이름을 붙여 준

---

2) 그리스 신화에 나오는 델포이의 아름다운 님프로 아폴로에게 쫓겨 샘에

건 유감이야."

"아, 카스탈리아, 네 어머니는……."

내가 말을 꺼냈을 때 그녀가 겨자 통을 잡으려고 손을 뻗었다.

"아니, 아냐, 아냐." 그녀가 고개를 저으며 말했다. "네가 순결한 여자였으면 넌 나를 보고 비명을 질렀을 거야. 그런데 너는 한걸음에 달려와서 나를 안았어. 아니, 카산드라. 우리는 순결하지 않아."

이렇게 우리는 말을 이어 갔다. 그동안 방에 친구들이 모여들었다. 우리가 관찰한 결과를 토론하기로 한 날이었다. 모두들 카스탈리아에 대해 나와 같은 감정을 느낀 것 같았다. 그들은 그녀에게 키스하고 다시 만나 정말 반갑다고 말했다. 마침내 다 모이자 제인이 일어나서 시작할 시간이 되었다고 말했다. 그녀는 먼저 우리가 지난 오 년간 질문을 던져 왔으며, 그 결과가 확실한 결론에 이르지 못할 수밖에 없었다고 말하기 시작했다……. 이 부분에서 카스탈리아가 나를 쿡쿡 찌르며 자신은 그렇게 생각하지 않는다고 속삭였다. 그러더니 일어서서 제인의 말을 막으며 말했다.

"네가 말을 더 이어 가기 전에 알고 싶어. 내가 방 안에 계속 있어도 되는지? 왜냐하면," 그녀가 덧붙였다. "고백하는데, 나는 불결한 여자거든."

모두들 놀라서 그녀를 보았다.

빠져 죽었고, 카스탈리아 샘은 시적 영감의 원천으로 여겨지게 되었다.

"아기를 가진 거야?" 제인이 물었다.

카스탈리아가 고개를 끄덕였다.

모두의 얼굴에 떠오른 다양한 표정을 보니 예사롭지 않았다. 웅성거리는 소리가 방 안에 퍼져 나갔고 그 가운데서 '불결한', '아기', '카스탈리아' 등의 단어들을 알아들을 수 있었다. 상당한 감정의 동요를 느낀 제인이 우리에게 물었다.

"카스탈리아를 내보내야 할까? 그녀가 불결한 거야?"

바깥 거리에서도 들릴 정도로 요란한 함성이 방 안을 채웠다.

"아니! 아니! 아니야! 여기 있도록 해! 불결하다고? 웃기지 마!"

하지만 열아홉 살에서 스무 살쯤의 어린 여자들은 수줍음에 압도되어 망설이는 것 같았다. 그리고 나서 우리는 모두 그녀를 둘러싸고 질문을 던지기 시작했다. 결국은 뒷전에 남아 있던 가장 어린 여자도 수줍게 다가가서 카스탈리아에게 말을 걸었다.

"그럼 순결이 뭐예요? 내 말은, 그게 좋은 거예요, 나쁜 거예요, 아니면 아무것도 아니에요?"

카스탈리아가 너무 나지막하게 대답해서 나는 그녀의 말을 알아들을 수 없었다.

"있잖아, 난 충격받았어." 또 다른 여자가 말했다. "적어도 십 분간은."

"내 생각에," 늘 런던 도서관에서 책을 읽느라 신경질적으로 변해 가던 폴이 말했다. "순결은 무지일 뿐이야. 가장 수치스러운 마음 상태이지. 우리는 정숙하지 않은 사람만 우리 모임에 받아들여야 해. 카스탈리아를 우리 회장으로 뽑자고 제안하겠어."

이 말에 대해 격렬한 반박이 이어졌다.

"여자들을 순결하다거나 불결하다고 낙인찍는 것 역시 불공정한 일이야." 폴이 말했다. "우리 중 일부는 기회도 없었잖아. 게다가 나는 캐시 자신도 순전히 지식을 얻기 위해서 그렇게 행동했다고는 주장할 수 없을 거라고 생각해."

"그는 이제 스물한 살이고 매우 아름다워." 캐시가 매혹적인 몸짓을 하며 말했다.

"사랑에 빠진 사람을 제외하고는 누구도 순결이나 부정에 대해 말하지 말자고 제안해." 헬렌이 말했다.

"아, 성가셔." 과학적인 문제를 탐구해 온 주디스가 말했다. "난 사랑에 빠지지 않았지만 법령에 의해 창녀들을 없애고 처녀들을 임신하게 만드는 방법을 설명하고 싶거든."

그녀는 나아가 자신이 만든 발명품에 대해 설명했다. 지하철역이나 사람들이 많이 모이는 공공장소에 세워질 그 발명품에 사용료를 조금 지불하면 국민의 건강을 지켜 주고, 남자들의 편의를 도모해 주고, 여자들의 불편을 덜어 줄 것이다. 그리고 나서 그녀는 미래의 대법관이나 '시인들이나 화가들, 또는 음악가들'의 싹을 밀봉한 통 안에 보존하는 방법을 고안했다고 덧붙였다.

"만일 이런 혈통들이 멸종하지 않았고 여자들이 여전히 아이를 낳고 싶어 한다면 말이지."

"물론 우리는 아이를 낳고 싶어!" 카스탈리아가 조급하게 소리쳤고 제인은 탁자를 두드렸다.

"바로 그 점에 대해 심사숙고하려고 우리가 모인 거야." 그녀가 말했다.

"지난 오 년간 우리는 인류를 존속시키는 것이 정당화될 수 있는지 알아내려고 애써 왔어. 카스탈리아가 우리의 결정을 앞질러 행동해 버렸지만, 이제 각자 마음을 정해야 해."

여기서 우리의 특사들이 차례로 일어나서 보고서를 낭독했다. 문명의 경이로운 업적은 우리의 기대치를 훨씬 능가했다. 인간이 어떻게 허공을 날고, 공간을 가로질러 이야기를 나누고, 원자의 핵심을 꿰뚫고, 우주에 대해 추론하는지를 처음으로 알게 되었을 때 우리의 입술에서는 탄성이 터져 나왔다.

"우리의 어머니들이 이런 대의를 위해 젊음을 희생했다는 게 자랑스러워."

우리는 소리쳤다. 주의 깊게 듣고 있던 카스탈리아도 누구보다 자랑스러워하는 듯 보였다. 그러자 제인은 아직 배울 것이 많이 남아 있다고 상기시켜 주었고 카스탈리아는 서둘러 진행하라고 재촉했다. 우리는 이어서 방대하고 혼란스러운 통계 수치를 검토했다. 영국의 인구는 수백만이고, 그중 일정 비율은 늘 굶주리는 상태이고, 또 일정 비율은 감옥에 있으며, 노동자 가정의 평균 가족 수는 몇 명이고, 출산에 따르는 질병으로 여성이 사망하는 비율이 대단히 높다는 것을 배웠다. 공장, 상점, 슬럼가, 조선소를 방문한 보고서가 낭독되었다. 증권 거래소, 런던 금융가에 있는 거대한 사무소, 그리고 관공

서에 대한 보고도 있었다. 이제 영국 식민지에 대한 토론이 진행되었고, 인도와 아프리카, 아일랜드에서 영국의 지배 상황에 대한 설명도 있었다. 카스탈리아 옆에 앉아 있던 나는 그녀가 불편해하는 걸 알아챘다.

"이래서는 어떤 결론에도 이르지 못하겠어." 그녀가 말했다. "문명은 우리가 아는 것보다 훨씬 더 복잡한 것 같으니까, 우리가 원래 조사했던 것으로 제한하는 편이 낫지 않겠어? 인생의 목적은 좋은 사람들과 좋은 책들을 만들어 내는 것이라는 데 동의했잖아. 지금까지 비행기나 공장, 돈에 대해 말했어. 이제 남자들 자체와 그들의 재주에 대해 이야기해 보자. 그것이 문제의 핵심이니까."

그래서 외식하며 질문을 던진 회원들이 답이 적힌 길고 가느다란 종이를 들고 앞으로 나왔다. 그 질문들은 많은 숙고 끝에 작성된 것이었다. 좋은 남자는 어떻든 정직하고, 열정적이고, 세속적이지 않아야 한다는 데 우리는 동의했었다. 그러나 어떤 남자가 이런 자질을 가지고 있는지는 질문을 던져서만, 때로는 거리가 먼 질문을 던져야만 알아낼 수 있었다. 켄싱턴은 살기 좋은 곳인가요? 아드님은 어디에서 교육받고 있습니까? 따님은요? 자, 말씀해 주세요. 담배를 사는 데 얼마를 지불하십니까? 그런데 조지프 경은 준남작인가요, 아니면 훈작사인가요? 더 직접적인 질문보다는 이런 사소한 질문에서 더 많이 배우는 것 같았다.

"내가 작위를 받은 것은 아내가 원했기 때문이오."라고 벙컴 경이 말했다. 똑같은 이유로 작위를 받은 사람이 얼마나 되

어떤 모임

는지를 나는 잊었다.

"나처럼 하루 스물네 시간에서 열다섯 시간을 일하면……."
수많은 기술자들이 이렇게 말을 꺼냈다.

"아니, 아니, 당신은 글을 읽을 줄도, 쓸 줄도 몰라요. 그런데 왜 그렇게 열심히 일하시나요?"

"이봐요, 식구가 늘어나는데……."

"그런데 당신의 가족은 왜 늘어나나요?"

그것도 그들의 아내가 바랐거나 아니면 영국 제국이 원했을 것이다. 그러나 대답보다 중요한 것은 대답을 거부한다는 사실이었다. 도덕과 종교에 대한 질문에 조금이라도 대답한 사람은 극소수에 불과했고, 답변을 하더라도 진지하지 않았다. 돈과 권력의 가치에 대한 질문은 거의 언제나 무시되었고, 가끔은 질문한 사람을 큰 위험에 빠뜨렸다.

"정말이지, 내가 자본주의 체제에 대해 질문했을 때 할리 타이트부츠 경이 양고기를 써는 중이 아니었다면 내 목을 잘랐을 거야."라고 질이 말했다.

"우리가 거듭해서 목숨을 부지하고 달아날 수 있었던 건 오로지 남자들이 너무 배가 고팠고 너무 예의 바르기 때문이었어. 그들은 우리를 너무나 경멸해서 우리가 뭐라 하든 개의치 않아."

"물론 남자들은 우리를 경멸해." 엘리너가 말했다. "그런데 이건 어떻게 설명하지……. 나는 예술가들을 만나 질문을 던졌어. 그런데 여자가 예술가인 적은 없었어, 그렇지 않아, 폴?"

"제인—오스틴—샬럿—브론테—조지—엘리엇."

폴이 뒷골목에서 머핀을 파는 장사꾼처럼 소리쳤다.

"빌어먹을 여자!" 누군가 큰 소리로 말했다. "얼마나 따분한지 몰라!"

"사포 이후로는 일류 여성이 없었다……." 엘리너가 주간지를 인용하며 말을 꺼냈다.

"사포는 홉킨 교수가 만들어 낸 좀 음란한 여자라는 게 이제 잘 알려졌잖아." 루스가 끼어들었다.

"어떻든 지금까지 여자가 글을 쓸 수 있었다든지 앞으로도 쓸 수 있을 거라고 생각할 이유는 없어." 엘리너가 말을 이었다. "그런데 작가들이 모인 곳에 가 보면 그들은 자기 책에 대해 쉬지 않고 말하더군. 거장다워요! 바로 셰익스피어로군요. 내가 이렇게 말해 주면(뭐라고든 말을 해야 하니까.) 내 말을 정말로 믿더라고."

"그래서 어떻다는 거야?" 제인이 말했다.

"그들은 전부 다 그래. 단지," 그녀가 한숨을 쉬었다. "우리에겐 그리 도움이 되지 않는 것 같아. 이제 현대 문학을 검토하는 편이 좋겠어. 리즈, 네 차례야."

엘리자베스가 일어서서, 조사를 위해 남장을 하고 평론가 행세를 했다고 말했다.

"난 지난 오 년간 새로 나온 책을 꽤 꾸준하게 읽었어." 그녀가 말했다. "웰스 씨는 생존한 작가 중 가장 인기 있는 작가야. 그다음에 아놀드 베넷 씨, 그다음으로 콤프턴 맥켄지 씨가 있고. 맥켄나 씨와 월폴 씨는 같이 묶어서 생각해도 돼." 그녀가 앉았다.

"그런데 네가 알려 준 게 없잖아!" 우리가 이의를 제기했다. "아니면 이 신사들이 제인—엘리엇보다 훨씬 뛰어나다는 뜻이야? 그리고 영국 소설은? 네 보고서는 어디 있어? 아, 그래, '그들의 손에서 안전'하다고?"

"안전해, 아주 안전해." 그녀가 불안하게 발을 동동거리며 말했다. "그리고 자신들이 받는 것보다 더 많은 것을 거저 주는 사람들이라고 나는 믿어."

우리 모두는 그것을 믿었다.

"하지만 그들이 좋은 책을 쓰고 있어?" 우리가 추궁했다.

"좋은 책?" 그녀는 천장을 보며 말했다.

"소설은 인생의 거울이라는 걸 기억해야 해." 그녀가 몹시 빠르게 말을 시작했다. "그리고 의심할 바 없이 교육이 최고로 중요하고. 밤늦게 브라이튼시에 홀로 있게 되었는데 어느 하숙집에 머물러야 가장 좋을지를 알지 못한다면 몹시 짜증이 나겠지. 만일 빗물이 뚝뚝 떨어지는 일요일 저녁이라면, 영화를 보러 가는 게 좋지 않겠어?"

"그런데 그게 무슨 상관이지?" 우리가 물었다.

"전혀, 전혀, 전혀 상관없어." 그녀가 대답했다.

"그럼, 진실을 말해 줘." 우리가 그녀에게 요구했다.

"진실이라고? 그런데 놀랍지 않아?" 그녀가 말을 멈췄다. "치터 씨는 지난 삼십 년간 매주 사랑이나 버터 바른 뜨거운 빵에 대한 칼럼을 써서 자기 아들들을 모두 이튼 스쿨에 보냈어……"

"진실을 말하라고!" 우리가 요구했다.

"아, 진실," 그녀가 말을 더듬었다. "진실은 문학과 아무 상관이 없어."

그러고는 앉았고 더는 한마디도 하지 않았다. 이 모두가 어떤 결론도 제시하지 못하는 것으로 보였다.

"여러분, 우리는 그 결과를 요약해야 해."

제인이 말을 시작했을 때 열린 창문을 통해 얼마간 들려오던 웅성거리던 소리가 갑자기 그녀의 목소리를 삼켜 버렸다.

"전쟁이 났다! 전쟁! 전쟁이야! 전쟁을 선포했어!" 아래 거리에서 남자들이 소리치고 있었다.

우리는 공포에 질려 서로를 바라보았다.

"전쟁?" 우리는 소리쳤다.

"무슨 전쟁?"

우리는 하원에는 누구도 보낼 생각을 하지 않았다는 것을 너무 늦게 깨달았다. 하원에 대해서는 까맣게 잊고 있었던 것이다. 우리는 런던 도서관의 역사책 서가에 이른 폴을 쳐다보며 우리의 눈을 뜨게 해 달라고 요청했다.

"아니, 남자들은 대체 왜 전쟁을 하는 거야?"

"어떤 때는 이런 이유로, 어떤 때는 저런 이유로." 그녀는 차분하게 대답했다. "가령 1760년에는……" 바깥에서 올라온 함성에 그녀의 말이 묻혀 버렸다. "또 1797년에는…… 1804년에는…… 1866년에는 오스트리아인들이…… 1870년에는 프랑스-프로이센이…… 반면에 1900년에는……."

"그런데 지금은 1914년이잖아!" 우리는 그녀의 말을 가로막았다.

어떤 모임

"아, 지금은 왜 전쟁을 하는지 모르겠어." 그녀가 인정했다.

＊＊＊

전쟁이 끝나고 평화 조약이 체결되던 때 나는 예전에 모이던 방에서 또다시 카스탈리아와 단둘이 있게 되었다. 우리는 한가로이 옛 회의록을 뒤적였다.

"오 년 전에 우리가 했던 생각들을 돌아보니 기분이 참 묘하네." 내가 혼잣말을 했다.

"우리는 좋은 사람들과 좋은 책을 만들어 내는 것이 인생의 목적이라는 데 동의한다."

카스탈리아가 내 어깨 너머로 읽었다. 우리는 그 문장에 대해 어떤 말도 덧붙이지 않았다.

"좋은 남자는 어떻든 정직하고 열정적이며 세속적이지 않은 사람이다."

"참으로 여자다운 말이로군!" 내가 말했다.

"아, 맙소사!" 카스탈리아가 회의록을 밀어내며 소리쳤다. "우린 엄청난 바보였어! 이게 모두 폴의 아버지 탓이야." 그녀가 말을 이었다. "그분은 일부러 그랬을 거야. 폴에게 런던 도서관의 책을 다 읽게 만든 그 말도 안 되는 유언장 말이야. 만일 우리가 읽는 법을 배우지 않았더라면," 그녀가 씁쓸하게 말했다. "우리는 지금도 무지한 가운데 애들을 낳고 있겠지. 어떻든 그편이 가장 행복한 삶이었을 거야. 네가 전쟁에 대해 뭐라고 말하려는지 알아." 그녀는 나를 가로막았다. "자식을 낳아서 그 애들이 살해되는 것을 보는 끔찍함 말이지. 우리의 어머니들이, 그리고 그 어머니들이, 그리고 그 이전의 어머니들이 그랬듯이. 그런데 그들은 불평하지 않았어. 그들은 글을 읽을 줄 몰랐지. 나는 최선을 다했어." 그녀가 한숨을 쉬었다. "내 어린 딸이 글을 읽지 못하게 하려고. 그래 봐야 소용도 없었지. 바로 어제 앤이 신문을 들고 있더구나. 그 애는 그것이 '진실'이냐고 묻기 시작했어. 그러고는 로이드 조지 씨가 좋은 사람이냐고, 그다음에는 아놀드 베넷 씨가 좋은 소설가냐고, 결국에는 신을 믿느냐고 물은 거야. 어떻게 해야 내 딸이 아무것도 믿지 않도록 키울 수 있을까?" 그녀가 따지듯이 물었다.

"물론 남자의 지성은 근본적으로 여자의 지성보다 우월하고 언제나 그럴 거라고 믿도록 가르칠 수 있겠지?" 내가 제안했다. 그녀는 이 말에 얼굴이 환해지더니 옛 회의록을 다시 뒤적이기 시작했다.

"그래," 그녀가 말했다. "남자들이 발견한 것들, 그들의 수학, 과학, 철학, 연구를 생각해 봐……" 그러더니 그녀는 웃기 시작했다. "난 절대 늙은 홉킨 교수와 머리핀을 잊지 못할 거야."

이렇게 말하고는 계속 읽으며 웃었다. 기분이 아주 좋은 것 같았다. 그런데 그녀가 갑자기 회의록을 밀쳐 내더니 버럭 소리를 질렀다. "아, 카산드라, 왜 나를 괴롭히니? 남자의 지성에 대한 우리의 믿음이 무엇보다도 큰 착각이라는 걸 모르는 거야?"

"뭐라고?" 내가 소리쳤다. "이 땅에 사는 저널리스트나 교장, 정치가, 또는 술집 주인, 누구에게든 물어봐. 다들 남자들이 여자들보다 훨씬 영리하다고 할걸."

"내가 그걸 의심하는 것 같아?" 그녀가 경멸하듯이 말했다. "남자들이야 그럴 수밖에 없지 않겠어? 태초부터 우리가 그들을 낳고 먹이고 안락하게 해 줬잖아. 다른 건 몰라도 영리해지도록 말이지. 그건 전부 우리가 한 일이야!" 그녀가 소리쳤다. "우리는 지성을 얻겠다고 주장했고 이제 얻었어. 근본적인 문제는 지성이야." 그녀가 말을 이었다. "지성을 계발하기 전의 소년은 무엇보다도 매력적이지. 보기에 아름답고. 잘난 척하지도 않아. 그는 미술과 문학의 의미를 본능적으로 이해해. 자기 삶을 즐기며 돌아다니고 다른 사람들도 그들의 삶을 즐기게 하지. 그런데 사람들이 그 아이의 지성을 연마하려고 가르치거든. 그는 법정 변호사나 공무원이 되고, 장군이나 작가, 교수가 되지. 매일 그는 사무실에 나가고, 매년 책을 만들어 내. 그는 자기 두뇌의 산물로 온 가족을 부양해. 불쌍한 녀석! 오래지 않아 그가 방에 들어오면 우리 모두 불편한 느낌을 받게 돼. 그는 모든 여자에게 짐짓 겸손한 척하고, 자기 아내에게도 진실을 말할 용기가 없어. 그를 두 팔로 안으려면 우리 눈이 기쁨을 얻지 못하니 두 눈을 꼭 감아야 해. 실로 그들은 온갖 형태의 별 훈장이나 온갖 색깔의 리본, 그리고 온갖 수입으로 위안을 얻지. 그런데 우리는 무엇으로 위안을 얻지? 십 년 지나면 라호르에서 주말을 보낼 수 있으리라는 기대로? 아니면 일본의 가장 작은 곤충의 이름이 그 몸길이의 두 배가 된다는 것으로? 오, 카산드라, 제발, 남자들이 아이를 낳을 수 있는 방법을 고안해 보자! 우리에게는 그게 유일한 기회야. 그들에게 무해한 일거리를 제공하지 않으면 좋은 사람도 좋은 책도 얻을 수 없을 테니까. 우리는 걷잡을 수 없는 그들의 행동 결과에 짓눌려 멸망하고 말 거야. 그러면 과거에 셰익스피어가 있었다는 걸 아는 인간이 한 명도 살아남지 않겠지."

"너무 늦었어." 내가 대답했다. "우리는 우리 아이들을 위해서도 대비하지 못하잖아."

"그런데도 넌 내게 지성을 믿으라고 하는구나." 그녀가 말했다.

우리가 말하는 동안 거리에서 남자들이 지친 듯이 목쉰 소리로 고함치고 있었다. 귀 기울여 보니 평화 협정이 방금 조인되었다고 했다. 목소리들이 서서히 사라졌다. 비가 내리고 있어서 폭죽을 제대로 터뜨리는 데 물론 방해가 되었다.

"우리 집 요리사가 《이브닝 뉴스》를 샀을 거야." 카스탈리아가 말했다.

"앤은 차를 마시며 그 신문을 꼼꼼히 읽어 보겠지. 난 집에 가야 해."

"그래 봐야 아무 소용없어. 전혀." 내가 말했다. "일단 그 애가 읽는 법을 알면, 그 애에게 믿도록 가르칠 것은 한 가지뿐이야. 그 애 자신이지."

"글쎄, 그건 좀 색다른 변화가 되겠구나." 카스탈리아가 한숨을 쉬었다.

그래서 우리는 우리 모임의 회의록을 그러모았고, 인형을 갖고 아주 행복하게 놀고 있는 앤에게 엄숙하게 그 꾸러미를 선물했고, 그 애를 미래 모임의 회장으로 뽑았다고 말해 주었다. 그러자 그 애는 울음을 터뜨렸다. 가엾은 아이.

월요일 또는 화요일

한가하고 무심하게, 날개에서 공간을 쉽사리 털어 내며, 자기 갈 길을 알고 있기에, 왜가리는 하늘 아래 교회 상공을 지나간다. 멀리서 하얗게, 그 자체에 녹아든 하늘은 끝없이 덮였다가 벗기고, 움직이다가 멈춰 선다. 호수인가? 그 기슭을 완전히 덮어! 산이 됐어? 아, 완벽하다, 산비탈에 황금빛 햇살이 어려 있어. 산이 무너진다. 그러고 나면 양치식물이나 흰 깃털, 영원히 그리고 언제까지나…….

진실을 열망하고, 진실을 기다리고, 힘겹게 몇 단어를 뽑아내고, 영원히 열망하고(외치는 소리가 왼쪽에서 터져 나오고, 또 다른 소리가 오른쪽에서 난다. 바퀴들이 다른 방향으로 나아가 부딪친다. 버스들이 모여들어 충돌한다.), 영원히 열망하고(또렷하게 울리는 열두 번의 종소리로 시계는 지금이 정오라고 선언한다. 빛은 금빛 비늘을 떨군다. 아이들이 떼 지어 몰려든다.), 영원히 진실을 열망한다. 반구형 지붕은 붉다. 동전들이 나무에 매달려 있다. 굴뚝에서 나온 연기가 길게 나부낀다. 컹컹 짖고, 고함을 지르고, "철물 팔아요."라고 소리친다. 그런데 진실은?

검은색이나 금색으로 덮인 남자들과 여자들의 발끝을 비추며(이렇게 안개 자욱한 날에 ― 설탕이요? 아뇨, 고맙습니다 ― 미래의 공화정) 난로의 불빛은 날아가 검은 형체들과 빛나는 눈을 제외하고 온 방을 붉게 물들인다. 밖에서 화물차가 짐을 내리는 동안, 뭐라더라, 그 여자는 자기 탁자에서 차를 마시고, 판유리는 털 코트를 보호한다.

가벼운 이파리가 나부끼고, 모퉁이에서 떠다니고, 바퀴들 너머로 불려 가고, 은빛 빗방울이 튀고, 집으로든 아니든, 모이고, 흩뿌려지고, 제각기 크기대로 흩어지고, 휩쓸려 올라갔다 내려오고, 찢어지고, 가라앉고, 쌓인다. 그런데 진실은?

이제 희고 네모난 대리석이 깔린 난롯가에서 회상해 보자면. 상아색 심연에서 단어들이 올라와 어둠을 떨구고 꽃을 피우고 스며든다. 책이 떨어진다. 불꽃에, 연기에, 순간적 섬광에, 아니면 이제 네모난 대리석 펜던트와 그 아래 뾰족탑과 인도양이 항해하고, 그동안 허공은 푸른색으로 돌진하고 별들이 번뜩인다. 진실은? 아니면 이제, 가까이 간 것에 만족할까?

한가하고 무심하게 왜가리가 돌아온다. 하늘은 별들에 휘장을 덮었다가 휘장을 벗겨 드러낸다.

현악 사중주

 자, 도착했다. 방 밖으로 눈길을 던지면 지하철과 전철, 버스, 적지 않은 자가용 마차, 과감하게 생각하자면, 내부가 나뉜 랜도 마차까지도 런던의 한쪽 끝에서 다른 끝으로 분주하게 실들을 자아내고 있는 것을 보게 되리라. 하지만 나의 마음에선 의혹이 일기 시작한다.
 사람들 말대로 레전트 거리가 들썩이는 중이고, 협정이 조인되었으며, 날씨가 연중 이맘때치고는 춥지 않고, 심지어 그 월세로도 아파트 한 채 구할 수 없고, 독감의 최악은 그 후유증이라는 것이 사실이라면. 내가 식품 저장실에서 물이 새는 곳에 대해 써 두는 것을 잊었고 장갑을 기차에 두고 내린 것을 생각해 낸다면. 혈연이기 때문에 몸을 앞으로 내밀고 어쩌면 주저하며 내민 손을 상냥하게 잡아야 한다면.

"만난 지 칠 년이나 지났네요!"

"마지막으로 베니스에서 만났지요."

"지금은 어디 사세요?"

"글쎄, 하지만 내게는 늦은 오후가 제일 편해요. 너무 무리한 부탁이 아니라면."

"하지만 당신을 즉시 알아봤어요."

"그래도, 전쟁 때문에 단절되었죠."

이런 작은 화살들이 마음에 꽂힌다면, 그리고 ― 사교적 교류로 인해 어쩔 수 없이 ― 한 화살이 발사되자마자 다른 화살이 밀려 나온다면. 만일 이것이 열기를 낳고 게다가 전깃불을 켜게 된다면. 만일 아주 많은 경우에 어떤 말을 하고 나서 그 말을 개선하고 수정할 필요가 남을 뿐만 아니라 후회와 기쁨, 허영심 그리고 욕망을 자극한다면, 만일 내가 말하려는 것은 죄다 사실인데 표면에 드러나는 것은 모자, 털목도리, 신사들의 연미복, 그리고 진주 넥타이핀이라면 대체 무슨 가능성이 있을까?

무엇의 가능성? 지금은 무엇인지 말할 수 없고 마지막으로 말할 수 있었던 때조차 기억할 수 없다고 생각하면서 내가 결국 왜 여기 앉아 있는지를 말하기가 매 순간 어려워진다.

"그 행렬 봤어요?"

"국왕이 냉담하게 보였어요."

"아니, 아니, 아니. 그런데 그건 뭐였지?"

"그녀는 맘즈버리에 집을 샀어요."

"집을 구하다니 운이 좋군요!"

그 반대로 내게는 그녀가 누구든 간에 저주받은 것이 확실해 보인다. 그건 전부 다 아파트와 모자, 갈매기의 문제에 불과하니까. 혹은 여기 잘 차려입고 벽들에 에워싸이고, 모피를 두르고, 포식한 채 앉아 있는 100명의 사람들에게는 그런 문제로 보인다. 내가 자랑할 수 있는 건 아니다. 우리 모두 그러고 있듯이, 나 역시 금박 입힌 의자에 가만히 앉아서 파묻힌 기억 위에 흙을 뒤집고 있을 뿐이니까. 내가 착각한 게 아니라면 우리 모두 무언가를 회상하고 있고 은밀히 무언가를 찾는 징후가 있으니 말이다. 왜 꼼지락거릴까? 왜 외투가 잘 어울리는지, 그리고 장갑의 단추를 끼워야 할지 풀어야 할지에 대해 그토록 안절부절못할까? 그런데 검은 캔버스 천을 배경으로 저 늙은 얼굴을 보라. 조금 전에는 세련되고 붉게 상기되었지만 지금은 어둠에 잠긴 듯 무뚝뚝하고 슬프게 보인다. 저 소리는 대기실에서 음을 조율하는 제2바이올린일까? 이제 그들이 나온다. 검은 형체 넷이 악기를 들고 나와 쏟아지는 빛 아래 희고 네모난 공간을 보고 앉는다. 악보대에 활 끝을 얹었다가, 동시에 활을 올려 가볍게 들고 있다. 제1바이올린 주자가 맞은편 연주자를 건너다보며 센다. 하나, 둘, 셋.

화려하게 팡파르가 울리고, 솟아오르고, 재빨리 발전하고, 터져 나온다! 산꼭대기의 배나무. 샘들이 분출한다. 방울방울 내려온다. 그러나 론강의 강물은 빠르고 깊게 흐르고, 아치들 아래로 경주하듯 달려가며, 물에 끌리는 잎을 휩쓸어 가고, 은빛 물고기를 덮은 그림자를 씻어 낸다. 신속한 물줄기에 밀려 내려간 얼룩무늬 물고기는 이제 소용돌이에 휩쓸려 들어가고 거기서 — 이렇게 어렵사리 웅덩이에 모인 물고기들이 모두 튀어 오르고, 물을 차고, 날카로운 비늘을 비벼 댄다. 들끓는 급류가 노란 조약돌들을 휘저어 빙빙 돌리고, 빙글빙글 돌아간다 — 이제 급류를 벗어나서 아래로 돌진하거나 또는 어떻게 해서인지 정교한 나선형을 그리며 공중으로 올라간다. 대패 밑에 떨어진 얇은 대팻밥처럼 동그랗게 말려 위로 또 위로…… 가벼운 걸음으로 미소를 지으며 세상을 지나가는 사람들의 선량함은 얼마나 사랑스러운지! 또한 아치 밑에 쭈그려 앉아 있는 명랑하고 입이 거친 노파들, 음란한 늙은 여자들, 그들은 얼마나 호탕하게 웃고 몸을 흔들고 이리저리 들까불며 걷는지, 흠, 하!

"저건 물론 모차르트 초기 작품이군요."

"그런데 그의 모든 곡조가 그렇듯이 절망을 느끼게 하는 곡조예요. 희망을 품게 한다는 뜻이지요. 내 말이 무슨 뜻이냐고요? 저건 음악으로선 최악이에요! 나는 춤추고, 웃고, 분홍 케이크와 노란 케이크를 먹고, 톡 쏘는 약한 포도주를 마시고 싶어요. 아니면 외설적인 이야기, 지금은…… 그런 이야기가 재밌겠어요. 사람은 나이를 먹을수록 외설을 더 좋아하게 돼요. 하, 하! 나는 웃고 있어요. 무엇 때문에 웃느냐고요? 당신은 아무 말도 안 했고 건너편의 노신사도 안 했죠……. 그런데 만일, 만일, 쉿!"

우울한 강이 우리를 실어 간다. 달빛이 늘어진 버드나무 가지들 사이로 스며들 때 나는 당신의 얼굴을 보고, 당신의 목소리를 듣는다. 우리가 고리버들 밭을 지날 때 노래하는 새소리가 들린다. 당신은 뭐라 속삭이고 있죠? 슬픔, 슬픔. 기쁨, 기쁨. 함께 엮여, 뗄 수 없이 섞여, 고통 속에 묶이고 슬픔 속에 흩뿌려진다, 꽝!

보트가 가라앉는다. 음형이 솟아오르며 상승한다. 그런데 이제 가느다란 이파리가 점점 가늘어져 어둑한 환영이 되고, 그 끝이 불타올라 내 마음에서 두 겹의 열정을 끌어낸다. 그것은 나를 위해 노래하고, 밀폐되어 있던 내 슬픔을 풀어내고, 얼어붙은 동정심을 녹이고, 태양이 없는 세계를 사랑으로 가득 채운다. 또한 멈추어도 그 부드러움은 줄지 않고 교묘하고 미묘하게 안과 밖으로 엮여서 마침내 이 패턴, 이 완성 속에서 갈라진 것들이 합쳐진다. 슬픔과 기쁨이 날아오르고, 흐느끼고, 가라앉아 평온해진다.

그렇다면 왜 비통해하는가? 무엇을 요구하는가? 계속 불만스럽다고? 정말이지 모든 것이 정리되었다. 그래, 떨어지는 장미 이파리들의 덮개 밑에 쉬려고 누웠다. 떨어진다. 아, 그러나 멈추었다. 장미 이파리 하나가 보이지 않는 열기구에서 떨어진 작은 낙하산처럼 엄청난 높이에서 떨어지다가 빙그르 돌고 주저하듯이 퍼덕인다. 그것은 우리에게 닿지 않을 것이다.

"아니, 아니. 난 아무것도 알아차리지 못했어요. 그게 음악의 가장 나쁜 점이죠. 이 어리석은 꿈들. 제2바이올린이 늦었다고요?"

"저기 늙은 먼로 부인이 더듬거리며 나가시는군요, 해마다 눈이 더 어두워져요, 가엾은 부인, 이 미끄러운 바닥에서."

눈이 없는 고령의 백발 스핑크스……. 저기 그녀는 보도에

서서 아주 위엄 있게 붉은 합승 마차에 손짓한다.

"정말 아름다워요! 연주를 아주 잘하더군요! 아주, 아주, 아주!"

혀는 종의 추에 불과하다. 단순함 그 자체. 내 옆의 모자에 꽂힌 깃털은 화려하고 아이들의 딸랑이처럼 유쾌하다. 플라타너스 잎이 커튼의 틈 사이로 초록색을 번뜩인다. 몹시 이상하고, 몹시 흥미진진하다.

"아주, 아주, 아주!" 쉿!

풀밭에 연인들이 있다.

"만일, 당신이 내 손을 잡는다면, 아가씨……"

"귀하, 저는 온 마음으로 당신을 신뢰할 거예요. 더욱이 우리는 연회장에 우리의 몸을 두고 왔어요. 풀밭에 있는 몸은 우리 영혼의 그림자예요."

"그러면 이것은 우리 영혼의 포옹이군요." 레몬 나무가 고개를 끄덕여 동의한다. 백조가 강둑을 밀치고 강 한가운데로 꿈꾸며 떠간다.

"그런데 다시 얘기로 돌아가자면, 그는 복도에서 나를 따라왔어요. 우리가 모퉁이를 돌았을 때 그가 내 속치마의 레이스를 밟았어요. 내가 '아!' 하고 소리치며 걸음을 멈추고 그것을 만져 보는 것 말고 뭘 할 수 있었겠어요? 그러자 그가 칼을 빼더니 누군가를 찔러 죽일 듯이 몇 차례 찔러 댔고 '미쳤어! 미쳤어! 미쳤어!'라고 소리쳤어요. 그래서 내가 비명을 질렀지요. 그랬더니 내닫이창가에서 벨벳 베레모를 쓰고 털이 달린 슬리퍼를 신은 채 큰 양피지 책에 글을 쓰던 왕자가 나왔고 벽에서 양날 칼을 — 알다시피 스페인 왕의 선물이었죠 — 잡아챘어요. 그 틈에 나는 달아났고, 찢어진 속치마를 숨기려고 이 망토를 뒤집어썼어요. 숨기려고……. 그런데 들어 봐요! 호른 소리!"

신사는 숙녀에게 아주 빨리 대답하고, 그녀는 점점 높아지는 목소리로 아주 재치 있게 찬사를 주고받으며 감정이 고조되어 이제 결국은 격렬하게 흐느꼈다. 그래서 말소리는 분명하지 않았지만 그 의미 — 사랑, 웃음, 도주, 추적, 천상의 행복 — 는 명백했고, 부드러운 애정이 실린 말의 흥겨운 잔물결 위로 모든 것이 퍼져 나갔다. 마침내 은 호른의 소리가 처음에는 아주 멀리서 들리다가 점차 분명하게 들려왔고, 마치 청지기가 새벽에 인사를 건네거나 혹은 연인들의 도피를 불길하게 선언하는 것 같았다……. 초록 정원, 달빛 어린 연못, 레몬 나무, 연인들, 물고기 모두가 희뿌연 하늘에 녹아들고, 호른 소리에 트럼펫 소리가 합쳐지고 클라리온이 떠받치자 그 하늘을 가로질러 대리석 기둥에 확고하게 박힌 흰 아치들이 솟아오른다……. 쿵쾅 소리와 트럼펫 소리. 쨍그랑과 땡그랑땡그랑. 확고한 기반. 단단한 토대. 수많은 자들의 행진. 땅에 밟아 넣은 혼란과 혼돈. 그러나 우리가 찾아온 이 도시는 돌도, 대리석도 없이 매달려 견디며, 흔들리지 않고 서 있다. 어떤 얼굴도, 어떤 깃발도 인사를 건네거나 환영하지 않는다. 그러면 당신의 희망이 소멸하도록, 사막에서 내 기쁨이 시들도록 내버려두라. 적나라한 전진. 기둥들은 황량하고, 누구에게도 상서롭지 않고, 그림자를 드리우지 않고, 눈부시게 빛나고, 간소하다. 그러면 나는 물러난다. 더는 열망하지 않고 다만 가서 길을 찾고 건물을 확인하고 사과 장수에게 인사하고 문을 열어 준 하녀에게 말하고 싶을 뿐이다. 별이 빛나는 밤이라고.

"안녕히, 잘 가세요. 이 길로 가세요?"

"아아, 저 길로 가요."

푸른색과 초록색

초록색

뾰족한 유리 손가락들이 아래로 늘어진다. 빛이 그 유리를 따라 미끄러지고, 방울방울 떨어져 초록 웅덩이를 이룬다. 온종일 광채를 발하는 열 손가락에서 초록 방울이 대리석 위로 떨어진다. 잉꼬의 깃털, 그것들의 거친 비명, 종려나무의 날카로운 잎사귀 또한 초록이다. 햇빛에 반짝이는 초록 솔잎. 그러나 단단한 유리는 대리석 위로 뚝뚝 떨어진다. 웅덩이들이 사막 모래 위에서 맴돈다. 낙타들이 웅덩이들 사이로 비틀거리며 걷는다. 웅덩이들이 대리석 위에 내려앉는다. 그 테두리를 골풀이 에워싼다. 잡초가 웅덩이를 메운다. 여기저기에서 하얀 꽃이 핀다. 개구리가 폴짝 뛰어든다. 밤에는 흔들리지 않는 별들이 웅덩이에 박힌다. 저녁이 오면 그림자가 초록 웅덩이를 휩쓸고 벽난로 선반 위로 올라간다. 거친 물결이 일렁이는 대양의 수면. 배는 오지 않는다. 텅 빈 하늘 밑에서 방향을 잃은 파도가 흔들린다. 밤이다. 솔잎에서 푸른 얼룩이 뚝뚝 떨어진다. 초록색이 빠져나갔다.

푸른색

들창코의 괴물이 수면으로 올라와 뭉툭한 콧구멍으로 두 개의 물기둥을 내뿜는다. 중심에 하얗게 불타는 그 물기둥은 푸른 구슬이 술 장식처럼 달린 물보라를 뿌린다. 검은 방수포 같은 그의 가죽에 푸른색 선이 그어져 있다. 입과 콧구멍을 물로 씻으며 그는 물에 젖어 묵직한 노래를 부른다. 푸른색이 반짝이는 조약돌 같은 그의 눈에 물을 끼얹고 그의 몸을 덮는다. 해변에 널브러진 채 누워서 그는 뭉뚝하고 둔감하게 건조한 푸른색 비늘을 떨군다. 금속성의 푸른 비늘들이 해안의 녹슨 쇠를 물들인다. 부서진 나룻배의 늑재가 푸르다. 푸른 종(블루벨) 밑에서 파도가 굴러간다. 하지만 성당의 색깔은 달라서, 차갑고 향 연기 자욱하고 성모상의 베일에 덮여 흐릿한 푸른색이다.

밖에서 본 여자 대학교

깃털 같은 하얀 달이 떠 있어 하늘은 완전히 깜깜하지 않았다. 밤새도록 초록 풀밭 위에서는 밤꽃이 하얗게 빛났고, 목초지에서는 카우파슬리의 작은 꽃이 흐릿하게 보였다. 케임브리지 대학교의 네모난 안뜰에 이는 바람은 타타르 지방으로도, 아라비아로도 가지 않고 뉴넘 대학교 지붕 위에 걸린 회청색 구름 사이로 꿈꾸듯이 흘러갔다. 그곳 정원에서 떠돌아다닐 공간이 필요하다면 나무들 사이에서 찾을 것이다. 여자들의 얼굴만 마주칠 터이므로 바람은 무표정하고 특징 없는 얼굴을 드러내며 방 안을 응시할 것이다. 그 시간에 방들에는 무표정하고 특징 없는 흰 눈꺼풀로 눈을 덮고 반지를 끼지 않은 손을 홑이불 위에 뻗은 채 수많은 여자들이 자고 있었다. 그러나 여기저기에 빛이 아직 타고 있었다.

앤절라의 방에는 두 겹의 빛이 있다고 상상할 수 있다. 밝게 빛나는 앤절라 자신과 사각 거울에 반사된 그녀의 빛나는 모습을 보면. 온몸의 윤곽이 완벽하게 드러났다, 어쩌면 그녀의 영혼이. 거울 속에는 떨리지 않는 이미지 — 흰색과 금색, 붉은색이 어우러진 슬리퍼, 청회색이 섞인 옅은 머리칼이 떠올랐고, 자신이 앤절라라는 사실이 기쁜 듯이 부드럽게 입을 맞춘 앤절라와 거울에 비친 모습은 어떤 파문이나 그림자에도 흔들리지 않았다. 어떻든 그 순간은 즐거웠고, 밤의 심연에 걸린 빛나는 그림, 심야의 어둠을 파고 들어간 사당이었다. 사물의 적합성을 보여 주는 이 가시적 증거를 얻게 되다니 실로 신기한 일이다. 시간의 연못 위에 흠 하나 없이, 두려움 없이, 마치 이것으로 충분하다는 듯이 떠 있는 이 백합 — 거울에 비친 이 모습. 이 생각을 등지고 그녀가 몸을 돌리자, 거울에는 아무것도 담기지 않았다. 아니, 놋쇠 침대 틀뿐이었다. 그녀는 여기저기 뛰어다니고, 쓰다듬고, 쏜살같이 움직이며 집 안에 있는 여자처럼 보였다. 그러고는 기분을 바꿔 입술을 오므리고 검은 책을 보면서 경제학을 확실히 파악하지 못했다고 생각되는 부분을 손가락으로 표시했다. 생계를 꾸릴 목적으로 뉴넘에 와 있는 여학생은 앤절라 윌리엄스뿐이었다. 그녀는 열렬한 찬탄의 순간에도 스완지에 사는 아버지의 수표와 부엌방에서 빨래하는 어머니, 빨랫줄에 내걸어 말리는 분홍색 아이들의 실내복을 잊을 수 없었고, 백합이라도 연못에 흠 하나 없이 떠 있는 것이 아니라 다른 것들과 마찬가지로 카드에 적힌 이름을 갖고 있다는 징표를 잊을 수 없었다.

A. 윌리엄스. 달빛에 그 이름이 드러나고, 그 옆에는 메리나 엘리너, 밀드레드, 새러, 피비라는 이름이 그들 방의 네모난 카드에 적혀 있었다. 온갖 이름들, 오로지 이름들. 차가운 흰빛이 그 이름들을 시들고 뻣뻣하게 만들었고, 결국 이 모든 이름의 유일한 목적은 불을 끄거나 폭동을 진압하거나 심문을 통과하라는 명령이 내려지면 군인처럼 일어나 정렬하는 것인 듯했다. 방문마다 핀으로 꽂힌 카드에 적힌 이름의 힘은 그러하다. 또한 바닥에 깔린 타일과 복도, 침실 문들 때문에 이곳은 낙농장이나 수녀원과 아주 흡사해 보인다. 우유 사발이 시원하게 마련되어 있고 리넨 빨랫감이 많이 쌓여 있는, 은둔하여 수련하는 곳.

바로 그 순간 문 뒤에서 부드러운 웃음소리가 들렸다. 시계가 고지식한 소리를 울리며 시간을 알렸다. 하나, 둘. 지금 그 시계가 명령을 내린 거라면, 그 명령은 무시되었다. 화재나 폭동, 심문은 모두 웃음소리에 묻히거나, 아니 살그머니 뿌리째 뽑혀 버렸다. 그 웃음소리는 깊은 곳에서 보글보글 올라와 시간과 규칙, 훈련을 부드럽게 날려 버리는 것 같았다. 침대에는 카드가 흩어져 있었다. 샐리는 바닥에, 헬레나는 의자에 앉아 있었고, 선량한 버사는 난롯가에서 양손을 움켜쥐고 있었다. A. 윌리엄스가 하품을 하며 들어섰다.

"그건 그야말로 참을 수 없이 지독하니까." 헬레나가 말했다.

"지독해." 버사가 따라 말하고는 하품을 했다.

"우리는 내시가 아니야."

"그녀가 그 낡은 모자를 쓰고 뒷문으로 슬쩍 들어오는 걸

봤어. 그들은 우리가 알지 못하기를 바라지."

"그들이라고?" 앤절라가 말했다. "그녀이지."

그러자 웃음소리가 터졌다.

카드를 펼쳐 놓자 탁자 위에 붉고 노란 표면이 흩어졌고 손들이 카드를 만지작거렸다. 선량한 버사는 의자에 머리를 기대고 깊은 한숨을 쉬었다. 그녀는 자고 싶었을 것이다. 하지만 밤은 자유로운 목초지이고 무한한 들판이므로, 밤은 틀에 박히지 않은 풍요로움이므로, 그 어둠 속을 뚫고 들어가야 한다. 그 어둠에 보석을 달아야 한다. 밤은 은밀히 공유되지만, 낮에는 온 무리가 풀을 뜯는다. 블라인드가 올려져 있다. 정원에 안개가 깔려 있다. 창가 바닥에 앉아 있으려니 (다른 이들은 카드 게임을 하고 있는데) 몸과 마음이 모두 바람에 실려 덤불을 가로질러 끌려가는 것 같았다. 아, 그러나 그녀는 침대에서 온몸을 쭉 뻗고 자고 싶었다! 아무도 자고 싶은 욕구를 안 느끼는 것 같았다. 다른 이들은 활짝 깨어 있다고 갑자기 고개를 끄덕이고 흔들리는 몸으로 겸허하게 — 졸음에 겨워 — 믿었다. 그들이 모두 웃음을 터뜨리자 정원에서 자던 새 한 마리가 짹짹거렸다. 마치 그 웃음소리가······.

그래, 마치 그 웃음소리가(이제 그녀는 졸고 있었기에) 옅은 안개처럼 떠돌아 부드럽고 탄력적인 조각들로 작은 나무와 덤불에 달라붙은 듯이 정원은 자욱한 수증기로 가득 찼다. 그러고 나서 바람이 휘몰아치면 덤불은 고개를 숙이고 하얀 증기가 흩날리며 세상을 가로지른다.

여자들이 자고 있는 모든 방에서 이 증기가 뿜어져 나와 옆은 안개처럼 관목에 들러붙었고 그러고 나서 확 트인 곳으로 거침없이 날아갔다. 자고 있는 나이 든 여자들은 깨어나면 즉시 자신들의 상아 권표를 움켜잡을 것이다. 지금 부드럽고 창백하게 깊은 휴식을 취하고 있는 그들은, 창가에 누워 있거나 모여서 거품처럼 보글보글 솟아오르는 웃음, 억누를 수 없는 이 웃음을 정원에 쏟아 내는 젊은 몸들에 둘러싸이고 지탱된다. 마음과 몸에서 솟아난 이 웃음은 규칙이나 시간표, 훈육을 떠내려 보내고, 어마어마하게 비옥하면서도 형체 없이 혼란스럽게 떠돌아 증기 조각들로 장미 덤불에 붙어 뻗어 나가며 무더기로 자란다.

"아," 앤절라는 잠옷 차림으로 창가에 서서 숨을 쉬었다. 그 목소리엔 고통이 배어 있었다. 그녀는 머리를 창밖으로 내밀었다. 그녀의 목소리가 갈라놓은 듯 안개가 갈라졌다. 다른 이들이 카드놀이를 하는 동안, 앤절라는 앨리스 애버리에게 뱀버러성에 대해, 저녁나절의 모래 색깔에 대해 이야기했다. 그러자 앨리스는 편지를 쓰고 8월에 날짜를 잡겠다고 말했고, 몸을 숙여 그녀에게 키스했고 적어도 그녀의 머리에 손을 댔다. 앤절라는 가슴속의 바람에 채찍질당한 바다에 사로잡힌 사람처럼 가만히 앉아 있을 수 없어 이 흥분을 덜어 내려고 양팔을 내뻗고 (그 장면의 목격자인) 방 안을 서성였다. 꼭대기에 황금 열매를 달고 있는 놀라운 나무가 도무지 믿을 수 없이 몸을 굽힌 것에 대한 놀라움. 그 열매가 그녀의 품에 떨어지지 않았던가? 그녀는 그것이 가슴에 타오르도록 간직했다. 그 황금 열매는 만지거나 생각하거나 언급할 것이 아니라 그곳에서 타오르도록 내버려두어야 했다. 그러고 나서 천천히 양말과 슬리퍼를 그곳에 놓고, 속치마를 반듯하게 접어 그 위에 놓고 앤절라는, 윌리엄스라는 다른 이름을 갖고 있는 그녀는 깨달았다. 그것을 어떻게 표현할 수 있을까? 무수한 시대의 어두운 격동을 거친 후 여기 터널의 끝에 빛이, 생명이, 세계가 있다는 것을. 그녀의 밑에 그것이, 온갖 좋은 것이 온갖 사랑스러운 것이 있었다. 그녀가 발견한 것은 그것이었다.

실로, 그렇다면 침대에 누워도 눈을 감을 수 없다고 해서 — 무언가가 저항할 수 없이 눈을 뜨게 했다 — 옅은 어둠 속에서 의자와 서랍장이 당당하게 보이고 잿빛으로 흐린 낮을 암시하는 거울이 소중하게 보인다고 해서 놀랄 까닭이 있을까? 엄지손가락을 아이처럼 빨면서(그녀는 지난 11월에 열아홉 살이 되었다.) 그녀는 이 좋은 세계에, 이 새로운 세계에, 터널 끝에 있는 이 세계에 누워 있었고, 이윽고 그 세계를 보거나 앞지르려는 욕구로 인해 이불을 걷어차고 창가로 갔다. 안개가 깔려 있고, 모든 창문이 열려 있고, 푸른색으로 타오르는 것, 멀리서 무언가가, 물론 세계가 중얼거리고 아침이 다가오는 정원을 내다보며 "아," 그녀가 괴로운 듯이 소리쳤다.

과수원에서

미란다는 과수원의 사과나무 아래 긴 의자에 누워 자고 있었다. 그녀의 책은 풀밭에 떨어졌고, 손가락은 "이 나라는 실로 어린 소녀들이 서슴없이 웃음을 터뜨릴 수 있는 세상의 한 구석이다……(Ce pays est vraiment un des coins du monde ou le rire des filles eclate le mieux …….)"라는 문장을 계속 가리키고 있는 것 같았다. 마치 그 문장에서 잠들어 버린 듯이. 손가락에 낀 오팔 반지는 초록빛을 발했다 발그레한 장밋빛을 띠었다가 사과나무 사이로 스며든 햇살이 닿자 오렌지색으로 달아올랐다. 그리고 나서 산들바람이 불어오자 그녀의 자주색 드레스는 줄기에 매달린 꽃처럼 살랑살랑 흔들렸고, 풀들이 나부끼고, 하얀 나비가 바로 그녀의 얼굴 위에서 이리저리 펄럭였다.

그녀의 머리 위 120센티미터 떨어진 허공에 사과가 매달려 있었다. 갑자기 날카로운 소리가 들려왔다. 금 간 놋쇠 징을 난폭하게, 불규칙적으로, 야만적으로 두드린 것 같았다. 그것은 곱셈표를 다 같이 외우는 어린아이들의 소리일 뿐이었는데, 교사가 그 합창을 멈추게 한 뒤 꾸지람을 하고 나서 다시 외우기 시작했다. 그러나 이 요란한 소리는 미란다의 머리에서 120센티미터 위를 지났고 사과나무 가지들 사이를 지나 소 치는 사람의 어린 아들에 부딪쳐서, 학교에 가야 할 시간에 산울타리에서 블랙베리를 따고 있던 그의 엄지손가락을 가시에 찔리게 했다.

그다음에 한 가닥 외침, 슬프고 인간적이고 거친 외침이 들려왔다. 늙은 파슬리가 실로 곤드레만드레 취해 있었다.

그러고 나자 땅에서 9미터 떨어진 사과나무의 우듬지에서 푸른 하늘을 배경으로 작은 물고기처럼 납작한 이파리들이 침울하고 구슬픈 곡조와 하모니를 만들어 냈다. 그 곡조는 교회에서 '과거와 현대의 찬송가' 중 한 곡을 연주하는 오르간 소리였다. 그 소리는 흘러가다가 어마어마한 속도로 날아다니는 한 떼의 개똥지빠귀에 부딪쳐 아주 작은 파편들로 쪼개졌다, 어딘가에서. 미란다는 9미터 아래에서 자고 있었다.

그러고 나서 사과나무와 배나무 위로, 과수원에서 자고 있는 미란다에게서 60미터 떨어진 허공에서 종소리가 간헐적으로 탁하게 설교하듯이 쿵쿵 울렸다. 교구의 가난한 부인네들 여섯이 산후의 감사 예배를 드리고 있었고, 교구 목사는 하늘에 감사 기도를 올리고 있었다.

그리고 그 위에서 교회 탑의 황금색 풍향계가 날카롭게 끽끽거리며 남쪽에서 동쪽으로 돌았다. 바람이 바뀐 것이다. 그 모든 것 위에서, 숲과 목초지, 언덕 위에서, 과수원에 누워 자고 있는 미란다의 몇 킬로미터 위에서 바람이 윙윙거렸다. 바람은 그것에 저항하는 어떤 것과도 마주치지 않고 맹목적으로, 미련하게 휘몰아 갔고, 이윽고 다른 쪽으로 선회하다가 다시 남쪽으로 향했다. 몇 킬로미터 아래 바늘귀만 한 공간에서 미란다가 일어서더니 크게 소리쳤다. "이런, 차 마실 시간에 늦겠네!"

미란다는 과수원에서 자고 있었다, 아니 어쩌면 잠들지 않았을지도. 그녀의 입술이 "이 나라는 실로 세상의 한 구석이다……. 어린 소녀들이 웃음을 터뜨릴…… 터뜨릴…… 터뜨릴…….(Ce pays est vraiment un des coins du monde……. ou le rire des filles…… eclate…… eclate…… eclate…….)"이라고 말하는 듯이 아주 살짝 움직였으니까. 그러고 나서 미소를 짓더니 거대한 땅에 온몸의 무게를 실어 가라앉혔다. 땅이 솟아올라 나를 마치 나뭇잎이나 여왕처럼(이때 아이들이 곱셈표를 외웠다.) 등에 태워 실어 간다고 그녀는 생각했다. 아니면 절벽 꼭대기에 누워 있는 내 몸 위에서 갈매기들이 날카로운 소리를 지른다고 미란다는 계속 생각했다. 교사가 아이들을 꾸짖고 지미를 손가락 관절에서 피가 나도록 때리고 있을 때, 갈매기들이 더 높이 날아오를수록 더 깊이 바닷속을 들여다본다고 그녀는 계속 생각했다. 바닷속을. 그녀는 되풀이했고, 마치 바닷물

위를 떠다니는 듯이 움켜쥔 손을 풀고 입술을 살짝 다물었다. 그때 술 취한 사람의 고함 소리가 머리 위에서 들렸고 그녀는 특이한 황홀감으로 한숨을 쉬었다. 새빨간 입속의 거친 혀에서, 바람에서, 종에서, 구부러진 초록 양배추 잎에서 인생이 직접 내지르는 소리를 들은 것 같았기 때문이다.

오르간이 '과거와 현대의 찬송가'에 나오는 곡조를 연주할 때 당연히 그녀는 결혼식을 올리고 있었다. 가난한 부인 여섯 명이 산후 감사 예배를 드린 후 종이 울렸을 때 침울하고 간헐적으로 울린 쿵 소리에 그녀는 자신을 향해 전속력으로 달려오는 말발굽에 땅이 흔들렸다고 생각했다.("아, 나는 기다리기만 하면 돼!" 그녀가 한숨을 쉬었다.) 모든 것이 이미 그녀 주위에서, 그녀를 가로질러, 그녀를 향해 일정한 양식으로 움직이고, 소리치고, 달리고, 날기 시작한 것 같았다.

메리가 땔나무를 패고 있다고 그녀는 생각했다. 페어맨은 암소 떼를 몰고 있다. 목초지에서 수레들이 올라오고 있다. 말에 탄 사람은……. 그녀는 사람들과 수레들, 새들, 그리고 말 탄 사람이 시골 전역에서 여러 줄로 나아가는 것을 따라가 보았고, 마침내 그녀의 심장 박동이 그 모두를 밖으로, 둘레로, 가로질러 밀어낸 것 같았다.

몇 킬로미터 위 상공에서 바람이 바뀌었다. 교회 탑의 황금색 풍향계가 끽끽거렸다. 미란다는 벌떡 일어나 소리쳤다. "이런, 차 마실 시간에 늦겠네."

미란다는 과수원에서 자고 있었다. 아니 그녀는 잠들었을까, 잠들지 않았을까? 그녀의 자주색 드레스는 두 사과나무 사이에 펼쳐졌다. 과수원에 있는 사과나무 스물네 그루 중에서 어떤 것은 약간 기울어졌고 다른 것들은 재빨리 몸통을 곧추세워서 가지들을 넓게 펼쳤고 붉거나 노란 둥근 방울들을 만들었다. 사과나무마다 공간이 충분했다. 하늘은 이파리들에 딱 들어맞았다. 산들바람이 불자 줄지어 늘어진 나뭇가지들이 벽 쪽으로 비스듬히 기울어졌다가 돌아왔다. 할미새 한 마리가 한쪽 구석에서 다른 쪽 구석으로 비스듬히 날아갔다. 조심스럽게 깡충거리면서 개똥지빠귀 한 마리가 떨어진 사과 쪽으로 다가왔다. 다른 담벼락에서 참새 한 마리가 날아와 바로 풀밭 위에서 날개를 퍼덕였다. 치솟으려는 나무들은 이런 움직임들에 얽매였다. 과수원 담벼락 안에 이런 것들이 꽉 채워져 있었다. 몇 킬로미터 밑 땅속에는 흙이 단단히 맞물려 있었다. 땅 위에서는 공기가 흔들리며 잔물결이 퍼져 나갔고, 과수원 구석을 가로질러 청록색 땅바닥이 자줏빛 줄로 길게 갈라졌다. 바람이 바뀌자 사과 한 더미가 아주 높이 쳐들려서 목초지의 암소 두 마리를 완전히 가려 버렸다.("이런, 차 마실 시간에 늦겠네!" 미란다가 소리쳤다.) 사과들은 담벼락을 가로질러 다시 똑바로 매달렸다.

본드가의 댈러웨이 부인

댈러웨이 부인은 직접 장갑을 사러 가겠다고 말했다.

그녀가 거리에 나섰을 때 빅벤의 종이 울리고 있었다. 11시였고, 아직 사용되지 않은 시간은 해변에서 노는 아이들에게 밀려든 공기처럼 상쾌했다. 그러나 천천히 흔들리며 반복된 종소리에는 어딘가 엄숙한 느낌이 있었다. 윙윙거리는 바퀴 소리와 발을 끄는 소리에는 뭔가 마음을 들썩이는 것이 있었다.

물론 사람들이 모두 즐거운 볼일이 있어서 나다니는 건 아니었다. 우리에 대해서도, 웨스트민스터 거리를 걷는다는 것 외에 할 수 있는 말이 훨씬 많다. 빅벤만 해도, 영국 공무국의 관심사가 아니었다면 녹에 부식된 철골에 불과했을 것이다. 다만 댈러웨이 부인에겐 그 순간이 완벽했다. 댈러웨이 부인에게 6월은 신선하게 다가왔다. 행복한 어린 시절 — 저스틴 패리가 자기 딸들에게만 멋진 사람으로(물론 재판관으로서는 나약했지만) 보인 건 아니었다. 저녁나절에 핀 꽃, 피어오르는 담배 연기, 아주 높은 곳에서 10월의 공기를 가로지르며 하강하는 떼까마귀의 까악까악 소리. 그 어린 시절을 대신할 것은 아무것도 없다. 민트 이파리 하나만 보아도 그 시절이 떠오른다. 또는 푸른색 고리를 두른 잔 하나만 보아도.

가엾은 어린것들, 그녀는 한숨을 쉬고 길을 재촉했다. 아, 저 말들의 콧구멍 바로 밑에 있는 저 어린 말썽꾸러기! 거기 그녀가 연석 위에서 손을 내밀었을 때 지미 도스는 도로 건너편에서 활짝 웃었다.

매력적인 여자야. 차분하고, 열성적이고, 발그레한 뺨에 비해 이상할 정도로 머리가 하얗게 세었어. 서둘러 사무실로 가던 스코프 퍼비스 C. B.는 그녀를 보고 그렇게 생각했다. 더트널의 화물차가 지나가기를 기다리면서 그녀의 몸은 약간 뻣뻣해졌다. 빅벤이 열 번째 종을 쳤고, 열한 번째 종을 쳤다. 납처럼 묵직한 원들이 공중에 녹아들었다. 절제와 고통을 물려받고 물려주며 익숙해진 그녀는 자부심으로 등을 곧추세웠다. 사람들은 얼마나 고통을 받는가, 그들은 얼마나 고통스러워하는가, 그녀는 어젯밤에 영사관에서 본 폭스크로프트 부인을 떠올리며 생각했다. 보석으로 치장한 그 부인은 그 훌륭한 아들이 죽는 바람에 이제 유서 깊은 매너 하우스를(더트널의 화물차가 지나갔다.) 사촌에게 상속해야 해서 몹시 상심해 있었다.

"좋은 아침이오!"

휴 휘트브레드가 도자기 상점 옆에서 다소 과장되게 모자를 들어 인사했다. 그들은 어린 시절부터 알고 지내는 사이였다.

"어디 가는 길이오?"

"나는 런던에서 걷는 게 좋아요." 댈러웨이 부인이 말했다. "실은 시골에서 걷는 것보다 나아요."

"우리는 방금 올라왔소." 휴 휘트브레드가 말했다. "불행히도 의사를 만나러."

"밀리가 안 좋아요?" 댈러웨이 부인이 즉시 동정을 띤 어조로 말했다.

"몸이 불편해서." 휴 휘트브레드가 말했다. "그런 일로. 딕은 괜찮소?"

"더없이 좋아요!" 클래리사가 말했다.

물론 밀리는 내 나이쯤 되었으니 쉰 살이거나 쉰두 살일 거라고 그녀는 계속 걸음을 옮기며 생각했다. 그러니 아마 그것일 거야. 휴의 태도를 보면 그렇게 말했어. 분명히 그렇게 말했어. 소중한 옛 친구 휴, 댈러웨이 부인은 즐겁기도 하고 고맙기도 하고 감격적이기도 한 기분으로 기억을 떠올렸다. 옥스퍼드 재학 시절 집에 들렀을 때 휴는 늘 몹시 수줍어하며 오라비같이 굴었는데 — 친오라비에게 터놓고 말을 하느니 차라리 죽는 편이 나았을 텐데 — 그들 중 하나가 (실망스럽게도!) 말을 타지 못했다. 그러니 여자들이 어떻게 국회 의원이 될 수 있겠어? 여자들이 어떻게 남자들과 함께 일을 할 수 있겠어? 이 특이하고 깊은 본능이 내면 어딘가에 자리 잡고 있으니 말이지. 그것은 극복할 수 없어. 애써도 소용없어. 그리고 휴 같은 남자들은 우리가 말하지 않아도 그것을 존중해. 그 점이 소중한 옛 친구 휴의 사랑스러운 점이라고 클래리사는 생각했다.

그녀는 애드미럴티 아치를 지났고, 가녀린 나무들이 서 있는 텅 빈 도로 끝에서 빅토리아 여왕의 흰 보주와 여왕의 굽이치는 모성성, 풍요로움과 소박함을 보았다. 언제나 우스꽝스러워 보이지만 또 얼마나 숭고한가. 댈러웨이 부인은 생각했고, 켄싱턴 가든과 뿔테 안경을 쓴 노부인, 쥐 죽은 듯이 입을 다물고 여왕에게 절을 하라고 말했던 유모를 떠올렸다. 왕궁에서 깃발이 나부꼈다. 그렇다면 왕과 여왕은 돌아와 있었다. 일전에 딕은 오찬에서 여왕을 만났는데, 더할 나위 없이 멋진 여자였다. 그 점은 가난한 사람들에게 그리고 군인들에게 대단히 중요해. 클래리사는 생각했다. 여왕의 왼쪽에는 총을 들고 받침대 위에 영웅적으로 서 있는 청동 남자상이 있었다 ─ 남아프리카 전쟁이었다. 그건 중요한 문제야. 댈러웨이 부인은 버킹엄궁을 향해 걸어가면서 생각했다. 저기 궁전이 정사각형 모양으로 환한 햇살을 받으며 단호하게 꾸밈없이 서 있었다. 하지만 그것은 기개야. 한 종족이 타고난 것, 인도인들이 존중한 것이지. 그녀는 생각했다. 여왕은 병원들을 방문하고 바자회를 열었다, 영국 여왕이. 클래리사는 궁전을 보며 생각했다. 벌써 이 시간에 자동차 한 대가 대문을 지났고, 군인들이 경례했고, 대문이 닫혔다. 클래리사는 길을 건너서 등을 꼿꼿이 편 채 파크에 들어섰다.

6월이 되어 나무들의 이파리가 모두 돋아났다. 가슴이 얼룩덜룩한 웨스트민스터의 엄마들이 아기들에게 젖을 먹이고 있었다. 꽤 괜찮은 여자애들이 풀밭에 몸을 뻗고 누워 있었다. 나이 든 남자가 뻣뻣하게 몸을 굽혀 구겨진 종이를 집더니 반반하게 펴서 던져 버렸다. 끔찍하기도 하지! 어젯밤에 영사관에서 다이턴 경은 "말을 붙잡아 줄 사람이 필요하면, 난 손을 들기만 하면 되지."라고 말했다. 그런데 종교적인 문제가 경제보다 훨씬 더 심각하다고도 말했는데, 다이턴 경 같은 사람이 그런 말을 하다니 특히 흥미롭다고 그녀는 생각했다.

"아, 이 나라는 무엇을 잃었는지 결코 알지 못할 거요." 그는 친애하는 잭 스튜어트에 대해 자진해서 그렇게 말했다.

그녀는 작은 언덕을 가볍게 올랐다. 공기는 활기에 넘쳐 살랑였다. 함대에서 해군성으로 메시지가 전달되고 있었다. 피커딜리와 알링턴가 그리고 몰은 파크의 공기를 비벼 대어 나뭇잎들을 뜨겁게, 화려하게, 클래리사가 사랑한 성스러운 활력의 파도 위로 들어 올리는 것 같았다. 말 타기, 춤추기. 그녀는 둘 다 사랑했다. 또는 시골에서 기나긴 산책을 하고, 책에 대해 또는 자기 인생으로 무엇을 할 것인지에 대해 말하는 걸 좋아했다. 젊은이들은 놀라울 정도로 유식한 체했으니까. 아, 무슨 말을 했더라! 하지만 확신이 있었다. 중년이란 끔찍한 것이었다. 잭 같은 사람은 절대 중년을 경험하지 못할 거라고 그녀는 생각했다. 그는 한 번도 죽음을 생각하지 않았고, 자신이 죽어 가고 있다는 사실을 결코 알지 못했다고 사람들이 말했다. 그래서 이제는 — 어떻게 됐지? — 희끗희끗해진 머리를 결코 애도할 수 없으리……. 서서히 얼룩진 세상의 오염으로

부터3)…… 한두 차례 잔을 받아 술을 마셨지……. 서서히 얼룩진 세상의 오염으로부터. 그녀는 몸을 꼿꼿이 세웠다.

그러나 잭은 얼마나 소리를 질러 댔을까! 피커딜리에서 셸리의 시를 인용하며! "당신에겐 장식 핀이 필요해요." 하고 말했을 텐데. 그는 유행에 맞지 않는 초라한 차림새의 여자를 싫어했다.

"맙소사, 클래리사! 맙소사, 클래리사!"

데번셔 하우스 파티에서 그가 호박색 목걸이를 두르고 촌스러운 낡은 실크 드레스를 입은 가엾은 실비아 헌트를 보고 질렀던 탄성을 그녀는 지금도 들을 수 있었다. 클래리사는 소리 내서 말하느라 몸을 곧게 세웠고, 이제 피커딜리에 와서 가느다란 초록색 기둥들과 발코니가 있는 집을 지났다. 신문이 잔뜩 쌓인 클럽의 창문을 지났고, 유약을 바른 하얀 앵무새가 걸려 있던 버뎃 쿠츠 노부인의 집을 지났다. 금박을 입힌 표범이 사라진 데번셔 하우스와 클래리지 호텔을 지나면서 그녀는 젭슨 부인에게 보내는 초대장을 그곳에 남겨 달라던 딕의 부탁을 떠올려야 했다. 안 그러면 그 부인은 가 버릴 것이다. 부유한 미국인들은 아주 매력적일 수 있다.

---

3) 이 소설의 여러 부분에서 클래리사는 퍼시 비시 셸리(Percy Bysshe Shelly, 1792~1822)의 시 「아도니스」를 인용한다.

> 서서히 얼룩진 세상의 오염으로부터
> 그는 안전하고, 이제 결코 애도할 수 없으리,
> 냉담해진 마음, 헛되이 희끗희끗해진 머리를…….

저기 아이가 벽돌을 쌓아 놓은 듯한 세인트제임스궁이 있다. 그리고 이제 ― 본드가를 지났으므로 ― 해처드 서점 옆에 왔다. 사람들의 물결이 끊임없이, 끊임없이, 끊임없이 이어졌다. 로즈, 애스컷, 헐링엄에 가는 걸까?[4] 저건 뭐지? 멋진 오리로군. 그녀는 내닫이창에 펼쳐진 어느 회고록의 권두 삽화를 보면서 생각했다. 조슈아 경이나 롬니의 그림일 것이다. 장난기 있고 밝고 새침한, 그런 부류의 소녀, 바로 그녀의 딸 엘리자베스 같은 진짜 소녀. 저기 그 우스꽝스러운 책 『소피 스펀지』가 있다. 팀이 장황하게 인용하곤 했었지. 그리고 셰익스피어의 소네트도. 그녀는 그것을 암기했었다. 필과 그녀는 검은 레이디에 대해 하루 종일 논쟁했는데 딕이 그날 밤 정찬 자리에서 자기는 검은 레이디에 대해 들어 본 적이 없다고 솔직하게 말했다. 그녀가 그와 결혼한 것은 실로 그 때문이었다. 그는 셰익스피어를 읽은 적이 없었다! 밀리에게 선물할 작고 값싼 책이 틀림없이 있을 텐데……. 물론 크랜퍼드![5] 치마를 입은 암소처럼 매혹적인 것이 있었던가? 사람들에게 그런 유머, 그런 자부심이 있으면 좋을 텐데. 클래리사는 생각했다. 그녀는 그 소설의 자유분방한 표현들과 문장의 마무리, 인물들을 떠올렸다. 사람들은 그 등장인물들이 실제 인물인 양 애

---

4) 로즈는 런던의 크리켓 경기장, 애스컷은 경마장, 헐링엄은 폴로 경기장이다.
5) 클래리사는 엘리자베스 개스켈(Elizabeth Gaskell, 1810~1865)의 소설 『크랜퍼드』를 떠올리며 석회 수조에 빠져 털이 빠진 암소에게 회색 천을 둘러 준 일화와 소년들이 처음으로 붉은 실크 양산을 보고 "속치마를 두른 막대기"라고 표현한 장면을 생각한다.

기했었다. 위대한 것을 찾으려면 과거로 가야 해, 그녀는 생각했다. 서서히 얼룩진 세상의 오염으로부터…… 태양의 열기를 더는 두려워 말라…….[6] 그리고 이제는 결코 애도할 수 없으리, 애도할 수 없으리. 그녀는 진열창 너머로 눈길을 돌리며 되풀이했다. 그 구절이 머릿속에 떠올랐으므로. 위대한 시의 시금석이. 죽음에 대해 읽고 싶은 바를 현대 시인들은 쓴 적이 전혀 없다고 생각하며 그녀는 몸을 돌렸다.

　버스들이 자동차에 합류했다. 자동차들은 화물차에, 화물차들은 택시에, 택시들은 자동차에. 여기 오픈카에 젊은 여자가 혼자 있다. 새벽 4시까지 서 있어서 발이 욱신거릴 거야. 나는 알아, 클래리사는 생각했다. 저 여자는 밤새 춤추고 탈진한 듯이 차의 구석 자리에서 반쯤 잠든 것 같았다. 또 다른 차가 왔고, 또 다른 차가 왔다. 아니! 아니! 아니! 클래리사는 친절하게 미소를 지었다. 저 뚱뚱한 부인은 온갖 노력을 기울였지만 다이아몬드라니! 난초라니! 이런 아침 시간에! 아니지! 아니지! 아니지! 저 훌륭한 경찰은 때가 되면 손을 들어 올리겠지. 또 다른 자동차가 지나갔다. 전혀 매력적이지 않아! 저 나이의 여자애가 왜 눈 주위를 검게 칠해야 할까? 그리고 젊은 남자가 여자애와 함께 이 시간에, 시골에서는 — 그 경탄스러운 경찰이 손을 들었고 클래리사는 그의 장악력을 인정하며 천천히 길을 건너 본드가 쪽으로 걸음을 옮겼다. 좁고 굽은 거리와 노란 현수막, 하늘을 가로질러 뻗어 있는 두껍고 브

---

6) 윌리엄 셰익스피어의 「심벨린」 4막 2장에 나오는 노래이다.

이 자 형태로 묶인 전선이 보였다.

  100년 전에 콘웨이의 딸과 달아났던 그녀의 고조부 시모어 페리는 본드가를 걸었다. 페리 가족은 100년간 본드가를 따라 걸었고, 거리를 따라 올라가던 댈러웨이 가족(모계 쪽으로는 레이 가족)과 마주쳤을 것이다. 그녀의 아버지는 힐스 상점에서 옷을 맞춰 입었다. 그 진열창에 둘둘 말린 옷감이 있었다. 여기 검은 탁자 위에는 단지가 딱 하나 올려져 있었는데 믿을 수 없이 비싼 그 단지는 생선 가게에서 얼음 덩어리 위에 올려놓은 두꺼운 분홍색 연어 같았다. 보석들은 정교했는데, 분홍색과 오렌지색 별들과 모조 보석, 스페인제라고 그녀는 생각했다. 그리고 적황색 목걸이, 별 모양의 버클, 머리 장식을 높이 세운 부인들이 바다색 새틴 드레스에 꽂았던 작은 브로치가 있었다. 하지만 이렇게 쳐다봐도 소용없어! 절약을 해야 하니까. 그림 가게를 지나쳐야 한다. 그곳에는 분홍색과 푸른색 색종이 조각을 장난 삼아 뿌려 놓은 듯한 기묘한 프랑스 그림이 걸려 있었다. 만일 그림과 함께 살아온 사람이라면(책이나 음악과 더불어 살아왔어도 마찬가지이다.) 하찮은 장난에 속을 리 없다고 클래리사는 에올리언 홀을 지나며 생각했다.

  본드가의 차량 흐름은 정체되고 있었다. 저기, 경기를 참관하는 여왕처럼 높은 곳에 위풍당당하게 레이디 벡스버러가 앉아 있었다. 그녀는 마차에 꼿꼿이 홀로 앉아 안경 너머로 바라보았다. 흰 장갑은 손목 주위가 헐거웠다. 그녀의 검은 드레스는 꽤 낡았지만, 특이하게도 그것은 한마디라도 지나치게 말하는 법이 없고 절대로 쑥덕공론을 일으키지 않는 예절과 자부심을 보여 준다고 클래리사는 생각했다. 이 긴 세월이 흐른 후에도 누구 하나 그녀에 대해 트집을 잡을 수 없었다. 이제 그녀가 저기 있어, 클래리사는 생각하며 분을 바른 얼굴로 완벽하게 고요히 기다리고 있는 백작 부인을 지나갔다. 남자처럼 정치를 논하는 저 클레어필드의 안주인 같은 사람이 될 수 있다면 클래리사는 뭐든지 내놓았을 것이다. 하지만 백작 부인은 어디에도 가지 않으니 파티에 초대해 봐야 소용없다고 클래리사는 생각했다. 그 마차는 지나갔고 레이디 벡스버러는 경기에 참석한 여왕처럼 실려 갔다. 하지만 백작 부인에게는 삶의 목적이 없고 늙은 남편은 쇠약하고 사람들의 말로는 그녀가 그 모든 것에 진저리를 느낀다고 한다. 이런 생각을 하며 가게에 들어섰을 때 클래리사의 눈에는 실제로 눈물이 고였다.

"좋은 아침이에요." 클래리사가 매력적인 목소리로 말했다. "장갑이 필요해요"

그녀는 우아하고 다정하게 말했고 가방을 판매대 위에 놓고는 아주 천천히 장갑의 단추를 풀기 시작했다.

"흰 장갑이요." 그녀가 말했다. "팔꿈치 위로 올라오는 것으로." 이렇게 말하며 여점원의 얼굴을 들여다보았다.

그런데 이 사람은 내가 기억하는 젊은 여자가 아닌 것 같은데? 꽤 나이 들어 보이는 점원이었다.

"이것은 잘 맞지 않아요!" 클래리사가 말했다. 여점원은 장갑을 바라보았다.

"부인께선 팔찌를 하시나요?" 클래리사가 손가락들을 펼쳐

보였다.

"아마 반지들 때문에."

그러자 점원은 회색 장갑을 들고 판매대 끝으로 갔다.

그래, 클래리사가 생각했다. 내가 기억하는 사람이 젊은 여자라면 저 여점원은 스무 살은 더 먹었어……. 다른 손님이 한 명 더 있었는데, 판매대에 팔꿈치를 괴고 장갑을 끼지 않은 손을 늘어뜨린 채 멍한 표정으로 비스듬히 앉아 있는 부인이었다. 일본 부채에 그려진 여자 같다고 클래리사는 생각했다. 너무 멍한 표정이지만 어떤 남자들은 그녀를 흠모할 것이다. 그 부인은 슬프게 고개를 저었다. 또다시 장갑이 너무 컸다. 그녀는 거울을 돌려 보았다.

"손목 위로 오는 것."

부인은 머리칼이 희끗희끗한 여점원을 질책했고, 그녀는 바라보며 동의했다.

그들은 기다렸다. 시계가 째깍거렸다. 본드가에서 윙윙거리는 소리가 둔탁하고 아득하게 들려왔다. 그 여자는 장갑을 들고 가 버렸다.

"손목 위로 올라오는 것." 그 부인이 목소리를 높여 슬픈 듯이 말했다.

그런데 의자와 얼음, 꽃, 휴대품 보관용 티켓을 주문해야 한다고 클래리사는 생각했다. 자신이 원치 않는 사람들이 올 것이다. 오길 바라는 사람들은 오지 않겠지. 그녀는 문 옆에 서 있을 것이다. 이 가게는 스타킹을, 실크 스타킹을 팔았다. 숙녀는 장갑과 구두를 보면 알 수 있다고 늙은 윌리엄 삼촌이 말하곤 했다. 은빛으로 떨리며 매달려 있는 실크 스타킹 사이로 그녀는 부인을 바라보았다. 어깨를 기울이고 손을 늘어뜨리고 가방은 미끄러지듯 떨어뜨린 채 멍하니 바닥을 보고 있었다. 단정치 않은 여자들이 파티에 온다면 견딜 수 없을 거야! 키츠가 붉은 양말을 신었다면 사람들이 그를 좋아했을까? 아, 마침내…… 그녀는 판매대로 다가갔고 불현듯 그 생각이 마음에 떠올랐다.

"전쟁 전에 팔았던 진주 단추가 박힌 장갑 기억하세요?"

"프랑스제 장갑 말인가요, 부인?"

"맞아, 프랑스제였어요." 클래리사가 말했다.

다른 부인이 아주 슬픈 듯이 일어나 가방을 들고 판매대에 있는 장갑을 보았다. 그러나 그것들은 모두 너무 컸고, 손목 부분이 항상 너무 컸다.

"진주 단추가 달린 장갑."

여점원이 말했는데 그녀는 나이가 너무 많아 보였다. 그녀는 판매대에서 포장지를 길이로 뜯어냈다. 진주 단추가 달린 장갑, 클래리사는 생각했다. 아주 단순한, 매우 프랑스풍인!

"부인, 손이 정말 가느시네요."

판매원이 그녀의 반지 위로 장갑을 힘주어 부드럽게 끌어당겼다. 클래리사는 거울 속의 자기 팔을 보았다. 장갑은 팔꿈치에 거의 이르지 못했다. 반 인치 더 긴 장갑 있을까요? 하지만 그녀를 귀찮게 하는 게 성가신 일인 듯했다. 어쩌면 서 있는 것도 괴로운, 한 달에 하루 있는 그날일지 몰라. 클래리사는 생각했다.

"아, 수고할 것 없어요." 그녀가 말했다. 그러나 장갑을 가져왔다.

"피곤하지 않아요?" 그녀가 매력적인 목소리로 말했다. "그렇게 서 있으려면? 언제 휴가를 얻어요?"

"9월에요, 부인. 일이 너무 바쁘지 않을 때."

우리가 시골에 있을 때라고 클래리사는 생각했다. 아니면 사냥터나. 그녀는 브라이턴에서 이 주를 머문다고 했다. 어느 답답한 하숙집에서. 그 안주인은 차에 설탕을 넣는다. 그녀를 바로 시골의 럼리 부인의 집에 보내 주는 것만큼 쉬운 일도 없을 텐데.(그 말이 입안에서 맴돌았다.) 그러나 그 순간 그녀는 신혼여행 중에 딕이 충동적으로 뭔가를 베푸는 행위가 얼마나 어리석은지를 보여 주었던 사건이 떠올랐다. 중국과 교역을 하는 게 훨씬 중요하다고 그는 말했다. 물론 그의 말은 옳았다. 그리고 그 판매원이 무언가 받는 것을 좋아하지 않을 거라고 그녀는 느꼈다. 그녀는 자기 자리에 있었다. 딕도 마찬가지였다. 장갑을 파는 것은 그녀의 일이었다. 클래리사와는 전혀 무관한 자기만의 슬픔이 있었다.

'그리고 이제는 결코 애도할 수 없으리, 결코 애도할 수 없으리.'

이 구절이 머릿속에서 울렸다.

'서서히 얼룩진 세상의 오염으로부터.'

클래리사는 팔을 뻣뻣하게 들고 생각했다. 궁극적으로 만사가 무의미하게 보이는 순간이 있으니까.(장갑을 벗고 보니 그녀의 팔은 분으로 얼룩져 있었다.) 다만 사람들이 더는 신을 믿지 않는 거야, 클래리사는 생각했다.

차량의 소음이 갑자기 크게 들려왔다. 실크 스타킹이 반짝였다. 손님이 들어왔다.

"흰 장갑 주세요."

그녀가 말했고, 그 목소리의 어떤 울림을 클래리사는 기억했다.

예전에는 아주 단순했어, 클래리사는 생각했다. 떼까마귀의 까악까악 소리가 공중을 가르며 내려왔다. 실비아가 죽었을 때, 수백 년도 전에, 새벽 예배 시간이 되기 전에 안개 속에서 다이아몬드처럼 반짝이는 거미줄을 드리운 묘지의 주목 울타리는 아주 아름다워 보였다. 그러나 만일 딕이 내일 죽는다면, 신을 믿는 것에 대해서. 아니, 그녀는 자녀들이 뜻대로 선택하게 둘 것이다. 그러나 자신은 사랑하는 아들 로든이 전사했다는 전보를 손에 들고 바자회를 열었다는 레이디 벡스버러처럼 계속 살아갈 것이다. 하지만 신을 믿지 않는다면 도대체 왜? 남들을 위해서이지. 그녀는 장갑을 받으며 생각했다. 믿음이 없으면 이 점원은 훨씬 불행할 것이다.

"30실링이에요." 여점원이 말했다. "아니, 죄송해요, 부인, 35실링이에요. 프랑스산 장갑은 더 비싸거든요."

사람은 스스로를 위해 살지 않으니까, 클래리사는 생각했다.

그런데 그때 다른 손님이 갑자기 잡아당기는 바람에 장갑이 찢어졌다.

"저런!" 그녀가 소리쳤다. "가죽에 문제가 있군요." 잿빛 머리칼의 여자가 급히 말했다.

"무두질을 할 때 산이 한 방울 떨어질 때가 있어요. 이것을 껴 보세요, 부인."

"그런데 2파운드 10실링이나 달라니 끔찍한 사기로군!"

클래리사는 그 부인을 보았다. 부인은 클래리사를 보았다.

"전쟁 이후로 장갑 공급이 원활하지 않아서요." 판매원이 클래리사에게 사과하듯이 말했다.

그런데 저 부인을 어디서 보았더라? 지긋한 나이에 턱 아래 주름 장식을 붙이고 금색 안경에 검은 리본을 달고 있는, 사전트[7]의 그림처럼 감각적이고 영리한 여자. 목소리만 들어도 그 사람이 다른 이들을 ─ "이건 좀 너무 껴요."라고 그녀는 말했다 ─ 복종하게 만드는 습성이 있다는 걸 어떻게 알 수 있을까, 클래리사는 생각했다. 여점원은 다시 물건을 찾으러 갔다. 클래리사는 기다렸다. 더는 두려워하지 마라, 그녀는 판매대 위에서 손가락을 움직이며 반복했다. 태양의 열기를 더는 두려워하지 마라. 더는 두려워하지 말라고 그녀는 되풀이했다. 그녀의 팔에 작은 갈색 반점들이 있었다. 그리고 판매원은 달팽이처럼 기어갔다. 그대, 이 세상에서 그대의 임무는 이루어졌다. 세상이 계속 흘러가도록 수천 명의 젊은 남자들이 죽었다. 마침내! 팔꿈치 위로 반 인치 올라오고 진주 단추가 달린 장갑이 5파운드 25실링이었다. 친애하는 느림보 씨, 내가 여기 오전 내내 앉아 있을 수 있을 거라고 생각해요? 클래리사는 생

---

[7] 존 싱어 사전트(John Singer Sargent, 1856∼1925). 미국의 초상화가로 주로 상류 사회의 인물을 그렸다.

각했다. 이제 내 거스름돈을 가져오는 데 이십오 분 걸리겠군요!

바깥 거리에서 격렬한 폭발이 일어났다. 판매원들이 판매대 뒤로 몸을 숙였다. 하지만 클래리사는 아주 꼿꼿하게 앉아서 다른 부인에게 미소를 지었다.

"앤스트루더 양이시군요!" 그녀가 큰 소리로 말했다.

새 드레스

 망토를 벗을 때 메이블은 뭔가 잘못되었다는 심각한 의혹을 처음으로 느꼈다.
 바넷 부인은 그녀에게 거울을 넘겨주고 옷솔을 집어 들면서 화장대 위에 놓인, 머리칼과 안색, 옷매무새를 가다듬고 더 멋지게 만들 도구들을 어쩌면 좀 유난히 주목하게 했고, 그럼으로써 그 의혹을 확인해 주었다. 이건 알맞지 않아, 전혀 적절하지 않아. 이 의혹은 2층으로 올라갈 때 더 커졌고, 클래리사 댈러웨이에게 인사했을 때는 확신을 갖고 달려들었기에, 그녀는 곧장 거울이 걸려 있는 방 끝 으슥한 구석으로 가서 들여다보았다. 그래, 적절하지 않았다. 그러자 그녀가 숨기려고 언제나 애써 왔던 참담함, 그 깊은 불만감 — 어린 시절부터 언제나 느껴 온, 다른 사람들보다 열등하다는 느낌 — 이

즉각 무자비하게, 가차 없이 그녀를 덮쳤다. 이 강렬한 감정은 그녀가 한밤중에 집에서 자다가 깨어났을 때 그러듯이 조지 보로나 월터 스콧을 읽으면서 떨쳐 버릴 수 있는 것이 아니었다. 아, 이 남자들, 아, 이 여자들, 이들은 모두 생각하고 있었다. '메이블이 대체 뭘 입은 거지? 정말 보기 흉하군! 새 드레스가 너무 흉측해!' 2층으로 올라오던 그들은 눈꺼풀을 깜박이다가 눈을 질끈 감아 버렸다. 그녀를 우울하게 만든 것은 자신의 끔찍한 부적절함, 비겁함, 보잘것없이 희석된 혈통이었다. 그러자 자신이 자그마한 양재사와 함께 어떻게 옷을 만들 것인지 몇 시간이나 계획했던 방 전체가 너무나 지저분하고 역겹게 보였다. 너무도 추레한 응접실, 그리고 허영심에 부풀어 현관 탁자로 나가 그 위에 쌓인 편지들을 만지며 "너무 따분해!"라고 과시적으로 말했던 그녀 자신 ― 이 모든 것이 이제는 이루 말할 수 없이 어리석고 하찮고 촌스러워 보였다. 그녀가 댈러웨이 부인의 응접실에 들어선 순간 그 모든 것이 완전히 파괴되고 폭로되고 폭파되었다.

댈러웨이 부인의 초대장을 받은 날 저녁에 찻잔을 앞에 놓고 앉아서 그녀가 생각했던 것은 물론 자신이 유행을 따를 수 없다는 것이었다. 그런 척하는 것도 터무니없었다. 유행이란 재단을 뜻했고, 스타일을 뜻했고, 적어도 30기니를 뜻했다. 하지만 독창적일 수는 있지 않을까? 어떻든 자신의 고유한 멋을 보일 수 있지 않을까? 그래서 일어서서 그녀는 자기 어머니의 오래된 패션 잡지, 제국 시절에 파리에서 나온 패션 견본 잡지를 꺼내 왔다. 그리고 당시의 여성들이 훨씬 더 아름답고, 더 품위 있고, 더 여성적이라고 생각했고, 그러면서 — 아, 어리석은 짓이었지 — 그들과 비슷하게 보이려고 시도했다. 실은 정숙하고 고풍스러우면서 아주 매력적인 자신의 모습을 뽐내고 의심할 바 없이 자기애의 탐닉에 빠져들었는데, 응징을 받아 마땅한 일이었다. 그래서 그녀는 이렇게 차려입고 나선 것이다.

그러나 그녀는 감히 거울을 들여다보지 않았다. 그 모든 참상을, 바보스럽게도 구식인 연미색 실크 드레스를 직시할 수 없었다. 긴 스커트와 높은 소매, 허리선, 그 모든 것이 패션 잡지에서는 아주 매혹적으로 보였지만 그녀에게는, 이 평범한 사람들 속에서는 그렇지 않았다. 그녀는 젊은 견습생들이 핀을 꽂을 마네킹이 되어 서 있는 기분이었다.

"하지만 완벽하게 매력적이에요!"

예상했듯이 로즈 쇼는 약간 비꼬듯이 입술을 오므리고 그녀를 위아래로 훑어보며 말했다. 로즈 자신은 늘 그렇듯이 다른 사람들과 똑같이 최신 유행을 따른 옷차림이었다.

우리 모두는 받침 접시의 가장자리로 기어드는 파리 같아. 메이블은 생각했고, 이 고통을 없애 줄, 이 괴로움을 견디게 해 줄 주문이라도 찾으려는 것처럼 그 말을 마치 성호를 긋듯 되풀이했다. 마음이 괴로울 때면 셰익스피어의 작품에 나오는 짧은 구절, 아주 오래전에 읽은 몇 행이 갑자기 떠올랐고, 그녀는 그것을 거듭거듭 되풀이했다. "기어드는 파리"[8]라고 그녀는 되

---

[8] 이 표현은 안톤 체호프(Anton Chekhov, 1860~1904)의 단편 소설 「결투」에서 여주인공을 잉크병에 빠졌다가 기어나오려 애쓰는 파리로 묘사한 부분을 암시하기도 하고, 캐서린 맨스필드(Katherine Mansfield,

풀이했다. 만일 그 말을 빈번히 되풀이해서 그 파리들을 실제로 볼 수 있게 된다면, 그녀는 어리둥절하고 오싹하고 얼어붙고 말문이 막혔을 것이다. 이제 그녀는 날개가 들러붙은 채 우유 종지 밖으로 천천히 기어나가는 파리들을 볼 수 있었다. 그녀는 (거울 앞에 서서 로즈 쇼의 말에 귀를 기울이며) 로즈 쇼와 거기 있는 모든 사람을 파리로 생각하려고, 무언가에서 벗어나거나 들어가려고 애쓰는 변변찮은, 보잘것없는, 힘겹게 몸부림치는 파리로 보려고 안간힘을 쓰고 또 썼다. 그러나 그들을 그렇게 볼 수는 없었다. 다른 사람들은 아니었다. 오히려 자신이 그렇게 보였다. 그녀는 파리였지만, 다른 사람들은 잠자리, 나비, 아름다운 곤충이었다. 그들이 춤추고 펄럭이며 스치듯 날아가는 동안 그녀 홀로 몸을 질질 끌며 찻잔 받침에서 벗어나고 있었다.(시기심과 앙심, 가장 혐오스러운 악덕이 그녀의 큰 결점이었다.)

"나는 볼품없고 쇠약하고 끔찍하게도 우중충한 늙은 파리가 된 기분이에요."

그녀는 이런 말로 지나가던 로버트 헤이든을 잠시 멈춰 세웠다. 빈약하고 무력한 구절을 새롭게 구사하여 자신이 얼마나 공정하며 재치 있는지를 보여 줌으로써 지금 소외감을 느끼는 것은 전혀 아니라고 그저 마음의 안정을 얻기 위해 그 말을 했을 때, 물론 로버트 헤이든은 아주 정중하고 전혀 진실하지 않은 말로 대답했다. 그녀는 그것을 즉시 꿰뚫어 보았고 그가 가 버

1888~1923)의 단편 소설 「파리」에서 몸부림치는 파리를 묘사한 부분을 연상시키기도 한다.

리자마자 (또다시 어떤 책을 인용해서) "거짓말, 거짓말, 거짓말!" 이라고 혼자 중얼거렸다. 파티란 사물을 실제보다 훨씬 더 현실적으로 보이게 하거나 훨씬 덜 현실적으로 보이게 하기 때문이라고 그녀는 생각했다. 그녀는 일순간에 로브트 헤이든의 마음 밑바닥을 들여다보았다. 그녀는 모든 것을 꿰뚫어 보았다. 그녀는 진실을 보았다. 이것이 진실이었다. 이 응접실, 이 자아, 그 다른 그릇된 자아. 밀란 양의 작은 작업실은 정말 끔찍하게 덥고 답답하고 지저분했다. 옷 냄새와 양배추 요리 냄새가 났다. 하지만 밀란 양이 거울을 그녀의 손에 들려주어 완성된 드레스를 입은 자기 모습을 보았을 때 그녀의 가슴에는 특별한 희열이 차올랐다. 갑자기 그녀는 빛으로 충만한 존재가 되었다. 근심과 주름살에서 벗어나, 그녀가 꿈꾸었던 자신이 거기 있었다. 아름다운 여성이. 단 한순간(그녀는 감히 더 오래 쳐다보려 하지 않았다. 밀란 양이 스커트의 길이에 대해 묻고 싶어 했다.) 신비롭게 미소 짓는 회백색의 매력적인 아가씨, 그녀 자신의 정수이자 영혼이 거기 물결무늬가 장식된 마호가니 틀 안에서 그녀를 바라보았다. 그리고 그것이 선하고 섬세하고 진실하다고 생각한 것은 그저 허영심이나 자신에 대한 사랑 때문이 아니었다. 밀란 양은 스커트가 더 길어질 수 없다고 말했다. 오히려 이 스커트는 더 짧아야 한다고 밀란 양은 이마를 찌푸리고 온 정신을 집중해서 말했다. 갑자기 정말로 밀란 양에 대한 사랑이 가슴에 차오르면서 그녀는 온 세상의 누구보다도 밀란 양을 좋아한다고 느꼈다. 입에 핀을 잔뜩 물고 붉어진 얼굴로 눈은 툭 튀어나온 채 온 바닥을 기어다니다니, 한 인간이 다른 인간을 위해 이런 일을 한다고 생각하니 연민이 밀려와 눈물이 날 것 같았다. 그녀는 그들 모두를 다만 인간으로 보았다. 그녀 자신은 파티에 가고 밀란 양은 카나리아 새장에 뚜껑을 덮거나 입술에 대마 씨를 물고 새가 쪼아 먹게 하는 것을 보았다. 그리고 그런 장면이 떠오르자, 인간성의 이런 측면, 참을성과 인내심, 그리고 이처럼 비참하고 옹색하고 지저분하고 사소한 즐거움에 만족한다는 것을 생각하며 그녀의 눈에 눈물이 고였다.

그런데 이제 그 모든 것이 사라져 버렸다. 그 드레스, 그 방, 그 사랑, 그 연민, 물결무늬 장식이 있는 거울, 카나리아 새장, 그 모든 것이 사라지고, 여기 그녀는 댈러웨이 부인의 응접실 구석에서 현실에 눈을 번쩍 뜬 채 고문을 당하고 있었다.

하지만 두 아이가 있는 나이에 이처럼 지나치게 신경을 쓴다는 건, 아직도 사람들의 의견에 전적으로 매달리고 원칙이나 확신을 갖지 못한다는 건, 다른 사람들처럼 "셰익스피어가 있어! 죽음이 있지! 우리 모두는 고급 비스킷에 든 바구미일 뿐이야."라고 말하지도 못하고 무슨 말이든 사람들처럼 말할 수 없다는 것은, 너무나 한심하고 심약하고 옹졸했다.

그녀는 거울 속의 자신을 똑바로 응시했다. 왼쪽 어깨를 톡톡 두드렸다. 사방에서 날아온 창들이 자신의 노란 드레스를 겨누고 있는 듯이 그녀는 그곳을 빠져나와 방 안으로 들어갔다. 하지만 로즈 쇼처럼 사납거나 비극적으로 보인 것이 아니라 — 로즈는 부디카[9]처럼 보였을 것이다 — 어리석고 남

---

9) 고대 브리튼 종족의 여왕으로 로마인들에게 대한 반란을 이끌었고 실패

의 시선을 의식하는 듯이 보였고, 여학생처럼 히죽히죽 웃으며 매 맞은 잡종견처럼 살금살금 구부정한 자세로 방을 가로질러서 어떤 그림, 판화를 보았다. 그림을 볼 목적으로 파티에 간 듯이! 그녀가 왜 그러는지 모두 알고 있었다. 수치심, 굴욕감 때문이었다.

'이제 파리가 받침 접시에 들어갔어.' 그녀가 혼잣말을 했다. '바로 한가운데, 그리고 빠져나올 수 없어.' 그녀는 꼼짝 않고 그림을 바라보며 생각했다. '우유에 날개들이 들러붙었거든.'

"너무 구식이에요."

그녀는 찰스 버트에게 말을 걸었고, 누군가 다른 사람에게 얘기를 나누러 가던 그의 걸음을 멈춰(그것만으로도 그는 질색했다.) 세웠다.

그녀가 뜻한 것은 자기 드레스가 아니라 그림이었고, 아니면 그런 의미로 말했다고 생각하게 하려고 애썼다. 그 순간 찰스가 찬사나 다정한 말을 한마디 던졌더라면 그녀의 기분은 훨씬 나아졌을 텐데. 그가 "메이블, 오늘 밤에 매력적으로 보여요!"라고 말했더라면 그 말은 그녀의 인생을 바꾸었을 텐데. 하지만 그래도 그녀는 진실하고 솔직했어야 한다. 찰스는 물론 그런 말을 하지 않았다. 그는 순전히 악의적이었다. 그는 늘 사람을 꿰뚫어 보았는데, 특히 유난히 보잘것없고 시시하고 심약한 사람일 경우에 더욱 그랬다.

하자 자살했다.

새 드레스

"메이블이 새 드레스를 입었군요!"

그가 말했고, 그 가엾은 파리는 받침 접시의 한가운데로 완전히 떠밀려 들어갔다. 사실 그는 자기가 빠져 죽으면 좋아할 사람이라고 그녀는 믿었다. 그는 인정이 없고 기본적인 친절함도 없이 그저 다정한 체할 뿐이었다. 밀란 양이 훨씬 더 진실하고 친절했다. '어째서지?'라고 그녀는 자문하며, — 찰스에게 너무 무례하게 대답함으로써 자신의 기분이 언짢다는 것을, 그의 표현으로는 '짜증이 났다'는 것을 알려 주면서("좀 짜증이 났어요?" 그는 말하고는 저쪽의 어떤 여자에게 가서 그녀를 비웃었다.) — '어째서 나는 늘 한 가지 감정을 유지할 수 없을까, 어째서 밀란 양은 옳고 찰스는 틀렸다고 확신하며 그 감정을 고수할 수 없을까, 어째서 카나리아와 연민과 사랑을 확신하면서도 사람들이 가득 찬 방에 들어가면 금세 사방에서 채찍질을 당할 수밖에 없을까.'라고 생각했다. 또다시 그녀의 혐오스럽고 나약하며 변덕스러운 성격이 문제였다. 결정적인 순간에 그녀는 늘 생각을 굽혔고, 패류학이나 어원학, 식물학, 고고학에도 진지한 관심을 갖지 않았으며, 메리 데니스나 바이얼릿 설처럼 감자를 잘라 자라는 것을 관찰하지도 않았다.

그때 거기 서 있는 그녀를 본 홀먼 부인이 재빨리 다가왔다. 식구들이 늘 아래층으로 굴러떨어지거나 홍역을 앓는 홀먼 부인에게 드레스 따위는 물론 주목할 가치가 없는 것이었다. 엘름소프를 8월과 9월에 세 놓은 적이 있는지 알려 줄 수 있어요? 아, 몹시 따분한 대화였다! 자신을 부동산 중개업자나 전갈 배달인처럼 취급하고 이용하려는 태도에 그녀는 분노했다. 아무 가치도 없는 것, 바로 그게 문제라고 생각하며 그녀는 뭔가 단단한 것, 뭔가 진짜인 것을 포착하려 애썼고, 동시에 화장실과 남쪽 경관, 집의 꼭대기 층으로 뜨거운 물을 운반하는 문제에 대해 사리에 맞는 대답을 하려고 애썼다. 그러는 내내 그녀에겐 둥근 거울에 비친 노란 드레스의 작은 조각이 보였는데 거울 때문에 그 조각들은 구두 단추나 올챙이 크기가 되어 있었다. 3펜스짜리 동전만 한 조각에 얼마나 큰 수치심과 고뇌, 자기혐오, 노력, 그리고 극심하게 요동치는 격렬한 감정이 담겨 있는지를 생각하면 놀라웠다. 그리고 더욱 기묘한 것은 그것, 이 메이블 워링이 외따로, 완전히 동떨어져 있다는 것이었다. 홀먼 부인은 (검은 단추처럼 보이는) 몸을 앞으로 내밀고 장남이 달리기를 하다가 심장에 무리가 왔다는 이야기를 하고 있었지만 메이블은 거울 속에서 그 부인도 완전히 떨어져 있는 것을 볼 수 있었다. 앞으로 몸을 숙이고 몸짓을 하고 있는 검은 반점이 홀로 앉아 있는 자기중심적인 노란 반점에게 자기 심정을 느끼게 만들기란 불가능했다. 하지만 그들은 그런 척했다.

"사내애들을 가만히 있게 하는 것은 절대로 불가능하죠."

그녀는 이런 식으로 대답했다. 그러자 한 번도 동정을 충분히 받지 못했고 겨우 남은 찌끄러기 동정이라도 탐욕스럽게 자기 권리인 양(그러나 그녀는 더 많은 공감을 받을 자격이 있었다. 어린 딸이 오늘 아침에 무릎 관절이 부은 채 내려왔던 것이다.) 낚아챈 홀먼 부인은 이 보잘것없는 대답을 듣고는 1파운드를 받아야 하는데 반 페니짜리 동전을 받은 듯이 의심스럽게, 마지못해 그것을 보고는 지갑에 넣었다. 어려운 시절이고, 몹시 어렵기 때문에 쩨쩨하고 인색한 것일지라도 참아야 한다. 그래서 기분이 상한 홀먼 부인은 끽끽 소리를 내면서 관절이 부어오른 딸 이야기를 이어 갔다. 아, 이것은 비극적이었다. 이 탐욕, 가마우지 떼거리처럼 동정해 달라고 짖어 대고 날개를 퍼덕이는 인간들의 이 떠들썩한 요구. 그것은 비극적이었다. 그저 느끼는 척하는 것이 아니라 실로 느낄 수 있다면!

그러나 오늘 밤에 노란 드레스를 입은 그녀는 한 방울도 더 짜낼 수 없었다. 그 모든 것, 그 모든 동정심이 필요한 사람은 자신이었다. 그녀는(계속해서 거울을 들여다보았고, 끔찍하게도 훤히 들춰 내는 그 푸른 웅덩이에 빠져들었다.) 자신이 이처럼 나약하고 흔들리는 존재이기 때문에 저주받고 경멸받고, 이렇게 후미진 곳에 남겨졌다는 것을 알았다. 노란 드레스는 자신이 받아 마땅한 고행인 듯이 여겨졌다. 자신이 로즈 쇼처럼 몸에 붙는 아름다운 초록 드레스를 차려입고 백조 털로 장식을 했더라도 그런 고행은 피할 수 없었을 것이다. 자신에게는 달아날 곳이 없다고 그녀는 생각했다. 어떤 탈출구도 없었다. 하지만 그것은, 결국에, 순전히 자신의 잘못만은 아니었다. 문제는 열 명이나 되는 가족의 일원이라는 것이었다. 돈을 충분히 소유한 적도 없고, 언제나 지나치게 아끼고 절약하는 집안에서 그녀의 어머니는 늘 큰 물통을 날랐고, 계단 모서리의 리놀륨은 닳았으며, 너절하고 사소한 가정의 비극이 연이어 일어났다. 대참사라 할 만한 비극은 아니었다. 양들의 축사가 무너졌지만 완전히 부서진 것은 아니었고, 큰오빠가 신분이 낮은 여자와 결혼했지만 너무 차이가 나는 것도 아니었다. 그들 모두에겐 모험적인 사건도 없었고, 극적인 일도 없었다. 그들은 바닷가 휴양지에서 점잖게 점차 영락해 갔다. 어느 온천지에나 있는 그녀의 이모 한 명은 지금도 거실 창문이 완전히 바다 쪽으로 나 있지는 않은 어떤 하숙집에서 자고 있었다. 아주 그들다웠다. 그들은 늘 곁눈질로 사물을 비스듬히 보았다. 그녀도 그랬다. 자기 이모들과 똑같았다. 헨리 로런스 경처럼 제국을 건설한 어떤 영웅과 결혼해서(지금도 터번을 두른 원주민을 보면 그녀의 마음은 모험심으로 차올랐지만) 인도에 살겠다는 꿈을 꾼 적이 있지만 그녀는 완전히 실패했다. 법원에서 안전하고 영구적인 하급 직원으로 일하는 휴버트와 결혼했고 좁작은 집에서 괜찮은 하녀도 없이 그럭저럭 살아왔다. 혼자 있을 때는 해시나 버터 바른 빵만 먹었다. 그러나 이따금 — 홀먼 부인은 그녀를 지금껏 보지 못한, 완전히 말라 버린 나뭇가지처럼 동정심이 없는 사람인 데다 옷도 우스꽝스럽게 입었다고 생각하며 가 버렸는데 모두에게 메이블의 기이한 차림새에 대해 말할 작정이었다 — 이따금 메이블 워링은 푸른 소파에 혼자 앉아서 뭔가에 관심을 쏟고 있는 듯이 보이려고 쿠션을 두드리며 생각했다. 까치처럼 수다를 떨면서 어쩌면 난롯가에서 자신을 비웃고 있을 찰스 버트와 로즈 쇼에게 가고 싶지 않았던 것이다. 이따금 실로 감미로운 순간들이 찾아오기도 했다. 가령 며칠 전 밤에 침대에서 책을 읽을 때, 또는 부활절에 바닷가 모래밭에서 햇빛을 쬘 때, 그때를 회상해 보자면 흐릿한 모래 풀 더미가 하늘을 배경으로 세워 놓은 창들처럼 모두 뒤틀린 채 서 있고, 매끄러운 도자기 달걀처럼 푸른 하늘은 아주 견고하고 단단했으며, 파도의 멜로디는 '쉿, 쉿' 소리를 냈고, 아이들이 노를 저으며 소리쳤다. 그래, 그 순간은 성스러웠다. 그리고 거기서 그녀는 여신의 손안에, 바로 세계 안에 누워 있다고 느꼈다. 다소 가슴이 단단하지만 아주 아름다운 여신이었고, 자신은 제단 위에 놓인 작은 양이었다.(이렇듯 허튼 생각을 하더라도 입 밖에 내지 않는 한 문제가 되지 않았다.) 또한 휴버트와 있을 때 이따금 전혀 예상치 않은 순간에 ― 일요일 점심으로 양고기를 자르다가 아무 이유도 없이, 편지를 뜯어 보거나 방에 들어설 때 ― 성스러운 순간을 경험했다. 이런 순간에 그녀는 자신에게(다른 사람에게는 결코 말하지 않을 테니까.) 말했다. '이거야. 이것이 일어났어. 바로 이거야.' 그런데 그 반대의 경우도 놀랍기는 마찬가지였다. 말하자면 모든 것이 구비되어 있을 때 ― 음악, 날씨, 휴일, 행복할 이유가 모두 갖춰져 있을 때 ― 그때는 아무 일도 일어나지 않았다. 행복하지 않았다. 단조롭고, 단조로울 뿐이었다. 그게 전부였다.

 의심할 바 없이 그녀의 초라한 자아가 또 문제였다! 그녀는 언제나 초조해하고 나약하고 부족한 엄마였고, 불안정한 아내였으며, 일종의 중간 지대에서 뒹굴며 살아갔고, 아주 명확하거나 과감한 면모 같은 건 전혀 없이, 또는 다른 것보다 더 선호하는 것도 없이 살아왔다. 그녀의 형제자매들도 어쩌면 허버트를 제외하면 다 마찬가지였다. 그들은 핏줄에 물이 흐르는, 똑같이 한심한 사람들이었고 아무것도 하지 않았다. 그러다 이처럼 살금살금 기어다니며 살아가는 와중에 갑자기 그녀는 파도 마루에 올라앉았다. 그 비참한 파리 — 마음속에 마냥 떠오르는, 이 파리와 받침 접시에 대한 이야기를 어디서 읽었더라? —가 몸부림치며 빠져나왔다. 그래, 그녀에게 그런 순간들도 있었다. 그런데 마흔 살이 되고 나니 그런 순간은 점점 드물어졌다. 몸부림을 차차 그만두겠지. 그러나 그렇게 되면 비참할 거야! 그건 참을 수 없을 거야! 그런 생각을 하면 스스로가 부끄러웠다!

내일 런던 도서관에 갈 거야. 어떤 목사나 누구도 들어 본 적 없는 미국인이 쓴 훌륭하고 유익한, 놀라운 책을 우연히 발견하겠지. 아니면 스트랜드를 걷다가 어떤 광부가 탄광 생활에 대해 이야기하는 회관에 우연히 들르고 갑자기 새 사람이 될 거야. 확실히 달라질 거야. 유니폼을 입을 테고, 모모 자매님이라 불릴 테고, 다시는 옷에 신경 쓰지 않을 거야. 이후로 영원히 찰스 버트와 밀란 양, 이 방과 저 방에 대해 완벽하게 명확히 인식할 테고, 언제나 매일매일 햇빛 속에 누워 있거나 양고기를 자르는 것 같겠지. 그럴 거야!

그래서 그녀는 푸른 소파에서 일어섰고, 거울 속의 노란 단추도 일어섰다. 그녀는 찰스와 로즈에게 자신이 전혀 의존하지 않는다는 것을 보여 주려고 손을 흔들었고, 노란 단추는 거울에서 벗어났다. 가슴에 꽂힌 모든 창들을 거두어들이며 그녀는 댈러웨이 부인에게 걸어가서 말했다.

"안녕히 계세요."

"하지만 너무 일찍 가시네요." 언제나 매력이 넘치는 댈러웨이 부인이 말했다.

"유감스럽지만 가야겠어요." 메이블 워링이 말했다. "하지만," 그녀는 약하고 불안정한 목소리로 덧붙였는데, 그 목소리는 힘주어 말하려고 애쓸 때만 우스꽝스럽게 들렸다. "대단히 즐거웠어요."

"즐거웠습니다." 그녀는 층계에서 마주친 댈러웨이 씨에게 말했다.

'거짓말, 거짓말, 거짓말!' 그녀는 아래층으로 내려가면서 속으로 말했다. '바로 받침접시에 쏙 빠졌군!' 그녀는 자신을 도와준 바넷 부인에게 고맙다고 말하고 근 이십 년간 입었던 중국식 망토로 몸을 친친 감싸면서 속으로 말했다.

함께 그리고 외따로

댈러웨이 부인은 그 사람이 마음에 들 거라고 말하며 그들을 소개해 주었다. 대화가 시작되었지만 몇 분이 지나서야 실제로 말이 오갔다. 설 씨와 애닝 양 둘 다 하늘을 쳐다보았는데, 하늘은 그들의 마음속에 서로 아주 다르지만 의미를 쏟아부었다. 이윽고 옆에 있는 설 씨의 존재가 너무나 선명하게 각인되어서 애닝 양은 하늘만 볼 수 없었고, 로더릭 설의 큰 키와 검은 눈, 회색 머리, 깍지 낀 양손, 심각하고 우울한 (하지만 이미 '우울한 척하는' 사람이라는 얘기를 들은 적이 있었다.) 얼굴이 두드러지게 각인된 하늘을 보아야 했다. 얼마나 어리석은 말인지 알지만 그녀는 이렇게 말할 수밖에 없다고 느꼈다.

"정말 아름다운 밤이군요!"

어리석어! 바보 천치 같은 말이야! 하지만 마흔의 나이에 하늘을 보고 어리석게 굴지 않을 수 있다면. 하늘은 가장 현명한 사람도 천치로, 한갓 지푸라기 한 줌으로 만들고, 댈러웨이 부인의 창가에 서 있는 그녀와 설 씨를 원자와 티끌로 만들어 버리니 말이다. 달빛에 비춰 보면 그들의 삶은 벌레의 목숨에 지나지 않았고 그보다 더 중요하지도 않았다.

"자!"

애닝 양이 소파의 쿠션을 힘주어 두드리며 말했고 그는 그녀 옆에 앉았다. 사람들의 말대로 그는 '우울한 척하는' 사람일까? 사람들의 말이나 행동, 그 모든 것을 다소 하찮게 만들어 버리는 듯한 하늘에 고무되어 그녀는 더없이 진부한 말을 덧붙였다.

"제가 어렸을 때 캔터베리에 설 양이라는 사람이 있었어요."

마음속에 하늘을 담고 있었던 설 씨의 눈앞에 즉시 자기 조상들의 모든 무덤이 낭만적인 푸른빛에 감싸여 떠올랐고, 그의 눈이 커졌다가 어두워졌다.

"그렇군요."

"우리 집안은 원래 정복자 윌리엄과 함께 건너온 노르만족이었어요. 리처드 설이라는 분은 성당에 묻혀 있어요. 가터 훈장을 받은 훈작사였지요."

애닝 양은 자신이 우연히도 가짜 남자가 서 있는 토대에서 진짜 남자를 발견했다고 느꼈다. 달빛에 고무되어(그녀에게 달은 남자를 상징했다. 그녀는 커튼의 틈새로 달을 보면서 달빛을 한 국자씩, 한 모금씩 연거푸 들이마셨다.) 그녀는 무슨 말이든 거의 다 할 수 있었고, 가짜 남자 밑에 묻혀 있는 진짜 남자를 파헤

치기로 마음먹었다. 그녀는 속으로 말했다.
'계속해, 스탠리, 어서.'

이것은 그녀의 좌우명이었고, 중년에 들어선 사람들이 어떤 고질적인 악습을 떨쳐 내기 위해 사용하는 것 같은 은밀한 자극 또는 채찍이었다. 그녀의 경우에 그 악습이란 한심한 소심함, 아니, 그보다는 나태함이었다. 왜냐하면 그녀에게 부족한 것은 용기가 아니라 활력이었기 때문이다. 특히 남자들과 이야기할 때 그랬는데, 남자들에게 겁을 먹은 나머지 그녀의 이야기는 종종 따분하고 상투적인 말로 흐지부지되곤 했다. 그녀는 남자 친구가 — 조금이라도 친밀한 친구가 — 거의 없다고 생각했다. 하지만 그녀가 과연 친구를 원했던가? 아니. 자신에게는 세라, 아서, 작은 집, 중국산 개, 그리고 물론 그것이 있다고, 그녀는 소파에 설 씨 옆에 앉아 있으면서도 그것에 빠져서 푹 잠긴 채 생각했다. 집에 갈 때면 느꼈던, 자신이 모은 것, 기적들이 옹기종기 집에 모여 있다는 느낌이었고, 다른 사람들에게는 그런 것이 있을 수 없다고(아서, 세라, 작은 집, 그리고 중국산 개를 가진 사람은 그녀뿐이었으므로) 믿었다. 다시금 그녀는 깊고 만족스러운 소유감에 흠뻑 잠겼고, 이 느낌과 달(달은 곧 음악이었다.) 덕분에 이 남자와 설 가문에 대한 그의 자부심을 파헤치지 않고 그냥 내버려둬도 되겠다고 느꼈다. 아니야! 그건 위험한 일이야, 무기력감에 빠져서는 안 돼, 이 나이에. '계속해, 스탠리, 어서.' 그녀는 속으로 말하며 그에게 물었다.

"캔터베리를 직접 아시나요?"

캔터베리를 아느냐고! 설 씨는 참으로 어처구니없는 질문이라고 생각하며 미소를 지었다. 이 멋지고 조용한 여자, 어떤 악기를 연주한다는, 영리해 보이고 눈이 보기 좋고 아주 멋진 오래된 목걸이를 걸고 있는 이 여인은 그 질문의 의미를 거의 알지 못했다. 캔터베리를 아느냐는 질문을 받다니, 그의 인생 최고의 시절, 모든 기억들, 그가 누구에게도 말할 수 없었지만 글로 쓰려고 노력했던 것, 아, 쓰려고 애썼던(그리고 그는 한숨을 쉬었다.) 일들이 모두 캔터베리에 집중되어 있는데. 이 생각에 그는 웃지 않을 수 없었다.

그의 한숨과 이어지는 웃음, 그의 우울함과 유머를 보고 사람들은 그를 좋아했는데, 그는 그것을 알고 있었다. 하지만 사람들의 호감은 실망감을 보상해 주지 못했다. 만일 그가(동정적인 부인네들을 방문해서 오래, 아주 긴 시간을 머물면서) 사람들의 호감을 먹고살았다고 하더라도 그것은 꽤 쓰라린 일이었다. 왜냐하면 그는 자신이 할 수 있었던 일, 어린 시절 캔터베리에서 꿈꾸었던 일의 10분의 1도 하지 못했기 때문이다. 낯선 사람과 함께 있으면 희망이 되살아나는 것을 느꼈다. 그들은 그가 약속했던 것을 이루지 못했다고 말할 수 없으니까. 그리고 낯선 사람이 그의 매력에 빠지면 그는 새로운 시작을 ― 나이 오십에! ― 할 수 있으니까. 그녀는 샘을 건드렸다. 황량하고 어두운 그의 마음 벽에 들판과 꽃, 회색 건물이 맺은 은방울들이 흘러내렸다. 이런 이미지로 그의 시는 종종 시작되었다. 그는 이 조용한 여성 옆에 앉아 있는 지금 이미지를 만들어 내고 싶은 욕망을 느꼈다.

"네, 캔터베리를 압니다."

그가 회상하듯 감상적으로 말하면서, 사려 깊은 질문을 기대하고 있다고 애닝 양은 느꼈다. 바로 이런 모습 때문에 그는 아주 많은 사람에게 흥미로운 인물로 보였다. 이처럼 대화를 나눌 때 특히 유연하고 민감하게 반응하는 재주 때문에 자신이 실패하고 말았다고 그는 종종 이런 파티가 끝난 후(그는 파티가 열리는 계절 내내 거의 매일 밤 파티에 갔다.) 단추를 풀고 열쇠와 잔돈을 경대에 올려놓으며, 그리고 아침 식사를 하러 내려가면서 생각했다. 아침 식탁에서 그는 전혀 다른 사람이 되어 아내에게 무뚝뚝하고 불쾌하게 굴었다. 그의 아내는 병약해서 외출을 전혀 하지 않았지만, 가끔 오랜 친구들이, 대부분 여자들이 그녀를 만나러 왔고, 인도 철학과 다양한 치료법과 다양한 의사에게 관심을 보였다. 로더릭 설은 이런 관심사를 신랄한 말로 무시했고, 너무나 기발한 그의 말에 아내는 부드럽게 이의를 제기하거나 눈물 한두 방울을 흘리는 것으로 반응할 수밖에 없었다. 그는 자신에게 꼭 필요한 사교 모임과 여성들과의 교류를 완전히 단절하고 글을 쓰는 데 몰입할 수 없었기 때문에 실패했다고 종종 생각했다. 그는 인생에 너무 깊이 연루되었고, 그리고 여기서 그는 다리를 꼬고 앉아서(그의 모든 동작은 다소 인습을 벗어나 있어서 눈에 띄었다.) 자신을 탓한 것이 아니라 자신의 풍부한 본성을 탓했고, 자신의 본성은 예컨대 워즈워스[10]와 비교해도 손색이 없

---

10) 영국 낭만주의의 대표적 시인 윌리엄 워즈워스(William Wordsworth,

다고 생각했다. 그리고 자신이 사람들에게 너무나 많은 것을 베풀었기 때문에 이번에는 그들이 자기를 도울 차례라고 양손에 머리를 괸 채 느꼈다. 이는 떨리고 매혹적이고 흥미진진한 이야기의 서곡이었다. 그의 마음속에서 이미지가 보글보글 솟아올랐다.

"저 여성은 과일나무 같군요. 꽃이 만발한 벚나무 같아요."

그가 하얀 머리카락이 멋진 꽤 젊은 여자를 보며 말했다. 그 이미지가 다소 근사하다고, 상당히 근사하다고 루스 애닝은 생각했다. 하지만 그녀는 몸짓이 독특한 이 품위 있고 우울한 남자가 마음에 들지는 않았다. 그리고 사람의 감정이 영향을 받는 방식이 묘하다고 생각했다. 여자를 벚나무에 빗댄 그의 비유는 비교적 괜찮은 편이었지만 '그 남자'는 마음에 들지 않았다. 그녀의 섬유질은 전율을 느끼기도 하고 묵살당하기도 하면서 말미잘의 촉수처럼 변덕스럽게 이리저리 표류했다. 그녀의 두뇌는 차갑게 거리를 두고 아직 미정의 상태에서 메시지를 받아들이고 생각에 빠져 있다가 이윽고 그것을 요약해서 사람들이 로더릭 설(그는 어느 정도 유명한 사람이었다.)에 대해 이야기할 때 서슴없이 "그 사람 마음에 들어요."라든가 "그 사람 마음에 들지 않아요."라고 말할 테고, 그렇게 결정된 그녀의 의견은 영원히 변하지 않을 것이다. 인간의 교제가 무엇으로 이루어지는지를 묘하게 밝혀 주는 이상한 생각, 엄숙한 생각이다.

1770~1850)에 대한 언급이다.

"당신이 캔터베리를 아신다니 이상하군요." 설 씨가 말했다. "항상 충격을 받곤 했어요." 그가 말을 이었다.(흰머리의 여인이 지나갔다.) "누군가를 만날 때."(그들은 이전에 만난 적이 없다.) "우연히, 말하자면, 그 사람이 자신에게 대단히 중요한 것의 가장자리를 건드리면 말이에요. 우연히 건드리지요. 캔터베리가 당신에게는 어쩌면 그저 아름다운 옛 도시일 수도 있겠죠. 그래, 어느 해 여름철을 이모와 그곳에서 보내신 적이 있다고요?"(루스 애닝이 캔터베리 방문에 대해 그에게 말하려던 것은 그게 전부였다.) "당신은 관광 명소들을 둘러보고 떠났고 다시는 그곳에 대해 생각하지 않았겠죠."

그렇게 생각하라고 내버려두자. 그녀는 그가 마음에 들지 않았기 때문에 자신에 대해 터무니없는 착각을 품은 채 가 버리기를 바랐다. 사실 그녀가 캔터베리에서 보낸 세 달은 놀라웠다. 이모의 지인인 샬럿 설 양을 우연히 방문했지만 그녀는 사소한 일 하나하나까지 기억했다. 지금도 샬럿 양이 천둥에 대해서 뭐라 말했는지 단어 그대로 반복할 수 있을 정도이다.

"한밤중에 깨어나 천둥소리를 들을 때마다 나는 '누군가 살해되었다.'라고 생각해요."

그녀는 딱딱하고 털이 많은 다이아몬드 무늬의 카펫도 볼 수 있었고, 빈 찻잔을 내밀고 천둥에 대해 이렇게 말하던 나이 든 여인의 눈물 가득한 반짝이는 갈색 눈을 떠올릴 수 있었다. 그리고 캔터베리를 떠올릴 때면 언제나 사방에 드리워진 뇌운과 짙은 자줏빛을 띤 사과꽃, 그리고 건물들의 긴 회색 뒷면을 보았다.

천둥이 떠오르자 그녀는 중년에 지나치게 빠져드는 무심함의 마비 상태에서 깨어났다. '계속해, 스탠리, 어서.' 그녀는 속으로 말했다. 정말이지, 이 남자도 다른 사람들처럼 이렇게 잘못된 생각으로 내게서 달아나도록 내버려 두지 않겠어. 그에게 진실을 말할 거야.

"난 캔터베리를 사랑했어요." 그녀가 말했다.

즉시 그의 관심이 불붙었다. 이는 그의 재능이고, 그의 결함이며, 그의 운명이었다.

"사랑했다고요." 그가 반복했다. "그러셨던 것 같네요."

그들의 눈길이 마주쳤다. 아니, 오히려 충돌했다. 각자 자신의 눈동자 뒤에서 은둔하던 존재가 갑자기 일어서서 망토를 벗어 던지며 상대에게 정면으로 맞섰다고 느꼈다. 얄팍하고 민첩한 동무가 혼자서 뒹굴고 손짓하며 쇼를 진행하는 동안 뒤쪽 어둠 속에 앉아 있던 존재였다. 그것은 심상치 않았다. 무시무시했다. 그들은 나이가 들었고 부드럽게 타오르도록 닦여 왔기에, 로더릭 설은 사교 시즌에 파티를 열두 곳이나 다니면서도 비범한 것을 느끼지 못했고 감상적인 후회와 꽃이 만발한 벚나무 같은 아름다운 이미지에 대한 욕구만을 느꼈을 뿐이다. 그러는 내내 그의 내면에는 주위 사람들에 대한 일종의 우월감, 아직 사용되지 않은 재능에 대한 의식이 뒤흔들리지 않은 채 고여 썩고 있었다. 그래서 그는 자신의 삶과 자기 자신에 대한 불만으로 하품을 하며 공허하고 변덕스러운 기분에 잠겨 집에 돌아가곤 했다. 그런데 지금 돌연히, 안개 속에 번뜩이는 하얀 번개처럼(그런데 이 이미지는 번개처럼 피할 수 없이 저절로 떠올랐다.) 그것이 일어났다. 삶의 옛 환희와 그 불굴의 공격. 그것은 불쾌하면서 동시에 기쁨을 주며 젊음을 되돌려주었고 얼음과 불의 가닥들로 혈관과 신경을 채웠다. 그것은 무시무시했다.

"이십 년 전의 캔터베리를."

애닝 양이 눈부신 전등에 갓을 씌우거나 잘 익은 복숭아에 푸른 잎을 덮어 주듯이 말했다. 그것이 너무나 강렬하고, 너무나 무르익고, 너무나 충만했기에.

때로 그녀는 결혼을 했더라면 좋았을 거라고 생각했다. 마음과 몸을 멍들지 않게 보호하는 자동 장치가 있는 중년의 삶의 차분한 평화는, 캔터베리의 천둥과 자줏빛 사과꽃과 비교했을 때 때로 저급해 보였다. 그녀는 뭔가 다른 것, 번개처럼 더 강렬한 것을 상상할 수 있었다. 그녀는 어떤 육체적 감각을 상상할 수 있었다. 그녀는 상상할 수 있었다······.

그런데 너무나 이상하게도, 그를 이전에 본 적이 없는데도, 그녀의 감각은, 전율을 느끼고 묵살을 당했던 그 촉수는, 마치 그녀와 설 씨가 서로를 너무나 완벽하게 알고, 실은 너무나 친밀하게 결합되어서 이 흐름을 따라 나란히 떠내려가기만 하면 되는 듯이, 지금 아무런 메시지도 보내지 않았고 움직이지도 않았다.

세상에 인간의 교류처럼 이상한 것은 없다고 그녀는 생각했다. 변화무쌍하고 특히 비합리적이기 때문에. 지금 그녀가 느끼는 혐오감은 가장 강렬하고 황홀한 사랑과 다름없었다. 그러나 '사랑'이란 단어가 떠오른 순간 그녀는 그 단어를 배

척했다. 마음이란 너무나 모호하기에 이 온갖 놀라운 의식이나 이처럼 번갈아 찾아오는 고통과 기쁨을 표현할 단어가 거의 없다고 다시금 생각했다. 이것을 뭐라고 이름 붙였던가. 그녀가 지금 느낀 것은, 인간적 애정이 물러나고, 설이 사라지고, 인간 본성을 너무도 황폐하게 만들고 저하시켰기에 모두들 눈에 보이지 않도록 적절히 파묻어 버리려는 것을 그들 둘이 즉시 덮어 버려야 한다는 것이었다. 이렇게 철회하고, 이렇게 신뢰를 어기고, 적절히 인정되고 수용되는 매장 방식을 찾으며 그녀가 말했다.

"물론 사람들이 무슨 짓을 하든 캔터베리를 망칠 수는 없죠."

그는 미소를 지었다. 그는 그것을 받아들였다. 그는 다리를 반대쪽으로 꼬았다. 그녀는 그녀의 역할을 했고, 그는 그의 역할을 했다. 이렇게 해서 모든 것이 끝났다. 그리고 즉시 두 사람 모두에게 감정이 마비된 삭막함이 엄습했다. 그럴 때면 마음에서 아무것도 터져 나오지 않고, 마음의 벽은 석판처럼 보이고, 공허함이 통증으로 느껴질 정도이고, 눈은 돌처럼 굳어져서 한 곳만 — 어떤 무늬나 석탄 통 — 무시무시하게도 뚫어지게 바라본다. 그 상태를 변화시키고 조절하고 꾸밀 어떤 감정도, 생각도, 인상도 떠오르지 않기 때문이다. 감정의 샘이 막힌 듯하므로, 그리고 마음이 경직되면 몸도 따라 굳어져서 뻣뻣한 조각상처럼 되어 버리므로, 설 씨도 애닝 양도 움직일 수도, 말할 수도 없었다. 그러므로 미라 카트라이트가 장난처럼 설 씨의 어깨를 툭 치며 말했을 때, 그들은 마치 마법사가 그들을 해방시키고, 샘물이 생명의 물줄기로 혈관을 모두 씻어 내린 느낌이었다.

"마이스터징거[11] 공연에서 당신을 봤는데, 날 모른 체하더군요. 악당 같으니." 카트라이트 양이 말했다. "당신한테 다시는 말 걸지 않을 거예요."

그래서 그들은 헤어질 수 있었다.

---

11) 리하르트 바그너(Wilhelm Richard Wagner, 1813~1883)의 오페라 「뉘른베르크의 마이스터징거」를 가리키는 듯하다.

동류 인간을 사랑한 남자

그날 오후에 딘스 야드를 빠른 걸음으로 걷던 프리켓 엘리스는 리처드 댈러웨이와 정면으로 마주쳤다. 더 정확하게 말하면, 서로 스쳐 지나갈 때 각자 모자 밑에서 어깨 너머로 은밀히 상대를 곁눈질하던 눈이 점점 커지며 갑자기 상대를 알아보게 되었다. 그들은 이십 년간 만난 적이 없었다. 그들은 학교를 함께 다녔었다. 그런데 엘리스는 무슨 일을 하고 있나? 법정 변호사라고? 물론, 그렇겠지. 그는 신문에서 그 소송 사건을 흥미롭게 지켜보았다. 하지만 여기서 이야기를 나눌 수는 없었다. 오늘 저녁에 들르지 않겠나?(그들은 똑같이 오래된 지역에 살았다, 아주 가까운 곳에.) 한두 사람이 오기로 되어 있다네. 어쩌면 조인슨도.

"지금은 엄청난 거물이지." 리처드가 말했다.

"좋아, 그럼 오늘 저녁에 만나세."

리처드는 이렇게 말하고 가던 길을 갔고 그 기묘한 친구를 만나서 '아주 반가웠다.'(이건 정말 진심이었다.) 그 친구는 학창 시절 이후로 조금도 변하지 않아서 소년 시절처럼 여전히 울퉁불퉁하고 통통했다. 그때 그는 온갖 편견이 두드러졌지만 흔치 않은 명석한 두뇌를 갖고 있었고 뉴캐슬 장학금을 받았다. 자, 그는 걸어갔다.

하지만 프리켓 엘리스는 몸을 돌려 사라지는 댈러웨이를 보며 그와 마주치지 않았더라면 좋았을 뻔했다고 생각했다. 아니, 그는 개인적으로 댈러웨이를 늘 좋아했으므로, 적어도 이 파티에 가겠다는 약속은 하지 않았더라면 좋았을 뻔했다. 댈러웨이는 결혼했고, 파티를 열었고, 자신과 같은 부류가 아니었다. 게다가 정장을 입어야 한다. 하지만 저녁이 다가올수록, 이미 약속을 한 데다 무례하게 처신하고 싶지 않았기에 어쩔 수 없이 파티에 가야만 한다고 생각했다.

하지만 얼마나 소름 끼치는 파티였는지! 조인슨이 와 있었다. 그들은 서로에게 할 말이 전혀 없었다. 그는 젠체하는 꼬마였는데 성장하면서 약간 더 으스댔고…… 그게 전부였다. 그 말고 그 방에는 프리켓 엘리스가 아는 사람이 한 명도 없었다. 단 한 명도. 그래서 그는 거기 마냥 서 있어야 했다. 댈러웨이에게 인사 한마디 하지 않고 당장 돌아갈 수는 없었고, 댈러웨이는 그저 자기 의무를 다하느라 흰 조끼 차림으로 분주하게 돌아다니고 있었다. 이런 모임은 그의 불쾌감을 솟구쳐 오르게 했다. 다 성장한 책임감 있는 남녀들이 하루도 빼

놓지 않고 평생 이런 일을 하다니! 말없이 벽에 기대서 있자니, 면도한 푸르죽죽한 뺨에 주름살이 깊어졌다. 그는 말처럼 열심히 일했지만 운동으로 건강을 유지했다. 콧수염에 서리가 덮인 듯 그는 엄격하고 사나워 보였다. 성이 나고, 짜증이 밀려왔다. 초라한 정장 탓에 그는 단정치 못하고 보잘것없고 앙상해 보였다.

한가하고 수다스럽고 옷을 지나치게 잘 차려입고, 머릿속에는 아무 생각도 없는 이 멋진 숙녀들과 신사들은 계속 떠들며 웃어 댔다. 그들을 바라보며 프리켓 엘리스는 그들을 브루너 부부와 비교해 보았다. 페너스 양조장에 관한 소송에서 이겨 200파운드의 배상금을 받았을 때(그들이 받아야 할 금액의 절반도 안 되었다.) 그 부부는 그중 5파운드를 써서 그에게 시계를 사 주었다. 그것은 너그러운 행위였다. 사람을 감동시키는 행위였다. 그래서 그는 이 사람들, 지나치게 잘 차려입은 냉소적인 부자들을 전보다 더 매섭게 노려보았고, 그가 지금 느끼는 감정을 그날 아침 11시에 느꼈던 감정과 비교해 보았다. 그 시각에는 대단히 점잖고 깔끔하게 보이는 노인들, 늙은 브루너 씨와 부인이 제일 좋은 옷을 입고 감사와 존경의 표시를 전하려고 들렀었다. 노인은 그것을 들고 아주 꼿꼿하게 서서 소송을 매우 유능하게 이끌어 주었다고 일장연설을 했다. 브루너 부인은 큰 소리로 모두 다 그의 덕분이라고 말했다. 그리고 그들은 그의 관대함에 깊이 감사했다. 물론 그가 수수료를 받지 않았기 때문이었다.

그 시계를 받아 벽난로 선반의 한가운데 놓았을 때 그는 누구에게도 자기 얼굴을 보이고 싶지 않았다. 그것은 그가 일을 해 온 목적이자 보상이었다. 그는 실제로 눈앞에 있는 사람들이 마치 자기 사무실의 그 장면에 어른거리며 그 장면에 접한 듯이 그들을 바라보았다. 그것이 서서히 사라졌을 때 — 브루너 부부가 사라졌다 — 그 장면에서 남은 듯, 이 적대적인 사람들에 맞서는 그 자신, 평범하기 그지없고 세련되지 못한 남자, 남루한 옷을 입고(그는 몸을 꼿꼿이 세웠다.) 품위나 우아함이 전혀 없이 쏘아보는, 평범한 사람들을 잘 이해하는 남자, 자기 감정을 숨기는 데 서투른 사람, 못생긴 남자, 사회의 악과 타락, 비정함에 맞서는 평범한 인간이 있었다. 그러나 그는 계속 쏘아보지 않을 것이다. 이제 안경을 쓰고 그림들을 살펴보았다. 일렬로 늘어선 책들의 제목을 읽었다. 대부분 시였다. 예전에 좋아하던 작가, 셰익스피어와 디킨스를 다시 읽으면 정말 좋을 것 같았다. 혹시라도 국립 미술관에 갈 시간이 난다면 좋겠지만 그럴 수 없었다. 아니, 그럴 수 없었다. 실로 그럴 수 없었다. 이 세상이 지금 상태로 존재하는 한 가능하지 않았다. 온종일 사람들이 도움받기를 원하고 정당하게 도움을 요구하는데 그럴 순 없었다. 사치를 누릴 수 있는 시대가 아니었다. 그는 안락의자들과 종이칼, 그리고 멋진 장정을 두른 책을 바라보며 고개를 저었다. 자신은 그런 호사를 누릴 시간이 없으리라는 걸 알았고 그럴 마음도 없다고 생각하며 즐거워했다. 그가 담뱃값에 얼마를 지불하는지, 옷을 어떻게 빌렸는지를 안다면 여기 모인 사람들은 충격을 받을 것이다. 그가 누리는 단 한 가지 호사는 노퍽 브로즈에 있는 작은 요트였다. 그가 자신에게 허용한 사치였다. 그는 일 년에 한 번 모든 이에게서 달아나 들판에 누워 있기를 좋아했다. 그가 다분히 진부하게도 자연에 대한 사랑이라고 부른 것, 소년 시절부터 나무와 들판에서 얻은 큰 즐거움을 그들, 이 멋진 사람들이 알게 된다면 큰 충격을 받을 거라고 그는 생각했다. 이 멋진 사람들은 충격을 받을 것이다. 사실 거기 서서 안경을 벗어 주머니에 넣으며 그는 자신이 매 순간 점점 더 충격적인 인물이 되어 간다고 느꼈다. 그것은 몹시 불쾌한 감정이었다. 이것 — 그가 인간을 사랑하고 담배 1온스에 5페니만 지불하고 자연을 사랑하는 — 이 자연스럽고 평온하게 느껴지지 않았다. 이 즐거움 각각이 항의로 변했다. 그가 경멸하는 저 사람들이 그를 세워 놓고 그의 행위를 변명하게 만드는 것 같았다.

"나는 평범한 사람이오." 그는 계속해서 말했다. 그다음은 실로 말하기 부끄러웠지만 그는 말했다. "내가 동류의 사람들을 위해 하루에 한 일이 당신들이 평생 한 일보다 더 많소."

사실 그로서는 어쩔 수 없었다. 브루너 부부가 시계를 선물한 장면 같은 것들이 연거푸 떠올랐고, 그의 인간성이나 관대함에 대해서, 그리고 그가 어떻게 도와주었는지에 대해 사람들이 들려준 멋진 말들이 계속 되살아났다. 그는 계속해서 스스로를 현명하고 너그러운 인류 봉사자로 여겼다. 그리고 그가 받은 찬사들을 계속해서 입 밖에 내고 싶었다. 자신의 미덕에 대한 의식이 속에서 들끓는 것은 불쾌한 일이었다. 다른 사람들이 자신에게 해 준 말을 누구에게도 말할 수 없다는 것은 더욱 불쾌했다. 고맙게도 나는 내일 다시 일하러 갈 거야,

그는 계속 말했다. 하지만 그냥 문을 빠져나가 집으로 돌아가는 것은 이제 만족스러운 선택이 아니었다. 그는 머물러야 한다. 자신을 정당화할 때까지 머물러야 한다. 그러나 어떻게 그게 가능할까? 온 방에 가득 찬 사람 중에서 아는 사람이 하나도 없어서 말을 걸 수도 없는데.

마침내 리처드 댈러웨이가 다가왔다.

"오키프 양을 소개하고 싶네."

그가 말했다. 오키프 양은 그의 눈을 똑바로 쳐다보았다. 약간 오만하고 무뚝뚝한 삼십 대의 여성이었다.

오키프 양은 아이스크림이나 마실 것을 원했다. 프리켓 엘리스가 느끼기에 오만하고 가당찮은 태도로 그녀가 그것을 갖다 달라고 한 이유는 그 뜨거운 오후에 광장 철책에 붙어 서 있는 아주 가난하고 기진맥진한 여자와 두 아이를 보았기 때문이었다. 그들을 들어오게 할 수 없을까? 그녀는 파도처럼 밀어닥치는 동정심과 끓어오르는 분노를 느끼며 생각했다. 아니, 다음 순간에 그녀는 자신의 귀싸대기를 갈긴 듯이 거칠게 스스로를 꾸짖었다. 온 세상의 힘으로도 그렇게 할 수 없어. 그래서 그녀는 테니스공을 집어 다시 던졌다. 온 세상의 힘으로도 그건 할 수 없어. 그녀는 분노에 찬 목소리로 말했고, 그런 까닭에 알지 못하는 남자에게 명령조로 말했던 것이다.

"아이스크림을 갖다줘요."

그녀가 그것을 먹는 동안 아무것도 먹지 않으며 옆에 서 있던 프리켓 엘리스는 십오 년간 파티에 와 본 적이 없다고 말했다. 정장은 매부에게 빌린 것이며, 이런 종류의 파티를 좋아하지 않는다고 말했다. 자신은 평범한 사람이고 평범한 사람들을 좋아한다고 말을 이어 갔더라면 한결 마음이 편했을 텐데 그러고 나서 브루너 부부와 그 시계에 대해 말했을(그러고 나서 부끄러워했을) 것이다. 그러나 그녀가 말했다.

"「템페스트」[12] 보신 적 있어요?"

그러고 나서 (그는 「템페스트」를 본 적이 없으므로) 어떤 책을 읽은 적이 있느냐고 물었고, 또다시 아니라는 답을 듣자 아이스크림을 내려놓으며 말했다. 시를 한 번도 읽은 적이 없으세요?

그러자 프리켓 엘리스는 이 젊은 여자의 목을 자르고 그녀를 희생양으로 만들고 그녀를 학살하고 싶은 무언가가 내면에서 솟구치는 것을 느끼며 그녀를 자리에 앉게 했다. 모두들 위층에 있었기에, 텅 빈 정원의 두 의자에서 그들은 방해받지 않을 것이다. 다만 윙윙 소리와 웅웅 소리, 딱딱 소리와 딸랑 소리가 들려와서 마치 유령 오케스트라가 풀밭을 가로질러 살금살금 움직이는 고양이 한두 마리나 흔들리는 풀잎, 종이 초롱처럼 이리저리 흔들리는 붉고 노란 과일들에 터무니없는 반주를 넣는 것 같았고, 이야기는 뭔가 매우 현실적이고 고통으로 가득 찬 것에 맞춰 춤추는 광란의 해골 춤 같았다.

"정말 아름답군요!" 오키프 양이 말했다.

응접실에 있다가 나와 보니 오, 이 작은 잔디밭이 아름다워요. 공중에 높이 솟은 웨스트민스터의 검은 탑들이 주위에 모여 있고요. 소음을 듣다가 나오니 고요하고요. 어떻든 그들에

---

12) 윌리엄 셰익스피어의 마지막 작품이다.

게는 그 문제, 즉 그 지친 여자와 아이들이 있었다.

프리켓 엘리스는 파이프에 불을 붙였다. 그것이 그녀에게 충격을 줄 것이다. 그는 파이프에 살담배 — 1온스에 5펜스 반 페니인 — 를 채웠다. 자기 보트에 누워 담배를 피우고 싶다고 생각했고, 밤에 홀로 별빛 아래에서 담배를 피우는 자신을 그려 볼 수 있었다. 여기 있는 사람들이 그런 자신을 본다면 어떻게 보일지를 저녁 내내 계속 생각했다. 그는 구두 바닥에 성냥을 그어 대면서 자신은 여기 밖에서는 특별히 아름다운 것을 볼 수 없다고 오키프 양에게 말했다.

"아마 아름다움을 좋아하지 않는 모양이죠."

오키프 양이 말했다.(그는 「템페스트」를 보지 않았다고, 책을 읽지 않았다고 이미 그녀에게 말했다. 그는 단정치 않아 보였고 콧수염과 턱은 덥수룩했고 은줄이 달린 시계를 걸고 있었다.) 이런 아름다움을 위해서는 누구도 동전 한 푼 지불할 필요가 없다고 생각해요. 박물관은 무료였고 국립 미술관도 마찬가지예요. 그리고 시골 풍경도 마찬가지고요. 물론 방해가 되는 요인들, 말하자면 빨래나 요리, 아이들이 있다는 것은 알고 있어요. 그러나 문제의 핵심은, 사람들은 말하기 꺼리지만, 행복이 엄청 값싸다는 거예요. 그것은 공짜로 가질 수 있어요. 아름다움은.

그래서 프리켓 엘리스는 그녀에게, 이 창백하고 퉁명스럽고 거만한 여자에게 알려 주었다. 살담배를 뻐끔거리며 자신이 그날 무엇을 했는지 말해 주었다. 6시에 일어났고 몇 가지 상담을 했고 더러운 빈민가에서 하수구 냄새를 맡았고 그런 다음에 법원에 갔다.

이 부분에서 그는 자기 나름의 업적을 말하고 싶어 망설였다. 그것을 억누르자 더욱 신랄해졌다. 영양 상태가 좋고 옷을 잘 차려입은 여자들이(그녀는 말랐고, 드레스는 일반 수준에 미치지 못했기에 입술을 씰룩였다.) 아름다움에 대해 말하는 것을 들으면 역겹다고 그는 말했다.

"아름다움이라!"

그가 말했다. 유감이지만 나는 인간과 동떨어진 아름다움을 이해할 수 없군요. 그래서 그들은 텅 빈 정원을 노려보았다. 빛들이 흔들리고 고양이 한 마리가 정원 한가운데서 앞발을 들고 망설이고 있었다.

인간과 동떨어진 아름다움이라고요? 그건 무슨 뜻이죠? 그녀가 갑자기 물었다.

글쎄, 이런 겁니다. 점점 더 흥분하면서 그는 브루너 부부와 그 시계 이야기를 들려주었고 자부심을 감추지 않았다. 그것이 아름다웠다고 그가 말했다.

그녀는 그의 이야기가 마음에 불러온 공포를 설명할 길이 없었다. 우선 그의 자만심, 그리고 인간의 감정에 대해 말할 때의 무례함, 그것은 불경스러웠다. 온 세상 누구도 동류 인간을 사랑한다는 것을 입증하기 위해 이야기를 해서는 안 된다. 하지만 그가 그것을 — 그 노인이 일어서서 감동적인 연설을 했다고 — 말했을 때 그녀의 눈에는 눈물이 고였다. 아, 누구든 그녀에게 그런 말을 해 준 적이 있었던가! 그러나 다시금 그녀는 바로 그것이 인류를 영원히 저주했다고 느꼈다. 그들은 시계를 선물받은 감동적인 장면을 결코 넘어서지 못할 것이다. 브루너 같은 사람들은 프리켓 엘리스 같은 사람들에게 감동적인 연설을 하고, 프리켓 엘리스 같은 이들은 언제나 자신과 동류의 사람들을 사랑한다고 말할 테고, 그들은 언제나 나태하고 타협적이며, 아름다움을 두려워할 것이다. 그러므로 혁명이 일어났다. 나태함과 두려움, 감동적인 장면들에 대한 사랑으로부터. 그래도 이 남자는 그의 브루너 부부에게서 기쁨을 얻었다. 그런데 그녀는 광장에서 내쫓긴 자신의 가난한 여자들로 인해 영원히, 영원히 고통받을 운명이었다. 그렇게 그들은 말없이 앉아 있었다. 둘 다 기분이 몹시 언짢았다. 프리켓 엘리스는 자신의 말에서 조금도 위안을 얻지 못했다. 그녀의 가시를 뽑아낸 게 아니라 오히려 문질러 넣었던 것이다. 오전에 느꼈던 행복감은 파괴되었다. 오키프 양은 혼란스럽고 짜증이 났다. 머릿속이 명료하지 않고 흐리멍덩했다.

"유감이지만 나는 동류를 좋아하는 아주 평범한 사람 중 하나입니다." 그가 일어서며 말했다.

그 말에 오키프 양은 소리치듯이 말했다.

"나도 그래요."

서로를 미워하고, 자신들에게 이처럼 고통스럽고 환멸적인 저녁 시간을 보내게 한 그 집 안에 가득 찬 사람들을 미워하면서, 동류를 사랑하는 두 사람은 일어섰고, 한마디 말도 없이 영원히 헤어졌다.

요약

 실내가 무덥고 사람들로 북적였기에, 또 이처럼 눅눅한 밤은 건강에 해롭지 않을 터이므로, 그리고 마법에 걸린 깊은 숲속에 종이 초롱이 빨갛고 녹색 과일처럼 매달려 있는 것 같았기에, 버트럼 프리처드 씨는 래섬 부인을 이끌어 정원으로 나갔다.
 야외 공기와 바깥에 나온 느낌에 사샤 래섬은 당황했다. 헌칠하고 잘생기고 다소 나태해 보이는 이 부인은 매우 당당한 풍모를 가진 사람이었기 때문에, 그녀가 파티에서 무슨 말을 해야 할 때면 한없이 무능하고 어색하게 느끼리라고는 누구도 짐작하지 못했다. 그러나 실제로는 그랬다. 그녀는 버트럼과 함께 있어서 다행이라고 생각했다. 그는 밖에 나와서도 쉬지 않고 말할 사람이었다. 그의 말을 적어 보면 도저히 믿을 수 없을 정도로 하나하나 대수롭지 않을 뿐만 아니라 각각의 말들이 전혀 연결되지 않았다. 연필을 들고 실제로 그의 말을 모두 받아 적는다면 — 하룻밤에 한 말이 책 한 권은 족히 채웠을 테고 — 그것을 읽은 사람은 그 가엾은 남자에게 지적 결함이 있다고 믿어 의심치 않을 것이다. 실제로는 전혀 그렇지 않았다. 프리처드 씨는 존중받는 문관이고 바스 훈작사였다. 더욱 이상한 것은 사람들이 거의 예외 없이 그를 좋아한다는 사실이었다. 그의 목소리에는 어떤 음색이나 억양이나 강한 어조가 있었고, 서로 일치하지 않는 그의 생각들에서는 어떤 광채가 났으며, 그의 둥글고 통통한 갈색 얼굴과 개똥지빠귀 같은 몸에서는 무언가가 발산되었고, 무형의 포착할 수 없는 것이 그의 말과 무관하게, 실은 종종 그의 말과 반대로 존재하고 활약하는 것이 느껴졌다. 그가 데번셔주 여행에 대해, 여관들과 여주인들에 대해, 에디와 프레디에 대해, 암소와 밤 여행에 대해, 크림과 별들에 대해, 대륙 철도와 브래드쇼에 대해, 대구 낚시와 감기, 독감과 류머티즘과 키츠에 대해 계속 수다를 떠는 동안 사샤 래섬은 그렇게 생각했다. 그녀는 그를 대체로 선량한 사람으로 생각했고, 그가 말하고 있을 때 그의 말과는 다른 모습으로 그를 만들어 냈고, 입증할 수 없더라도 그것이 진짜 버트럼 프리처드라고 확신했다. 어떻게 입증할 수 있겠는가? 그가 충실한 벗이고 매우 호의적이라는 것을……. 그런데 여기서, 버트럼 프리처드와 이야기할 때 종종 그랬듯이, 그녀는 그가 옆에 있다는 것을 잊고 다른 것을 생각하기 시작했다.

그녀는 이럭저럭 마음을 다잡고 하늘을 올려다보며 밤에 대해 생각했다. 갑자기 시골의 냄새, 별빛 아래 들판의 어둑한 정적의 냄새가 맡아졌다. 그러나 여기 웨스트민스터에 자리한 댈러웨이 부인의 집 뒤뜰의 아름다움은, 시골에서 태어나고 자란 그녀였기에 아마도 그 대조 때문에, 더욱 황홀하게 느껴졌을 것이다. 건초 냄새가 공기에 배어 있었고, 그녀 뒤쪽으로는 사람들이 북적이는 방들이 있었다. 그녀는 버트럼과 함께 걸었다. 수사슴처럼 발목을 탄력적으로 움직이며 당당하게 부채질을 하면서 말없이 걸었고, 모든 감각이 생생해져 귀를 쫑긋 세우고 공기의 냄새를 맡았다. 마치 밤에 즐거움을 느끼는 야생 동물, 하지만 완벽한 자제력을 가진 동물 같았다.

　이것이 가장 경이로운 업적이고 인류 최고의 성취야, 그녀는 생각했다. 고리버들밭이 있고 코러클 배[13]가 습지를 노 젓고 다니던 곳에 이것이 있다. 그녀는 건조하고 두껍게 잘 지어진 집을 생각했다. 그 집에는 귀중한 물건들이 저장되어 있고, 사람들이 웅성거리며 서로에게 다가가거나 멀어지고 생각을 나누고 서로를 자극한다. 그리고 클래리사 댈러웨이는 밤의 불모지에 집을 개방했고, 늪지에 포장용 돌을 깔았던 것이다. 그래서 정원 끝에 이르렀을 때(실은 아주 작은 정원이었다.) 그녀와 버트럼은 접의자에 앉았고, 그녀는 그 집을 숭배하듯 열렬히 바라보았고, 마치 황금색 빛줄기가 그녀를 관통하고 그 빛살에 눈물이 고여 깊이 감사하는 마음에 굴러떨어지는 것 같

---

[13] 버들가지를 엮어 가죽을 씌운 작은 배로 고대부터 사용되었다.

았다. 그녀는 수줍음을 탔고 갑자기 누군가에게 소개될 때 말을 거의 하지 못했지만 근본적으로 겸손한 성격이었으므로 다른 사람들에 대해 대단한 경탄을 품고 있었다. 그들 같은 사람이 된다면 기막히게 좋겠지만 그녀는 자기 자신이 될 수밖에 없는 처지였고, 바깥 정원에 앉아서 자신이 배제된 인간 사회에 이처럼 말없이 열광적으로 갈채를 보낼 뿐이었다. 그들을 칭송하는 짧은 시구들이 입술에 떠올랐다. 그들은 존경스럽고 훌륭하고, 특히 용감했다. 어둠과 소택지에 승리를 거둔 자들, 생존자들, 위험을 안고 출발해서 항해를 이어 간 일단의 모험가들.

어떤 악의적인 운명으로 인해 그녀는 그 무리에 낄 수 없었지만, 버트럼이 계속 수다를 떠는 동안 그녀는 가만히 앉아서 찬사를 보낼 수 있었다. 그는 항해자의 일원이었고, 배에서 일하는 사환이나 일반 선원으로 즐겁게 휘파람을 불며 돛대에 올라갔다. 이런 생각을 하고 있을 때 눈앞에 있는 나뭇가지에 그 집 사람들에 대한 그녀의 찬탄이 흠뻑 스며들었다. 그 나무는 황금색 액체를 뚝뚝 흘렸고 혹은 똑바로 서서 보초를 서고 있었다. 그것은 술을 마시며 흥청거리는 용감한 손님들의 일부였고, 깃발이 휘날리는 돛대였다. 벽에 기댄 술통 같은 것이 있었는데, 이것도 그녀는 그 일부로 여겼다.

갑자기 버트럼이 몸을 들썩이다가 공터를 보고 싶어 하더니 쌓인 벽돌 위로 올라가서 정원 담장 너머를 바라보았다. 사샤도 그 너머를 응시했다. 양동이인지 장화인지가 보였다. 한순간에 환상이 사라졌다. 다시 런던이었다. 방대하고 무신경

하며 비인간적인 세계, 합승 자동차, 업무, 술집 앞의 불빛, 하품하는 경찰들.

호기심을 채웠고 한순간의 침묵으로 보글보글 솟아오르는 말의 샘을 채웠으므로 버트럼은 어떤 부부에게 같이 앉자고 권하고 의자 두 개를 끌어왔다. 거기 앉아서 그들은 똑같은 집과 똑같은 나무, 똑같은 통을 보았다. 다만 사샤는 담장 너머를 바라보고 양동이를, 아니 무관심하게 제 갈 길을 가는 런던을 힐끗 보았으므로 그 세계에 더는 황금빛 구름을 흩뿌릴 수 없었다. 버트럼이 말했고 누군가 — 아무리 해도 그녀는 그 부부의 성이 윌리스인지 프리먼인지 기억할 수 없었다 — 대답했고, 그들의 말은 모두 흐릿하고 뿌연 금빛 안개를 지나 따분한 햇빛 속으로 떨어졌다. 그녀는 앤 여왕 시대 양식의 건조하고 두꺼운 집을 보았다. 그녀는 소니섬과 코러클 배의 선원들, 굴, 야생 오리와 안개에 대해 학교 다닐 때 읽었던 것을 기억하려고 최선을 다했지만 그것은 배수 시설과 목공 작업의 논리적인 문제로 보였고 이 파티는 — 이브닝드레스를 입은 사람들일 뿐이었다.

그러자 그녀는 스스로에게 물었다. 어느 광경이 진실일까? 그녀는 양동이와 반쯤 불이 밝혀지고 반은 밝혀지지 않은 집을 볼 수 있었다.

그녀는 겸허하게 다른 사람들의 지혜와 힘을 모아 만들어 낸 누군가에게 이 질문을 던졌다. 그 대답은 종종 우연히 나오곤 했는데, 자신의 늙은 스패니얼이 꼬리를 흔들어 대답하는 것을 본 적도 있었다.

이제 그 나무, 금박과 위엄이 벗겨진 그 나무가 그녀에게 답을 하려는 것 같았다. 들판의 나무였고 습지의 유일한 나무였다. 그녀는 그것을 종종 보았었다. 그 가지들 사이로 붉게 물든 구름들이나 고르지 못한 은빛 광선을 쏘아 대는 갈라진 달을 보았다. 그런데 뭐라 대답했을까? 글쎄, 영혼은 ― 그녀는 자기 안에서 어떤 생물이 곤란을 헤치고 나아가며 달아나려 애쓰는 움직임을 의식했고 그것을 순간적으로 영혼이라고 불렀으므로 ― 본질적으로 짝지어진 적이 없는 천인조(天人鳥), 그 나무에 초연히 앉아 있는 새라고.

그런데 그때 버트럼이 친숙하게, 그녀를 평생 알아 왔으므로, 그녀의 팔짱을 끼고는 자신들이 사교의 의무를 다하지 않고 있으니 이제 실내로 들어가야겠다고 말했다.

그 순간 어느 뒷골목인지 혹은 술집에서, 흔히 들을 수 있는 끔찍한 무성의 불명료한 목소리가 울려 퍼졌다. 비명 소리, 고함 소리였다. 그 천인조는 깜짝 놀라서 날아올랐고 점점 넓은 원을 그리며 날아갔다. 마침내 그것(그녀가 자기 영혼이라고 부른 것)은 날아온 돌멩이에 깜짝 놀라 공중으로 날아오른 까마귀처럼 아득히 멀어져 갔다.

이제 그녀가 거의 듣지 않았던 대화를 나누는 동안 버트럼은 월리스 씨는 마음에 들지만 '의심할 바 없이 매우 영리한' 그의 아내는 마음에 들지 않는다는 결론에 이른 것 같았다.

존재의 순간: 슬레이터네 핀은 뾰족하지 않아

"슬레이터네 핀은 뾰족하지 않아, 늘 그렇지 않아?"

패니 월못의 드레스에서 장미가 떨어지자 미스 크레이가 돌아보며 말했다. 패니는 귓속에 울리는 음악을 들으며 바닥에 떨어진 핀을 찾으려고 허리를 굽혔다.

미스 크레이가 바흐 푸가의 마지막 화음을 누르면서 이렇게 말했을 때 패니는 엄청난 충격을 받았다. 그렇다면 미스 크레이가 실제로 슬레이터 상점에 가서 핀을 샀다는 말인가? 패니 월못은 한순간 꼼짝도 하지 않고 속으로 물었다. 미스 크레이가 다른 사람들과 마찬가지로 계산대 앞에 서서 기다리고, 영수증과 그 안에 든 거스름 동전을 받아 지갑에 넣고, 그러고 나서 한 시간 후에 화장대 옆에 서서 핀을 꺼냈을까? 그녀에게 핀이 왜 필요했을까? 왜냐하면 그녀는 옷을 입는 것이 아니라 마치 껍데기 안에 꽉 들어차 있는 딱정벌레처럼 겨울에는 파란색, 여름에는 초록색 옷에 싸여 있으니 말이다. 그녀에게 핀이 왜 필요했을까. 줄리아 크레이는 바흐 푸가의 차분하고 잔잔한 세계에서 자기가 좋아하는 곡을 홀로 연주하면서 사는 것 같았다. 그리고 아처 스트리트 음악 대학교의 학생 한두 명만을 받아 가르쳤는데 그것은(학장인 미스 킹스턴이 말했듯이) "모든 면에서 미스 크레이를 더없이 존경한" 자신에게 베풀어 준 특별한 호의였다. 미스 크레이는 오빠의 죽음으로 형편이 나빠졌다고 미스 킹스턴은 걱정했다. 아, 솔즈베리에 살 때 그들은 매우 멋진 물건들을 소유했었다. 물론 그녀의 오빠 줄리어스는 매우 잘 알려진 사람으로, 유명한 고고학자였다. 그들의 집에 머물렀던 일은 대단한 특권이었다고 미스 킹스턴은 말했다.("우리 가족은 늘 그 가족을 알고 지냈어요. 그들은 진짜 솔즈베리 사람들이었지." 미스 킹스턴이 말했다.) 하지만 아이에게는 조금 겁나는 일이기도 했다. 문을 쾅 닫거나 갑자기 방 안으로 뛰어 들어가는 일이 없도록 조심해야 했다. 미스 킹스턴은 학기 첫날에 수표를 받고 영수증을 써 주면서 이런 사소한 인물평을 하다가 이 부분에 이르면 미소를 지었다. 그래, 그녀는 꽤 말괄량이였다. 갑자기 뛰어 들어가서 상자 속에 들어 있는 로마 시대 초록색 유리잔과 다른 물건들을 뒤흔들어 놓았으니까. 크레이 집안사람들은 누구도 결혼하지 않았다. 그래서 그들은 아이들에 익숙하지 않았다. 그들은 고양이를 여러 마리 키웠다. 그 고양이들이 로마 시대의 항아리와 물건들에 대해 누구보다도 잘 안다는 느낌이 들곤 했다.

"나보다 훨씬 더 잘 알았어요!"

미스 킹스턴은 수표에 찍힌 직인 위에 당당하고 기운차고 통통한 손으로 서명하며 쾌활하게 말했다. 그녀는 언제나 현실적이었다.

그렇다면 미스 크레이가 "슬레이터네 핀은 뾰족하지 않아."라고 말한 것은 시험 삼아 해 본 말일 거라고 패니 윌못은 핀을 찾으며 생각했다. 크레이 남매는 결혼한 적이 없었다. 그녀는 핀에 대해 아무것도 몰랐다, 전혀. 하지만 그녀는 집 안에 걸려 있던 주문을 깨고, 그들을 다른 사람들과 갈라놓는 유리창을 깨고 싶었다. 명랑한 소녀 폴리 킹스턴이 문을 쾅 닫아 로마 시대의 꽃병이 흔들렸을 때, 줄리어스는 그 상자가 창가에 그대로 있는지를 살펴보고 아무런 피해가 없다는 것을 확인하고서야 (그는 본능적으로 우선 그것부터 확인했을 것이다.) 폴리가 들판을 가로질러 집으로 뛰어가는 모습을 바라보았다. 그의 누이가 종종 드러냈듯이 그 눈빛에는 미련과 간절한 욕구가 담겨 있었다.

'별, 해, 달.' 그 눈빛은 말하는 듯했다. '풀밭의 데이지꽃, 불, 유리창에 낀 서리, 내 마음은 네게로 나아간다. 하지만,' 그 눈빛은 항상 이렇게 덧붙이는 것 같았다. '너는 부서지고, 너는 지나가고, 너는 떠나지.' 그러고는 동시에 '나는 네게 도달할 수 없어. 나는 네게 이를 수 없어.'라고 아쉬운 듯이 낙담한 어조로 말하며 이 강렬한 두 가지 마음 상태를 덮어 버렸다. 그러면 별빛이 사그라지고 아이는 가 버리고 없었다.

그런 주문, 그런 매끄러운 표면을 미스 크레이는 깨뜨리고 싶었다. 총애하는 학생에게(패리 월못은 미스 크레이가 자신을 총애한다는 사실을 알고 있었다.) 베풀어 주는 보상으로 바흐를 아름답게 연주하고 나서 자신도 핀에 대해 다른 사람들과 마찬가지로 느낀다는 것을 보여 줌으로써. 슬레이터의 핀은 뾰족하지 않아.

그래, 그 '유명한 고고학자'도 그런 눈빛을 갖고 있었다. 미스 킹스턴이 수표에 이서하고, 날짜를 확인하고, 아주 밝고 솔직한 목소리로 "그 유명한 고고학자"라고 말했을 때, 그녀의 목소리에는 줄리어스 크레이에게 뭔가 기이하고 이상한 점이 있음을 암시하는, 뭐라 말할 수 없는 어조가 배어 있었다. 줄리아에게도 똑같이 기묘한 점이 있을 것이다. 미스 킹스턴은 파티나 모임에서(그녀의 아버지는 성직자였다.) 어떤 소문을 들었을 테고, 어쩌면 그의 이름이 언급될 때 사람들이 떠올리는 미소나 어조에서 줄리어스 크레이에 대한 '특별한 느낌'을 갖게 된 것이 틀림없다고 패니 월못은 핀을 찾으며 생각했다. 두말할 필요도 없이, 미스 킹스턴은 그 느낌에 대해 누구에게도 말한 적이 없었다. 아마도 그것이 어떤 의미인지 거의 알지 못했을 것이다. 하지만 그녀가 줄리어스에 대해 말하거나 그에 대한 언급을 들을 때마다 가장 먼저 떠오른 생각은 줄리어스 크레이에게 뭔가 기묘한 점이 있다는 것이었다.

피아노 의자에서 반쯤 돌아앉아 미소를 짓고 있을 때의 줄리아도 그렇게 보였다. 그것은 들판에 있고, 그것은 유리창에 있고, 그것은 하늘에 있어, 아름다움이. 그런데 나는 그것에 도달할 수 없어. 나는 그것을 가질 수 없어. 이렇게 열렬히 사랑해서 내가 그것을 소유할 수 있다면 온 세상이라도 내줄 텐데! 작은 손을 꼭 오그린 특징적인 모습으로 그녀는 덧붙이는 것 같았다. 그런데 패니가 계속 핀을 찾는 동안 그녀는 바닥에 떨어진 카네이션을 집어 들었다. 그녀가 진주가 박힌 물색 반지들을 낀, 핏줄이 드러난 매끄러운 손으로 카네이션을 관능적으로 짓뭉갰다고 패니는 느꼈다. 손가락의 압력 때문에 더없이 선명한 꽃 색깔이 더 선명해지고, 돋보이고, 꽃잎의 주름이 더 많아지고, 싱싱하고 순결하게 보이는 것 같았다. 그녀에게 기묘한 점은, 그녀의 오빠도 그럴 테지만, 이처럼 손으로 움켜잡아 짓누르는 행위가 영원한 좌절과 결부되어 있다는 것이었다. 지금 카네이션을 만진 것도 그랬다. 그녀는 꽃을 쥐고, 눌렀다. 하지만 그 꽃을 소유한 것도, 그것을 즐긴 것도 아니었다.

크레이 남매는 누구도 결혼하지 않았다고 패니 윌못은 다시 생각했다. 어느 날 저녁, 피아노 교습이 평소보다 늦게 끝나서 어두워졌을 때 줄리아 크레이가 했던 말이 생각났다. 그녀는 "남자의 쓸모란, 분명히, 우리를 보호하는 거야."라고 망토의 단추를 잠그며 서 있던 패니에게 똑같이 이상한 미소를 지으며 말했다. 그 미소에 패니는 꽃처럼 젊음과 빛나는 광채를 속속들이 의식하게 되었지만 또한 꽃과 마찬가지로 억제되어 있을 거라고 생각했다.

"오, 하지만 저는 보호를 원치 않아요." 패니가 웃으며 말했다. 그리고 줄리아 크레이가 특이한 눈빛으로 그녀를 응시하며 그 말을 그리 믿을 수 없다고 말했을 때, 패니는 찬탄의 눈길을 받으며 얼굴이 새빨개졌다.

남자의 쓸모는 그것뿐이라고 줄리아는 말했다. 그렇다면 그녀가 결혼하지 않은 것은 그 이유 때문일까? 패니는 바닥을 응시하며 의아해했다. 어떻든 그녀가 평생 솔즈베리에서 산 것은 아니었다. 언젠가 그녀가 말했다.

"런던에서 가장 좋은 곳은(물론 십오 년이나 이십 년 전 시절을 말하는 거야.) 켄싱턴이야. 십 분이면 켄싱턴 가든에 들어갈 수 있거든. 그곳은 시골 한복판에 있는 것 같았어. 슬리퍼를 신고 밖에 나가서 식사를 해도 감기에 걸리지 않았지. 알다시피 당시에 켄싱턴은 마을 같았거든."

그녀는 여기서 말을 멈추고 지하철의 찬바람을 신랄하게 비난했다.

"그게 남자의 쓸모야."

그녀는 기이하게 비꼬는 신랄한 어조로 말했다. 이 말은 그녀가 결혼하지 않은 이유를 조금이라도 밝혀 준 것일까? 그녀의 젊은 시절에 어떤 장면들이 펼쳐졌을지 가히 상상할 수 있었다. 아름답고 푸른 눈, 곧고 단단한 코, 피아노 연주, 모슬린 드레스 가슴에 순결한 열정으로 피어난 장미로 그녀는 먼저 젊은 남자들의 마음을 끌었다. 이런 매력과 중국제 찻잔, 은 촛대와 상감 세공된 탁자(크레이 집안은 그런 멋진 물건을 소유하고 있었으므로)에 경탄한 젊은이들, 그리 뛰어나지 않은 젊은이들, 대성당이 있는 도시의 야심 있는 젊은이들이었다. 그녀는 먼저 그들의 마음을 끌었고, 그다음에는 옥스퍼드나 케임브리지 학생으로 집에 놀러 온 오빠 친구들 마음을 사로잡았다. 그들은 여름이면 내려와서 그녀를 보트에 태워 강을 올라갔고, 편지로 브라우닝에 대한 논쟁을 이어 가기도 했다. 그녀가 어쩌다 런던에 머물 때는 그녀에게 구경을 시켜 주려고 준비했을 것이다, 아마도 켄싱턴 가든을.

"런던에서 가장 좋은 곳은(물론 십오 년이나 이십 년 전 시절을 말하는 거야.) 켄싱턴이야." 그녀가 이렇게 말한 적이 있었다. "십 분이면 켄싱턴 가든에 들어갈 수 있거든. 시골 한복판으로."

이 말을 토대로, 가령 그녀의 오랜 친구인 화가 셔먼 씨를 선택해서, 마음대로 이야기를 만들어 낼 수 있을 거라고 패니 월못은 생각했다. 그는 6월의 어느 화창한 날에 미리 약속한 대로 그녀를 데리러 갔고, 나무 그늘로 이끌어 함께 차를 마신다.(그들은 감기에 걸릴 걱정 없이 슬리퍼를 신고 간 파티에서 만났다.) 그들이 서펜타인 호수를 바라보는 동안 그녀의 이모나 나이 든 친척은 기다려야 했다. 그들은 서펜타인 호수를 바라보았다. 그는 그녀를 보트에 태우고 노를 저어 호수 건너편으로 갔을지 모른다. 그들은 그 호수를 에이번강과 비교했다. 그녀는 강의 조망을 중요하게 생각했기에 그 비교를 매우 진지하게 고려했을 것이다. 당시 그녀는 우아했지만 배의 키를 잡고 몸을 구부린 채 약간 딱딱한 자세로 앉아 있었다. 그는 당장 말해야 한다고 결심했으므로 — 지금이 그녀와 단둘이 있을 수 있는 유일한 기회였기에 — 그 결정적인 순간에 몹시 긴장한 나머지 어깨 너머로 고개를 터무니없이 돌린 채 말을 꺼내려 했고, 그 순간 그녀가 격렬하게 말을 가로막았다. 그러다가 배가 다리에 부딪치겠어요. 그녀가 소리쳤다. 그것은 두 사람에게 공포와 환멸, 계시의 순간이었다. 나는 그것을 가질 수 없어, 나는 그것을 소유할 수 없어, 그녀는 생각했다. 그렇다면 그녀가 대체 왜 따라왔는지 그는 이해할 수 없었다. 그는 노로 물을 거칠게 튀기며 보트의 방향을 돌렸다. 그저 모욕을 주려고 온 건가? 그는 노를 저어 돌아갔고 그녀에게 작별 인사를 했다.

그 장면의 배경은 선택하기에 따라 다양하게 바뀔 수 있어, 패니 월못은 생각했다.(핀은 대체 어디 떨어진 걸까?) 그녀가 라벤나 또는 에든버러에서 오빠를 위해 살림을 꾸렸을 수도 있다. 장면은 바뀔 수 있다. 어떤 청년과 그런 사건이 일어난 방식도 달라질 수 있다. 하지만 한 가지는 변함없었다. 그녀의 거절과 찡그림, 그리고 나중에 느낄 스스로에 대한 분노와 항변, 그리고 안도감 — 그래, 확실히 엄청난 안도감 — 은 변함없었다. 바로 이튿날 그녀는 6시에 일어나서 망토를 걸치고 켄싱턴에서 강가로 내리 걸어갈 것이다. 그녀는 주위 사물이 최고의 모습을 드러낼 때 — 말하자면 사람들이 일어나기 전에 — 그것을 보러 갈 수 있는 권리를 희생하지 않았다는 사실이 너무나 고마웠다. 원한다면 침대에서 아침을 먹을 수도 있다. 그녀는 자신의 독자적인 생활을 희생하지 않은 것이다.

그래, 패니 월못은 미소를 지었다. 줄리아는 자기 습관을 위험에 빠뜨리지 않았다. 그것은 안전했다. 만일 결혼했다면 그녀의 습관은 타격을 입었을 것이다. "그들은 괴물이야." 어느 날 저녁에 최근에 결혼한 여학생이 돌연 남편이 그립다며 황급히 떠나자 그녀가 반쯤 웃으며 말했다.

"그들은 괴물이야."

그녀는 음울하게 웃으며 말했다. 괴물은 침대에서 아침 식사를 하거나 새벽에 강가를 산책하는 걸 방해했을 것이다. 그녀에게 아이가 있었다면 어떤 일이 일어났을까?(하지만 그것은 상상하기 어려운 일이다.) 그녀는 오한이나 피로, 기름진 음식, 상한 음식, 외풍, 뜨거운 방, 지하철 타는 것을 놀라울 정도로 조심하고 경계했다. 이것들 가운데 정확히 무엇 때문에 지독한 두통이 일어나서 그녀의 일상을 전쟁터로 만들지 도무지 단정할 수 없기 때문이었다. 그녀는 항상 적의 허를 찌르는 데 전념했기에 결국 그 줄기찬 노력에 흥미를 느끼는 것 같았다. 그 적을 결정적으로 이길 수 있었다면 그녀는 삶이 좀 지루하다고 느꼈을 것이다. 실제로 줄다리기는 끊임없이 계속되었다. 한편에는 그녀가 열렬히 사랑한 나이팅게일이나 풍광 — 그래, 경치와 새에 대해 그녀는 그야말로 열정을 느꼈다 — 이 있었고 다른 한편에는 축축한 길이나 지긋지긋하게 먼 가파른 언덕길이 있어서 다음 날 두통을 일으켜 그녀를 아무짝에도 쓸모없게 만들었다. 그러므로 어쩌다 그녀가 기운을 잘 조절해서 크로커스 — 이 빛나고 화려한 꽃을 그녀는 좋아했다 — 가 한창 만발한 주에 햄프턴 코트를 방문했을 때, 그것은 승리였다. 그것은 오래 지속될, 영원히 중요한 일이었다. 그녀는 잊지 못할 날들을 엮은 목걸이에 그날 오후를 꿰어 넣었다. 그 목걸이는 길지 않았기에 그녀는 이날이나 그날, 이 경치, 저 도시를 돌이켜 보고, 만지작거리고, 그날을 아주 특별하게 만든 매력을 한숨 쉬며 음미할 수 있었다.

"지난 금요일은 너무 날이 아름다워서 그곳에 가야 한다고 마음먹었어." 그녀가 말했다. 그래서 그녀는 홀로 햄프턴 코트에 가겠다는 엄청난 기획에 착수했고 워털루로 출발했다. 당연히, 하지만 어쩌면 어리석게도, 사람들은 그녀가 결코 동정심을 바라지 않은 문제를 두고(실제로 그녀는 자신의 건강에 대해 평소에 말이 없었고, 전사가 자기 적에 대해 언급하듯이 말할 뿐이었다.) 그녀를 동정했다. 사람들은 그녀가 항상 모든 일을 혼자 한다고 동정했다. 그녀의 오빠는 죽었다. 그녀의 여동생은 천식을 앓고 있었다. 그녀는 에든버러의 기후가 여동생에게 잘 맞는다는 것을 알았다. 줄리아에게 그곳 날씨는 너무 으스스했다. 아마 그 도시와 관련된 기억이 고통스럽기도 했을 것이다. 그녀의 오빠, 유명한 고고학자가 거기서 죽었고 그녀는 오빠를 사랑했기 때문이다. 그녀는 브롬프틴 거리에서 떨어진 작은 집에서 홀로 살았다.

 패니 윌못은 카펫 위에서 그 핀을 찾았고, 그것을 집었다. 그녀는 미스 크레이를 바라보았다. 미스 크레이는 몹시 외로웠을까? 아니, 미스 크레이는 흔들림 없이, 더없는 기쁨에 가득 찬, 한순간만일지라도, 행복한 여자였다. 패니는 뜻밖에도 환희에 찬 그녀를 보게 되었다. 그녀는 피아노에서 반쯤 돌아앉아 무릎 위에 양손을 깍지 낀 채 카네이션을 똑바로 들고 있었다. 그녀 뒤쪽으로 커튼이 드리워지지 않아 선명하게 드러난 네모난 창문은 저녁녘의 자줏빛에 잠겨 있었고, 휑한 음악실에 갓도 없이 빛나는 눈부신 전깃불이 켜진 후에는 강렬한 자줏빛으로 짙어졌다. 몸을 웅크리고 앉아 확고하게 꽃을 들고 있는 줄리아 크레이는 런던의 밤에서 빠져나와 그 어둠을 망토처럼 뒤로 젖힌 것 같았다. 꾸밈없이 강렬하게 드러난 그녀의 모습은 그녀 정신의 발산이자 스스로 만들어서 자신을 에워싼 것이었고, 그것이 바로 그녀였다. 패니는 휘둥그레진 눈으로 쳐다보았다.

응시하는 패니 윌못의 눈길에 모든 것이 한순간 투명하게 보였다. 마치 미스 크레이를 꿰뚫어 보는 듯이, 그녀 존재의 분수에서 뿜어져 나오는 순수한 은빛 물방울들이 보였다. 패니는 미스 크레이 너머의 과거로 거슬러, 거슬러 가서 보았다. 상자에 담긴 로마 시대의 초록색 꽃병이 보였다. 성가대원들이 크리켓 시합을 하는 소리가 들렸다. 휘어진 계단을 조용히 내려와서 잔디밭으로 나가는 줄리아가 보였다. 삼나무 아래에서 차를 따르는 그녀, 노인의 손을 자기 손으로 부드럽게 감싸는 그녀가 보였다. 유서 깊은 성당 거주지의 회랑에서 자국을 없애려고 수건을 손에 들고 돌아다니는 그녀가 보였다. 돌아다니면서 하찮은 일상생활을 한탄했다. 천천히 늙어 가면서 여름이 되면 그 나이에 입기에는 지나치게 화려한 옷을 치웠다. 그리고 병든 아버지를 돌보았다. 유일한 목표를 향해 의지가 굳어지면서 자신의 길을 훨씬 더 확고하게 헤치고 나아갔다. 검소하게 여행했고, 비용을 계산하고 꼭 닫은 지갑에서 이 여행이나 저 오래된 거울을 사는 데 필요한 금액만큼만 꺼냈다. 사람들이 뭐라 말하든 간에, 자신을 위해 자신의 즐거움을 선택하는 데 집착했다. 줄리아가 보였다.

팔을 벌린 줄리아가 보였다. 밝게 타오르는 그녀가 보였다.

불붙은 그녀가 보였다. 밤의 어둠에서 그녀는 죽은 백색 별처럼 타올랐다. 줄리아가 그녀에게 키스했다. 줄리아는 그녀를 사로잡았다.

"슬레이터네 핀은 뾰족하지 않아."

미스 크레이가 기묘하게 웃으며 양팔을 풀고 말했을 때 패니 윌못은 떨리는 손가락으로 가슴에 핀으로 꽃을 꽂았다.

거울 속의 여인: 하나의 상(像)

　수표책이나 흉악한 범죄를 자백하는 편지는 펼쳐 두지 않아야 하듯이 거울을 방에 걸어 두어서는 안 된다. 그 여름날 오후, 바깥 현관에 걸려 있는 긴 거울을 들여다보지 않을 수 없었다. 우연히도 그렇게 배치되어 되었다. 응접실 소파에 깊숙이 파묻히듯 앉으면 이탈리아제 거울에 비친 맞은편의 대리석 탁자뿐만 아니라 그 너머에 펼쳐진 정원을 볼 수 있었다. 키 큰 꽃들이 피어 있는 양쪽 둔덕 사이로 잔디밭에 난 길이 길게 이어지다가 금색 테두리의 모퉁이에서 잘리고 끊어진 것을 볼 수 있었다.
　집은 텅 비어 있었다. 응접실에 혼자 있으려니, 풀과 나뭇잎에 몸을 숨기고 누워서 겁이 많은 동물들 — 오소리, 수달, 물총새 — 이 자유롭게 움직이는 것을 지켜보는 동식물학자가 된 기분이었다. 그날 오후 그 방에는 그런 겁 많은 생물들, 빛과 그림자, 바람에 휘날리는 커튼, 떨어지는 꽃잎이 가득했다. 누군가가 보고 있다면 결코 일어나지 않을 것들이었다. 양탄자와 석조 굴뚝, 움푹 꺼진 책장, 붉은색과 금색 래커를 칠한 캐비닛이 있는 조용하고 오래된 시골 저택의 방은 이러한 야행성 생물들로 가득하다. 그것들은 발을 높이 들고 꼬리를 펼치고 뭔가 암시하듯이 부리로 쪼아 대면서 조심스럽게 발을 내디뎠고, 한쪽 발을 들고 빠르게 돌면서 바닥을 가로질렀다. 마치 학이나 분홍색이 바랜 우아한 플라밍고 떼, 또는 꼬리에 은빛 줄무늬가 있는 공작새 같았다. 오징어 한 마리가 갑자기 공중에 자주색 물감을 흩뿌려 놓은 듯이 침침한 붉은 기운과 검은 기운도 감돌았다. 그리고 마치 인간인 양 그 방에 그 자체의 열정과 분노, 질투와 비애가 밀려와 뒤덮었다. 어떤 것도 단 이 초 이상도 가만히 머물지 않았다.

하지만 바깥에 있는 거울은 현관 탁자와 해바라기, 정원 길을 매우 정확하고 확고하게 비추어서, 그것들은 달아날 수 없이 거기 거울 속의 실재에 붙잡혀 있는 것 같았다. 이상한 대조였다. 여기는 모든 것이 변화하고 있는데, 저기는 모든 것이 정지되어 있었다. 여기서 저기로 번갈아 보지 않을 수 없었다. 그동안, 더위 때문에 모두 열려 있는 문과 창문을 통해서, 끊임없이 한숨을 쉬고 멈추는 소리, 잠시 머무는 자들과 소멸하는 자들의 목소리가 끊임없이 들려왔고 인간의 숨결처럼 오가는 것 같았다. 반면에 거울 속의 사물들은 이미 숨쉬기를 그만두었고 불멸의 무아지경에 고요히 누워 있었다.

삼십 분 전에 이 집의 안주인 이사벨라 타이슨은 얇은 여름옷 차림으로 바구니를 들고 잔디에 난 길을 따라 내려갔고, 거울의 금박 테두리에 잘려 사라졌다. 아마도 꽃을 따러 아래쪽 정원에 갔을 것이다. 아니면 가볍고 환상적이며 잎이 많고 덩굴로 기는 참으아리나 추한 벽을 감아 돌아 여기저기 흰 꽃과 보라색 꽃을 피우는 우아한 메꽃 가지를 따라 갔다고 생각하는 것이 더 자연스러울 수도 있다. 그녀는 꼿꼿한 과꽃이나 뻣뻣한 백일홍, 또는 장미나무의 곧은 기둥 위에서 램프처럼 빛나는 불타는 장미보다 환상적으로 흔들리는 메꽃을 연상시켰다. 이런 비교는 오랜 세월이 지난 후에도 그녀에 대해 아는 것이 얼마나 없는지를 알려 주었다. 왜냐하면 쉰다섯 살이나 예순 살쯤 된 육신을 가진 여자라면 사실 화환이나 덩굴손일 수 없기 때문이다. 그런 비교는 무의미하고 피상적일 뿐 아니라 고약하고 잔인하기까지 하다. 그것은 흔들리는 메꽃 그 자체처럼 인간의 눈과 진실 사이에 끼어들기 때문이다. 진실은 틀림없이 존재한다. 벽은 틀림없이 존재한다. 하지만 이 오랜 세월 동안 그녀를 알고 지내면서도 이상하게 이사벨라에 대한 진실이 무엇인지 말할 수 없다. 사람들은 계속해서 메꽃과 참으아리에 대한 이런 표현을 만들어 냈다. 사실을 따져 보자면, 그녀가 올드미스인 것은 사실이다. 그녀가 부자라는 것, 그녀가 이 집을 샀고 손수 — 세상에서 가장 깊은 오지에서 종종 독침에 쏘이고 동양의 질병에 걸릴 극심한 위험을 무릅쓰면서 — 지금 사람들의 눈앞에서 야행성 생활을 하고 있는 양탄자와 의자, 캐비닛을 모은 것도 사실이다. 때로는 이런 가구들이 거기에 앉고 편지를 쓰고 아주 조심스럽게 밟고 다니는 우리보다 그녀를 더 많이 아는 것도 같다. 이 캐비닛 각각에 작은 서랍이 많이 있고, 서랍마다 나비꼴 리본으로 묶고 라벤더 가지나 장미 잎을 흩뿌려 놓은 편지가 들어 있는 것은 거의 확실했다. 이사벨라는 지인이 많고 친구도 많은 것이 또 다른 사실 — 만약 알고 싶은 것이 사실이라면 — 이기 때문이었다. 따라서 누군가 대담하게 서랍을 열고 그녀의 편지를 읽는다면, 그 안에서 수많은 심적 동요, 만날 약속, 만나지 못한 것에 대한 책망의 흔적과, 친밀하고 다정한 장문의 편지, 질투와 비난을 담은 격렬한 편지, 끔찍한 마지막 작별의 말 — 그 모든 만남과 밀회가 결국 어디에도 이르지 못했기 때문에 — 을 보게 되리라. 다시 말하자면 그녀는 결혼한 적이 없었다. 하지만 가면처럼 무표정한 그녀의 얼굴로 판단해 보건대, 그녀는 온 세상에 들리도록 자신들의 사랑을 요란하게 떠벌리는 사람들보다 스무 배는 더 강렬한 열정과 경험을 겪어 왔다. 이사벨라에 대한 생각에 짓눌려 그녀의 방은 더욱 그늘지고 상징적이 되었다. 방구석은 더 어두워 보였고 의자와 탁자의 다리는 더욱 가는 막대기나 상형 문자처럼 보였다.

갑자기 이런 생각이 격렬하게, 하지만 아무 소리도 없이 끝났다. 거울 속에 커다란 검은 형체가 나타나서 모든 것을 지워 버렸고, 분홍색과 회색 줄이 간 대리석 명판 꾸러미로 탁자를 뒤덮고 사라졌다. 하지만 그 그림은 완전히 달라졌다. 한순간 알아볼 수 없었고 불합리하고 초점이 전혀 맞지 않았다. 이 명판을 인간의 어떤 목적과도 관련지을 수 없었다. 그러다가 서서히 어떤 논리적인 과정이 명판에 작용하기 시작했고, 그것을 정리하고 배열하고 일상 경험의 울타리 안으로 들여오기 시작했다. 마침내 그것이 그저 편지 다발이라는 것을 깨달았다. 그 남자는 우편물을 가져온 것이다.

편지들은 거기 대리석이 덮인 테이블 위에 놓였고, 처음에는 빛과 색채가 넘쳐 나고 생경해서 흡수되지 않았다. 그러고 나서 그 편지들이 끌려 들어와 배열되고 구성되어 그림의 일부로서 거울이 부여한 정적과 불멸을 얻은 것을 보면 신기했다. 그 편지들은 새로운 실체와 의미를 부여받았고, 또한 그것들을 테이블에서 떼어 내려면 끌이라도 필요할 듯이 묵직하게 짓누르고 있었다. 환상이든 아니든 간에, 그것은 단순히 일상적인 편지 몇 통이 아니라 영원한 진실이 새겨진 명판 같았다. 만약 그 편지들을 읽을 수 있다면, 이사벨라에 대해서, 그래, 또한 삶에 대해서, 알 수 있는 모든 것을 알게 되리라. 대리석처럼 보이는 봉투 속의 편지지에는 틀림없이 의미들이 깊이 새겨져 빽빽하게 기록되어 있을 것이다. 이사벨라는 들어와서 편지를 하나씩 아주 천천히 집어서 열고 한 단어 한 단어 주의 깊게 읽고는 마치 모든 것의 밑바닥까지 들여다본 듯이 이해했음을 암시하는 깊은 한숨을 쉬고 봉투를 조각조각 찢어 버린 후 남들에게 알리고 싶지 않은 이것을 숨기기로 굳게 마음먹고 편지들을 묶어 캐비닛 서랍에 넣고 잠글 것이다.

그런 생각은 도전이나 다름없다. 이사벨라는 남들에게 알려지기를 원치 않았다 — 하지만 더 이상 달아나서는 안 된다. 그것은 터무니없고, 도무지 말이 되지 않았다. 그녀가 그렇게 많은 것을 숨기고 그렇게 많은 것을 알고 있다면, 제일 먼저 손에 닿는 도구, 즉 상상력을 사용해서 그녀를 억지로 열어 보아야 한다. 바로 그 순간에 그녀에게 마음을 집중해야 한다. 그녀를 거기에 붙잡아 매야 한다. 그 순간에 일어난 말이나 행동, 가령 저녁 식사나 방문, 예의 바른 대화로 인해 더는 지연되지 않아야 한다. 그녀의 신발을 신고 그녀의 입장이 되어 봐야 한다. 이 표현을 문자 그대로 받아들인다면, 이 순간 저 아래 정원에 서 있는 그녀가 신고 있는 신발을 쉽게 볼 수 있다. 매우 부드럽고 신축성 있는 가죽으로 만들어진 아주 좁고 길고 멋진 신발이었다. 그녀가 몸에 걸치는 모든 것이 그렇듯이 그것도 아주 아름다웠다. 그리고 그녀는 아래쪽 정원의 높은 산울타리 아래에 서서 허리에 묶인 가위를 들고 시든 꽃이나 웃자란 가지를 자르고 있을 것이다. 햇살이 그녀의 얼굴에 내리쬐고, 그녀의 눈에 쏟아져 들어갈 것이다. 하지만 아니, 중요한 순간에 구름의 장막이 해를 가리자 그녀의 눈에 어린 표정이 의심스러워졌다. 조롱하고 있는지 애정이 어려 있는지, 눈부시게 빛나는지 흐릿한지. 하늘을 올려다보는 다소 시든 그녀의 섬세한 얼굴의 불분명한 윤곽만 보일 것이다. 아마도 그녀는 딸기 덤불을 덮을 새 그물을 주문해야 한다고, 존슨의 미망인에게 꽃을 보내야 한다고, 새 집으로 이사한 히피슬리 부부를 방문해야 한다고 생각하고 있었을 것이다. 그녀는 저녁 식탁에서 분명히 이런 것들에 대해 이야기했다. 하지만 그녀가 저녁 식사 때 하는 말들은 지루했다. 언뜻 포착해서 말로 옮기고 싶은 것은 더 깊은 존재 상태, 육신에 필수적인 호흡과 마찬가지로 마음에 필수적인 행복이나 불행이라 불리는 것이다. 이렇게 말하고 보니 그녀는 틀림없이 행복하리라는 것이 명백해졌다. 그녀는 부유했다. 그녀는 유명했다. 친구도 많고. 여행도 많이 다녔다. 그녀는 튀르키예에서 양탄자를 샀고 페르시아에서 푸른 항아리를 샀다. 레이스 같은 구름에 얼굴이 가려진 채 그녀가 흔들리는 가지를 자르려고 가위를 들고 서 있는 곳에서 기쁨의 길들이 이쪽저쪽으로 뻗어 나갔다.

이제 그녀가 가위를 재빨리 움직여 참으아리의 작은 가지를 잘라 내자 그것은 땅에 떨어졌다. 그 가지가 떨어질 때, 분명 빛이 약간 들어왔는데, 확실히 그녀의 존재 속으로 조금 더 깊이 뚫고 들어갈 수 있을 것이다. 그 순간 그녀의 마음은 연민과 회한으로 가득 찼다⋯⋯. 너무 많이 자란 가지를 자르려면 슬픔을 느꼈다. 그것은 한때 살아 있었고, 그녀에게 생명은 소중하니까. 그래, 그와 동시에 떨어지는 나뭇가지를 보며 자신도 죽어야 한다는 것과 만물이 헛되고 덧없다는 생각을 했을 것이다. 또 한편으로 그 생각에 재빨리 이어진 즉각적인 분별력으로 자신은 꽤 유복한 삶을 살아왔다고 생각했다. 자신이 죽어야 하더라도, 그것은 땅에 누워 썩어서 기분 좋게 제비꽃의 뿌리에 들어가는 것이었다. 그렇게 생각하며 그녀는 서 있었다. 어느 것 하나 명확하게 생각하지 않으면서 — 생각을 침묵의 구름 속에 넣어 두는 마음을 가진 과묵한 사람이었기에 — 수많은 생각을 했다. 그녀의 마음은 그녀의 방과 같아서, 그 안에서 빛이 다가왔다 물러나고 발끝을 들고 빙빙 돌고 섬세하게 발을 내딛고 꼬리를 펼치고 쪼아 대며 나아갔다. 그러면 그녀의 존재에, 또다시 그녀의 방과 마찬가지로, 어떤 깊은 앎, 입 밖에 내지 않은 회한의 구름이 온통 퍼져 나갔다. 그러면 그녀는 자신의 캐비닛처럼 편지들이 꽉 찬, 잠긴 서랍으로 가득 찼다. 그녀가 마치 생굴이기라도 한 듯이 "그녀를 억지로 열어 본다."라고 말하고 가장 예리하고 섬세하며 유연한 도구를 제외한 다른 도구를 그녀에게 사용하는 것은 불경스럽고 터무니없는 일이었다. 상상력을 동원해야 하는데 ─ 여기 거울 속에 그녀가 있었다. 그것을 보고 흠칫 놀라고 말았다.

처음에는 그녀가 너무 멀리 있어서 분명하게 볼 수 없었다. 그녀는 어슬렁거리며 멈춰 서서 장미 한 송이를 바로 세우기도 하고 분홍색 장미를 들어 향기를 맡으면서 다가왔지만 결코 멈추지 않았다. 그러는 내내 거울 속에서 그녀의 모습은 점점 더 커졌고, 그 마음속을 꿰뚫어 보고 싶었던 사람의 모습을 점점 완전하게 갖추었다. 서서히 그녀를 확인하면서 지금까지 찾아낸 속성을 눈에 보이는 그 몸에 맞추었다. 그녀의 회녹색 드레스, 긴 구두, 바구니, 그리고 목에서 반짝이는 것이 보였다. 그녀가 아주 천천히 다가왔기 때문에 거울에 비친 풍경은 흐트러지지 않았고 다만 어떤 새로운 요소가 들어온 것처럼 보였다. 다른 물건들은 그녀의 자리를 마련해 달라는 정중한 요청을 받은 듯이 부드럽게 움직이고 바뀌었다. 거울 속에서 기다리던 편지와 테이블, 잔디밭 길과 해바라기는 그 사이에 그녀를 받아들일 수 있도록 갈라지고 펼쳐졌다. 마침내 그녀가 거기, 현관에 있었다. 그녀는 걸음을 완전히 멈추었다. 그녀는 테이블 옆에 섰다. 그녀는 미동도 하지 않았다. 즉시 거울이 그녀에게 빛을 퍼붓기 시작했다. 그 빛은 그녀를 고착시키는 것 같았고, 산(酸)처럼 비본질적이고 피상적인 것들을 제거하고 오로지 진실만 남기는 것 같았다. 그것은 매혹적인 광경이었다. 모든 것이 그녀에게서 떨어져 나갔다 — 구름, 드레스, 바구니, 다이아몬드 — 덩굴과 메꽃이라고 불렸던 모든 것들이. 여기 아래쪽에 견고한 벽이 있다. 여기 그 여자 자신이 있었다. 그녀는 그 무자비한 빛 속에 알몸으로 서 있었다. 그런데 아무것도 없었다. 이사벨라는 텅 비어 있었다. 그녀는 아무 생각도 없었다. 그녀는 친구도 없었다. 그녀는 누구도 좋아하지 않았다. 그녀의 편지에 관해 말하자면, 그것은 모두 청구서였다. 보라, 그녀는 늙고 여위고, 핏줄이 드러나고 주름지고, 코가 높고 목에 주름진 모습으로 거기 서 있었고 굳이 편지를 열어 보려고도 하지 않았다.

사람들은 방에 거울을 걸어 두어서는 안 된다.

공작 부인과 보석상

올리버 베이컨은 그린 파크가 내려다보이는 집의 꼭대기 층에 살았다. 그가 소유한 아파트의 의자들은 직각을 이루며 튀어나와 있었다. 가죽으로 덮인 의자였다. 소파는 내닫이창문들 사이의 공간을 차지했고 태피스트리로 싸여 있었다. 창문들, 세 개의 긴 창문에는 눈에 잘 띄지 않는 망사와 무늬 있는 새틴 커튼이 적절히 드리워져 있었다. 마호가니 벽장에는 걸맞은 브랜디와 위스키, 리큐어가 조심스럽게 채워져 있었다. 가운데 창문에서 그는 피커딜리의 좁은 길에 주차된 멋진 차들의 반짝이는 지붕을 내려다보았다. 이보다 더 중심부에 위치한 자리는 상상할 수 없을 것이다. 아침 8시에 그는 남자 하인에게 아침 식사를 쟁반에 담아 오게 할 것이다. 하인은 그의 진홍색 실내복을 펼쳐 놓을 것이다. 그는 길고 뾰족한 손톱으로 편지들을 뜯어서 공작 부인, 백작 부인, 자작 부인, 그리고 귀부인들이 보낸, 각인된 글자가 꺼칠꺼칠하게 두드러진 두껍고 하얀 초대장을 꺼내곤 했다. 그런 다음에는 몸을 씻고, 토스트를 먹고, 전기 석탄이 활활 타는 불가에 앉아서 신문을 읽을 것이다.

"이것 봐, 올리버," 그는 자신에게 말하곤 했다. "더럽고 작은 뒷골목에서 인생을 시작한 네가, 네가……."

그러고는 완벽한 바지에 감싸인 아주 보기 좋은 다리를 내려다보고, 구두와 짧은 각반을 보곤 했다. 그것들 모두 보기 좋고 반짝였다. 새빌가[14]에서 최고의 가위로 최고의 천을 잘라 만든 것이었다. 그러나 그는 종종 자신의 옷을 벗기고 다시 어두운 골목의 어린 소년이 되었다. 한때 그는 훔친 개들을 화이트채플에서 상류층 여자들에게 파는 것을 최고의 야심으로 생각했었다. 한때 그는 끝장났었다.

"아, 올리버," 그의 어머니가 울부짖었다. "아, 올리버! 언제 정신을 차릴래, 아들아?"

그런 다음에 그는 판매원이 되어 값싼 시계를 팔았다. 그러고 나서 그는 지갑을 암스테르담에 가져갔다……. 그 기억을 떠올리며 그는 껄껄 웃곤 했다, 나이 든 올리버가 젊은 올리버를 기억하며.

그래, 그는 그 다이아몬드 세 개를 잘 처리했다. 또한 에메랄드를 위탁받은 적도 있었다. 그 후에 그는 해튼 가든에 있

---

14) 고급 양복점이 많은 런던의 거리이다.

는 상점 뒤쪽의 사실로 들어갔다. 저울과 금고, 두꺼운 확대경이 있는 방이었다. 그런 다음에…… 그다음에…… 그는 껄껄 웃었다. 그가 무더운 저녁나절에 보석상들이 모인 곳을 지나는데, 가격이나 금광, 다이아몬드, 남아프리카의 소식에 대해 이야기하던 사람 중 하나가 그의 콧망울에 손가락을 대고 "흠…… 음…… 음."이라 중얼거렸다. 그저 중얼거린 것뿐이었다. 뜨거운 오후에 해턴 가든에서 그저 어깨를 쿡 찌르고, 코에 손가락을 대고, 보석상들 사이에서 퍼진 웅성거림에 불과했다. 아, 벌써 오래전 일이었다! 그러나 지금도 올리버는 척추를 따라 기분 좋게 내려가는 그 웅얼거림, 쿡 찌르는 감촉을 느꼈다. 그 속삭임은 '저 사람 좀 봐, 젊은 올리버, 젊은 보석상이 저기 간다.'라는 뜻이었다. 그때 그는 젊었다. 그는 옷을 점점 더 잘 차려입게 되었고, 처음에 이인승 이륜 마차를 샀다가 나중에는 자동차를 샀다. 처음에는 2층 특등석에 갔었고 그다음에는 무대 앞 일등석으로 내려왔다. 그리고 리치먼드에 강이 내려다보이는 빌라를 갖게 되었고, 격자 구조물을 타고 오른 붉은 장미 나무에서 마드무아젤은 아침마다 한 송이를 잘라 그의 단춧구멍에 끼워 주었다.

"그렇게," 올리버 베이컨이 일어서서 다리를 뻗으며 말했다. "그래서……."

그리고 그는 벽난로 선반 위에 있는 노부인의 사진 밑에 서서 양손을 들었다.

"나는 약속을 지켰어요." 그는 그녀에게 경의를 표하려는 듯이 양 손바닥을 붙이고 말했다. "나는 내기에서 이겼어요."

사실 그랬다. 그는 영국에서 가장 부유한 보석상이었다. 하지만 코끼리의 코처럼 길고 유연한 그의 코는 콧구멍을 기이하게 씰룩이며(하지만 콧구멍뿐 아니라 코 전체가 씰룩이는 것처럼 보였다.) 그가 아직 만족하지 않는다고, 약간 떨어진 땅속에 있는 무언가의 냄새를 아직 맡는다고 말하는 것 같았다. 송로 버섯이 많이 난 목초지에 있는 거대한 수퇘지를 상상해 보라. 여기저기에서 송로 버섯을 파낸 후에도 그 수퇘지는 조금 더 멀리 떨어진 땅속의 더 크고 더 검은 버섯 냄새를 맡는다. 그렇게 올리버는 메이페어의 비옥한 땅에서 또 다른 송로, 더 멀리 떨어진 곳에 있는 더 검고, 더 큰 버섯 냄새를 맡으며 언제나 코를 킁킁거렸다.

이제 그는 넥타이에 꽂힌 진주를 똑바로 매만지고, 맵시 있는 푸른 오버코트로 몸을 감싸고, 노란 장갑과 지팡이를 들고, 몸을 흔들며 계단을 내려가고, 길고 날카로운 코로 킁킁거리며 냄새를 맡기도 하고 한숨을 내쉬기도 하면서 밖으로 나와 피커딜리 거리에 들어섰다. 비록 내기에는 이겼지만 그는 여전히 슬픈 인간, 만족하지 못하는 인간, 숨겨진 것을 찾는 인간이 아니었던가?

그는 몸을 약간 흔들며 걸어갔다. 동물원의 낙타가 아스팔트 길을 따라 걸을 때 좌우로 몸을 흔들듯이. 그 길에는 식료품 잡화상들이 즐비하고 그들의 아내들은 종이 봉지에서 뭔가 꺼내 먹다가 구겨진 은색 종잇조각을 내던진다. 그 낙타는 식료품상을 경멸한다. 낙타는 자신의 운명이 불만스럽다. 낙타는 눈앞에서 푸른 호수와 그것을 둘러싼 야자수들을 본다.

그렇게 그 위대한 보석상, 세상에서 가장 위대한 보석상은 장갑과 지팡이를 갖춘 완벽한 차림새로 피커딜리를 따라 몸을 흔들며 내려갔지만 여전히 만족하지 못한 채 어둡고 작은 상점에 이르렀다. 프랑스와 독일, 오스트리아, 이탈리아, 그리고 미국 전역에서 유명한 그 작고 어두운 상점은 본드가의 뒷거리에 자리했다.

평소와 마찬가지로 그는 말없이 상점을 가로질러 성큼성큼 걸어갔다. 나이 많은 마셜과 스펜서 그리고 젊은 해먼드와 윅스, 네 남자가 똑바로 서서 그를 보며 부러워하고 있었지만 말이다. 그는 다만 호박색 장갑을 낀 손가락 하나를 흔들어 그들의 존재를 인정했다. 그러고는 자기 사무실로 들어가 문을 닫았다.

그리고 나서 그는 창문을 가로막은 쇠창살을 열었다. 본드가에서 외치는 소리가 들어왔고, 멀리서 차가 부르릉거리는 소리도 들어왔다. 상점 뒤쪽에 있는 반사경에서 나온 빛이 위쪽으로 나아갔다. 나무 한 그루에서 초록 이파리 여섯 개가 흔들렸다. 6월이었다. 하지만 마드무아젤이 지역 양조장의 페더 씨와 결혼했기에, 이제는 누구도 그의 단춧구멍에 장미를 꽂아 주지 않는다.

"그래서," 그가 한숨 쉬는 것 같기도 하고 쿵쿵거리는 것 같기도 한 소리를 냈다. "그래서……"

그리고 나서 그가 벽에 있는 용수철을 건드리자 벽판이 천천히 미끄러지며 열렸다. 그 뒤에 강철 금고가 다섯 개, 아니, 여섯 개가 있었다. 모두 광택이 나는 강철 금고였다. 그는 열쇠를 돌려 금고 하나를 열었고, 그러고는 또 하나를 열었다. 금고의 내부는 푹신한 진홍색 벨벳 천이 깔려 있었고, 각각에 보석이 박힌 팔찌, 목걸이, 반지, 작은 왕관, 귀족의 작은 관이 있었고, 조가비 모양의 유리 안에는 세공되지 않은 원석들, 루비, 에메랄드, 진주, 다이아몬드가 있었다. 모두 안전하고 반짝이고 차가웠지만 그 자체의 압축된 빛으로 영원히 타오르고 있었다.

"눈물!" 올리버가 진주를 보며 말했다.

"심장의 피!" 그가 루비를 보며 말했다.

"화약!" 그는 다이아몬드들이 반짝이며 눈부신 빛을 발하도록 흔들며 말을 이었다.

"메이페어를 하늘 높이, 높이, 높이 날려 버릴 만한 화약이지!"

그는 머리를 뒤로 젖히고 히이잉, 말 울음소리를 내며 말했다.

탁자에 있는 전화가 작은 소리로 아부하듯이 나지막하게 울렸다. 그는 금고를 닫았다.

"십 분 후에." 그가 말했다. "그 전에는 안 돼."

그는 책상에 앉아서 소매 커프스의 단추에 새겨진 로마 황제들의 두상을 보았다. 그리고 또다시 자신의 옷을 벗어서 한 번 더, 일요일마다 훔친 개들을 팔던 뒷골목에서 구슬 놀이를 하던 작은 소년이 되었다. 물에 젖은 체리 같은 입술에 약삭빠르고 영악한 어린 소년이 되었다. 그는 말아 놓은 곱창에 손가락을 넣어 잠방거리며 놀았고, 생선튀김용 팬에 그것들을 담갔다. 그는 군중 사이를 요리조리 들락거리며 재빨리 피해 다

넜다. 그는 호리호리하고 날렵했으며 눈은 페인트를 칠한 돌멩이 같았다. 그런데 지금, 지금 시계의 분침이 계속 똑딱거렸다. 하나, 둘, 셋, 넷…… 램번 공작 부인이 그에게 편한 시간이 될 때까지 기다리고 있었다. 100여 명의 백작을 배출한 가문의 딸 램번 공작 부인이. 그녀는 판매대에 있는 의자에 앉아 십 분을 기다릴 것이다. 그녀는 그에게 편한 시간이 될 때까지 기다릴 것이다. 그가 그녀를 만날 준비가 될 때까지 기다릴 것이다. 그는 섀그린 가죽 상자에 들어 있는 시계를 보았다. 분침이 계속 움직였다. 똑딱거릴 때마다 시계는 그에게 푸아그라, 샴페인 한 잔, 훌륭한 브랜디 한 잔, 1기니나 하는 시가를 건넸다. 그런 것 같았다. 십 분간 시계는 그의 옆 탁자에 그런 것들을 올려놓았다. 그러고 나자 살금살금 천천히 다가오는 발소리가 들렸다. 복도에서 바스락 소리가 났다. 문이 열렸다. 해먼드 씨가 벽에 바짝 붙어 섰다.

"귀부인께서 오셨습니다!" 그가 알려 주었다.

그러고는 벽에 바짝 붙어선 채 기다렸다.

올리버는 일어서면서 복도를 따라 다가오는 공작 부인의 드레스가 사각거리는 소리를 들을 수 있었다. 이윽고 부인의 모습이 드러나며 문간을 가득 채웠고, 온갖 공작들과 공작 부인들의 향기와 위신, 오만, 허식, 자만이 파도에 실려 부풀어 올라 온 방을 채웠다. 그리고 파도가 부서지듯이 그녀는 앉으면서 위대한 보석상 올리버 베이컨의 몸 위로 펼쳐지고 철벅이고 부서지며 쓰러졌고, 초록색과 장미색, 보라색으로 반짝이는 화려한 색깔과 향기, 무지갯빛, 그리고 손가락에서 뿜어져 나오고, 깃털 달린 모자에서 까딱이며, 실크 드레스에서 번뜩이는 광선으로 그를 뒤덮었다. 그녀는 아주 크고 뚱뚱한 체구에 뻣뻣한 분홍색 견직 드레스를 꼭 조이게 띠를 둘렀고, 한창때가 지난 나이였다. 주름 장식이 많은 양산이나 깃털이 많이 달린 공작새가 주름 장식을 접고 깃털을 접듯이 그렇게 그녀는 가죽 안락의자에 주저앉으며 가라앉았고 스스로를 접었다.

"안녕하세요, 베이컨 씨."

공작 부인이 말했다. 그리고 흰 장갑의 긴 틈 사이로 나온 손을 내밀었다. 올리버는 허리를 깊이 숙이고 그 손을 잡았다. 그들의 손이 닿았을 때 두 사람 사이의 유대가 다시 한번 구축되었다. 그들은 벗이었고, 하지만 적이었다. 그는 주인이었고, 그녀는 안주인이었다. 각자 상대를 속였고, 각자 상대를 필요로 했고, 각자 상대를 두려워했다. 바깥에는 흰빛이 감돌고 나무에는 이파리가 여섯 개 달려 있고 멀리서 거리의 소음이 들려오고 등 뒤에 금고가 있는 작고 어두운 방에서 이렇게 손이 닿을 때마다 그들은 이렇게 느꼈고 이것을 알았다.

"그런데 오늘은, 공작 부인, 오늘은 제가 무엇을 도와드릴 수 있을까요?" 올리버가 아주 나직하게 말했다.

공작 부인은 그녀의 심장, 은밀한 심장이 딱 벌어지도록 열었다. 한숨을 쉬었지만 아무 말 없이 그녀는 가방에서 긴 세무 가죽 지갑을 꺼냈는데, 그것은 노란색 여윈 족제비처럼 보였다. 그리고 그 족제비의 배에 난 긴 구멍에서 진주를 쏟아냈다, 진주 열 알을. 그 진주들은 족제비 배의 긴 구멍에서 천상의 새의 알처럼 하나, 둘, 셋, 넷, 굴러떨어졌다.

"내게 남은 것 전부예요, 베이컨 씨." 그녀가 신음하듯이 말했다.

다섯, 여섯, 일곱 — 진주들이 굴러떨어지더니, 방대한 산비탈을 내려와 그녀의 무릎 사이 좁은 계곡으로 — 여덟, 아홉, 열. 거기 은은히 빛나는 복숭아꽃 색깔의 뻣뻣한 견직물 드레스에 놓였다. 진주 열 알.

"아펠비 허리띠에서 나온 거예요." 그녀가 신음했다. "마지막…… 마지막으로 남은 전부예요."

올리버는 손을 뻗어 엄지와 검지로 진주알 하나를 집었다. 그것은 둥글고 광택이 돌았다. 그런데 이것이 진짜일까, 아니면 모조일까? 그녀가 또다시 거짓말을 하고 있을까? 감히 그렇게 할까?

그녀는 통통하고 살찐 손가락을 입술에 댔다.

"만일 공작이 알게 되면……." 그녀가 속삭였다. "친애하는 베이컨 씨, 운이 좀 좋지 않아서……."

다시 도박을 하셨군요?

"그 악당! 그 사기꾼이!" 그녀가 쉭쉭 소리를 냈다.

광대뼈가 부서진 남자요? 나쁜 사람이죠. 그런데 공작은 부지깽이처럼 꼿꼿한 사람이었다. 구레나룻 수염이 있고. 만일 그가 — 내가 아는 것을 — 안다면 그녀를 상속에서 제외하고 가둬 버릴 거라고 생각하며, 올리버는 금고를 흘끗 보았다.

"아라민타, 다프네, 다이애나," 그녀가 신음했다. "그 애들을 위해서예요."

그 영애들. 아라민타, 다프네, 다이애나. 그녀의 딸들. 그는 그들을 알았고, 흠모했다. 그런데 그가 사랑한 사람은 다이애나였다.

"당신은 내 비밀을 모두 알고 있어요."

그녀가 곁눈질했다. 눈물이 흘렀고, 눈물이 떨어졌다. 다이아몬드 같은 눈물이 체리꽃 색깔의 뺨에 파인 홈에서 분가루를 모았다.

"옛 친구," 그녀가 중얼거렸다. "옛 친구."

"옛 친구." 그가 그 단어를 핥듯이 '옛 친구'를 되풀이했다.

"얼마가 필요하세요?" 그가 물었다.

그녀가 진주를 손으로 감쌌다.

"2만 파운드요." 그녀가 속삭였다.

그러나 그것, 그가 손에 들고 있는 것은 진짜일까, 아니면 가짜일까? 아펠비 허리따라……. 그것은 그녀가 이미 팔지 않았던가? 그는 벨을 눌러 스펜서나 해먼드를 부를 것이다. "이것을 가져가서 감정해 보게."라고 말할 것이다. 그는 벨을 누르려고 손을 뻗었다.

"내일 오시겠지요?" 그녀가 간청했고, 그녀가 가로막았다. "수상님이, 전하께서……." 그녀는 말을 멈췄다. "그리고 다이애나가……." 그녀가 덧붙였다.

올리버는 벨에서 손을 뗐다.

그는 그녀 너머로 본드가에 있는 집들의 뒤편을 보았다. 그러나 그가 본 것은 본드가의 집들이 아니라 잔물결을 일으키는 강, 솟아오르는 송어와 연어, 수상, 그리고 흰 조끼를 입은 그 자신, 그리고 또 다이애나였다. 그는 손안에 있는 진주를 내려다보았다. 하지만 그 강에 비춰 보면, 다이애나의 눈에 비춰 보면, 그가 그것을 어떻게 감정할 수 있을까? 그러나 공작 부인의 눈은 그를 주시하고 있었다.

"2만 파운드." 그녀가 신음했다. "내 명예!"

다이애나 어머니의 명예! 그는 수표책을 끌어당겼다. 그는 펜을 꺼냈다.

"2만……." 그는 썼다. 그러다가 멈췄다. 사진 속 늙은 여자 — 그의 어머니, 늙은 여자의 눈이 그를 지켜보았다.

"올리버!" 그녀가 경고했다. "정신 차려라! 바보같이 굴지 말고!"

"올리버!" 공작 부인이 간청했다. 이제는 '베이컨 씨'가 아니라 '올리버'였다. "긴 주말을 보내러 오겠죠?"

숲속에서 다이애나와 단둘이! 숲속에서 다이애나와 단둘이 말을 달리고!

"파운드." 그는 쓰고 서명을 했다.

"여기 있습니다." 그가 말했다.

그러자 그녀가 의자에서 일어섰고, 양산의 모든 주름 장식과 공작새의 온갖 깃털, 파도의 찬란한 빛, 아쟁쿠르의 칼과 창 들이 펼쳐졌다. 그가 그녀를 이끌고 상점을 가로질러 문으로 갔을 때 두 노인과 두 젊은이, 스펜서와 마셜, 윅스와 해먼드는 판매대 뒤에 바짝 붙어 서서 그를 부러워했다. 그는 그들의 얼굴에 그의 노란 장갑을 흔들었고, 그녀는 자신의 명예 — 그의 서명이 들어간 2만 파운드짜리 수표 — 를 손에 꽉 쥐었다.

'이게 가짜일까, 진짜일까?'

올리버는 내실 문을 닫으며 물었다. 여기 탁자 위의 압지에 그것들, 진주 열 알이 있었다. 그는 그것들을 렌즈 밑에 놓고 불을 밝혀 보았다……. 그리고 이것은 그가 흙에서 파헤친 송로 버섯이었다! 가운데가 썩은, 완전히 썩은 것이었다!

"용서해 주세요, 아, 어머니!"

그는 사진 속의 늙은 여자에게 용서를 구하듯이 양손을 들었다. 또다시 그는 일요일에 개를 팔던 뒷골목의 어린 소년이 되었다.

"왜냐하면," 그가 양 손바닥을 붙이고 중얼거렸다. "긴 주말이 될 테니까요."

사냥꾼들

 그 여자는 들어서서 여행 가방을 선반에 넣었고 그 위에 꿩 한 쌍을 올려놓았다. 그러고는 구석 자리에 앉았다. 기차는 덜커덕거리며 중부 지방을 지났고, 그녀가 문을 열었을 때 들어온 안개가 객실을 넓혀 놓아 네 여행객을 멀리 떼어 놓은 것 같았다. 분명 M. M. ─ 여행 가방에 박힌 첫 글자는 이러했다 ─ 은 사냥꾼들과 함께 주말을 보냈을 것이다. 그녀가 구석 자리에 기대앉아 그 이야기를 되풀이하고 있었기 때문이었다. 그녀는 눈을 감지 않았지만 맞은편의 남자도, 요크 대성당의 컬러 사진도 보지 않았음이 명백하다. 또한 사람들의 이야기를 들었음이 분명하다. 멍하니 응시하면서 입술을 움직였고, 이따금 미소를 짓기도 했다. 그녀의 얼굴은 보기 좋았다. 큰 서양 장미나 러싯 사과 같고, 피부는 황갈색이었는데 턱에

흉터가 있었으며, 그녀가 미소를 지으면 그 흉터가 길게 늘어났다. 사냥 이야기를 되풀이하는 것으로 보아 그녀는 그곳에 손님으로 머물렀던 게 분명하다. 하지만 그녀의 옷차림이 여러 해 전의 사진이나 스포츠 신문에 나온 여자들의 옷차림처럼 유행에 맞지 않는 것으로 보아, 정확히 말해서 손님이었던 것 같지는 않지만 그렇다고 하녀도 아니었다. 그녀가 바구니를 갖고 있었다면 폭스테리어를 사육하거나 샴고양이를 키우는 여자, 어떻든 사냥개와 말과 관련이 있는 여자로 보였을 것이다. 그러나 그녀가 가진 건 여행 가방과 꿩뿐이었다. 그러므로 어떻든 그녀는 객실 안을 채운 물건들과 남자의 벗겨진 머리, 요크 대성당의 사진 너머에서 보이는 방으로 파고들었음이 분명하다. 그리고 사람들의 말을 듣고 있었음이 틀림없다. 이제 누군가 낸 잡음을 흉내 내듯이 목구멍 뒤쪽에서 나오는 소리를 작게 냈던 것이다. "쳇." 그러고는 미소를 지었다.

"쳇." 안토니아 양은 코에 걸린 안경을 집으며 소리를 냈다. 젖은 나뭇잎들이 회랑의 긴 창문들을 가로질러 떨어졌다. 물고기 모양의 이파리 한두 개가 창유리에 달라붙어 갈색 나뭇잎 무늬를 새겨 놓은 것 같았다. 그러자 파크의 나무들은 몸서리를 쳤고, 나뭇잎들이 나부끼고 떨어지면서 나무의 몸서리 — 축축한 갈색 몸서리 — 를 가시적으로 드러내는 것 같았다.

"쳇." 안토니아 양은 다시 코를 훌쩍였고, 암탉이 흰 빵 조각을 불안하게 급히 쪼아 대듯 손에 들고 있던 얄팍하고 하얀 것을 조금씩 먹었다.

바람이 한숨을 쉬었다. 방에 바람이 새어 들었다. 문들이 완전히 닫히지 않았고, 창문도 마찬가지였다. 이따금 카펫 밑에서 잔물결이 도마뱀처럼 달려갔다. 카펫 위에 비친 초록색과 노란색 판유리들에 햇살이 머물렀고, 그러다가 햇빛이 움직여 카펫의 구멍을 조롱하듯이 손가락으로 가리키다가 멈추었다. 그러고 나서 그 연약하지만 공정한 햇빛 손가락은 더 나아가 벽난로 선반 위의 문장(紋章)에 머물렀고, 방패와 늘어진 포도 장식, 인어, 창을 부드럽게 비추었다. 빛살이 길어지자 안토니아 양은 고개를 들었다. 그 노인들 — 그녀의 선조들 — 래슐리 가족은 방대한 토지를 소유했었다고 한다. 저기에. 아마존강 상류에. 약탈자. 항해자. 에메랄드 자루들. 그 섬을 뒤지러 돌아다니고. 포로를 잡고. 여인들. 저기 그녀가 있다, 꼬리부터 허리까지 온통 비늘에 덮인. 안토니아 양은 쓴웃음을 지었다. 햇빛 손가락이 아래쪽에 닿자 그녀의 눈이 그것을 따라갔다. 이제 그것은 은제 액자에 머물렀고, 사진에, 달걀 모양의 벗겨진 머리에, 콧수염 아래 튀어나온 입술에 머물렀다. '에드워드'라는 이름이 그 아래 멋들어지게 적혀 있었다.

"왕에게는······." 안토니아 양은 무릎 위에 놓인 얇고 하얀 천을 돌리며 중얼거렸다. "접견실이 있었어." 빛이 사드라들 때 그녀는 고개를 흔들며 덧붙였다.

바깥 킹스 라이드에서는 꿩들이 총구 앞에서 이리저리 쫓기고 있었다. 덤불 밑에서 꿩들은 폭죽처럼, 불그레한 자주색 폭죽처럼 솟아올랐고, 그것들이 솟아오르면 일렬로 늘어선 개들이 갑자기 짖어 대듯이 날카로운 총성이 일제히 열렬하게 울렸다. 하얀 연기 다발이 한순간 모여 있다가 부드럽게 풀려 나가 흐릿해졌고 흩어졌다.

가파르게 비탈진 숲 아래 깊이 파인 길에는 수레가 있었고, 발은 늘어지고 눈은 아직 빛나는 부드럽고 따뜻한 새들이 이미 실려 있었다. 새들은 살아 있는 것 같았지만 풍성하고 축축한 깃털 밑에서 무감각해지고 있었다. 수레 바닥 위에서 부드러운 깃털의 따뜻한 둑에서 잠을 자는 듯이 조금 움직이며 안락하고 편안해 보였다.

그때 비열하게 보이는 불그죽죽한 얼굴에 추레한 각반을 찬 지주가 욕설을 지껄이며 총을 들었다.

안토니아 양은 바느질을 계속했다. 이따금 불길의 혓바닥이 쇠 살대를 가로질러 한쪽 빗장에서 다른 빗장까지 걸쳐진 잿빛 통나무로 나아가 감쌌고, 탐욕스럽게 먹어 치운 후 사그라졌고, 나무껍질을 먹은 곳에 하얀 팔찌를 남겼다. 안토니아 양은 한순간 고개를 들고, 불길을 응시하는 개처럼 본능적으로 눈을 크게 뜨고 쳐다보았다. 그러자 불길이 가라앉았고 그녀는 다시 바느질을 시작했다.

그때 엄청나게 높은 문이 조용히 열렸다. 여윈 두 남자가 들어왔고 카펫에 난 구멍 위에 탁자를 끌어왔다. 그들은 나갔다가 들어왔다. 그들은 탁자 위에 천을 깔았다. 그들은 다시 나갔다가 들어왔다. 이번에는 나이프와 포크가 든 초록색 모직 천이 덮인 바구니, 입자가 고운 흰 설탕과 소금 통, 빵, 그리고 국화 세 송이가 꽂힌 은제 화병을 가져왔다. 식탁이 차려졌다. 안토니아 양은 바느질을 계속했다.

다시 문이 열렸는데, 이번에는 기운 없이 살짝 밀렸다. 작은 개 스패니얼이 민첩하게 코를 박고 냄새를 맡으며 종종걸음으로 들어와서 멈추었다. 문은 열려 있었다. 그리고 나서 지팡이에 몸을 기댄 채 힘겹게 늙은 래슐리 양이 들어왔다. 다이아몬드로 고정한 하얀 숄에 그녀의 벗겨진 머리가 가려졌다. 그녀는 다리를 절면서 방을 가로질러 난롯가의 등받이가 높은 의자에 웅크리고 앉았다. 안토니아 양은 바느질을 계속했다.

"사냥하고 있어요." 그녀가 마침내 말했다.

늙은 래슐리 양이 고개를 끄덕였다.

"킹스 라이드에서 하는군." 그녀는 지팡이를 움켜쥐었다. 그들은 앉아서 기다렸다.

사냥꾼들은 이제 킹스 라이드에서 홈 우즈로 옮겨 갔고, 쟁기로 갈아엎은 자주색 들판에 들어섰다. 이따금 잔가지가 딱 부러졌고 나뭇잎들이 빙빙 돌며 날았다. 그러나 안개와 연기 위에 푸른 섬이, 연푸른, 깨끗하게 푸른 섬이 하늘에 홀로 떠 있었다. 그리고 멀리 보이지 않는 첨탑의 종소리가 때 묻지 않은 공중에서 마치 홀로 길을 잃은 아기 천사처럼 즐겁게 뛰놀고 뛰어다니고 그러다가 서서히 사라졌다. 그때 다시 폭죽이, 불그레한 자주색 꿩들이 튀어 올랐다. 위로, 위로 날아올랐다. 다시 총성이 울렸다. 연기가 모여 공이 만들어졌고 풀

려 나가고 흩어졌다. 분주한 작은 개들이 민첩하게 냄새를 맡
으며 들판을 달렸다. 그리고 각반을 찬 남자들이 기절한 듯이
늘어지고 부드러운, 따뜻하고 축축한 새들을 한데 모아 수레
에 던졌다.

"자!"

가정부 밀리 매스터스가 안경을 내려놓으며 끙 소리를 냈
다. 마구간이 내려다보이는 작고 어두운 방에서 그녀도 뜨개
질을 하고 있었다. 교회를 청소한 소년, 자기 아들을 위한 스
웨터, 거친 모직 스웨터를 끝낸 참이었다.

"끝났어!" 그녀가 중얼거렸다. 그때 수레 소리가 들렸다. 바
퀴들이 자갈길 위에서 삐걱거렸다. 그녀는 일어섰다. 머리칼,
밤색 머리칼을 양손으로 감싼 채 그녀는 바람이 부는 뜰에
섰다.

"이제 왔군요!"

그녀가 웃자 뺨의 흉터가 길어졌다. 사냥터지기 윙이 자갈
길로 수레를 몰아오는 동안 그녀는 사냥감 보관실의 문을 열
었다. 새들은 이제 죽었고, 움켜쥔 것은 없지만 발톱을 꼭 오
그리고 있었다. 눈을 덮은 가죽 같은 눈썹은 회색으로 구겨져
있었다. 가정부 매스터스 부인과 사냥터지기 윙은 죽은 새들
의 목을 몇 다발로 잡아 점판암이 깔린 사냥감 저장실 바닥
에 던졌다. 점판암 바닥이 피로 더러워지고 얼룩졌다. 꿩들은
몸이 수축되어 버린 듯 이제는 작아 보였다. 그런 다음에 윙
은 수레의 뒷부분을 올리고 거기에 쐐기를 박아 고정하고 몰
아갔다. 수레 양옆에 회청색 깃털들이 꽂혀 있고 바닥은 피로

더럽게 얼룩져 있었다. 그러나 그 안에는 아무것도 없었다.

"마지막 사냥감이군요!"

수레가 나아갈 때 밀리 매스터스가 소리 없이 웃었다.

"오찬이 준비되었습니다, 마담."

집사가 말했다. 그는 식탁을 가리키며 하인에게 지시했다. 은제 뚜껑이 덮인 접시가 그가 가리킨 곳에 정확히 놓였다. 그들, 집사와 하인은 기다렸다.

안토니아 양은 얇고 하얀 천을 바구니에 올려놓았다. 명주실과 골무를 치우고, 바늘을 플란넬 조각에 꽂았다. 고리에 걸린 안경을 가슴에 늘어뜨렸다. 그러고 나서 그녀는 일어섰다.

"점심 드세요!"

그녀는 늙은 래슐리 양의 귀에 대고 소리쳤다. 일 초 후 늙은 래슐리 양은 다리를 뻗었고, 지팡이를 움켜잡고 일어섰다. 늙은 두 여자는 천천히 식탁으로 다가갔다. 집사와 하인이 한 사람은 탁자 한끝에, 또 한 사람은 다른 쪽 끝에 밀어 넣었다. 은제 뚜껑이 열렸다. 거기에 깃털 없이 은은히 빛나는 꿩이 있었다. 넓적다리가 몸통에 딱 붙어 있고, 양쪽 끝에 빵가루가 쌓여 작은 더미를 이루고 있었다.

안토니아 양은 고기 자르는 칼로 단호하게 꿩의 가슴을 갈랐다. 그녀는 두 조각을 잘라 내서 접시에 올려놓았다. 하인이 능숙하게 그 접시를 재빨리 받았고 늙은 래슐리 양은 자기 나이프를 들었다. 창문 아래 숲에서 총성이 울렸다.

"오고 있나?" 늙은 래슐리 양이 포크를 든 채 말했다.

파크의 숲에서 가지들이 휘날리며 나부꼈다.

그녀는 꿩고기를 한입 물었다. 떨어지는 나뭇잎들이 유리창을 스치고 지나갔다. 이파리 한두 개는 유리창에 달라붙었다.

"이제 홈 우즈에 있어요." 안토니아 양이 말했다. "휴의 마지막 사냥이에요."

그녀는 가슴살의 다른 쪽을 칼로 잘랐다. 그녀는 자기 접시의 고기 조각 주위에 감자와 고기 국물, 방울 양배추 그리고 브레드 소스를 둥글고 꼼꼼하게 담았다. 집사와 하인은 연회의 하인들처럼 가만히 서서 지켜보았다. 노부인들은 조용히, 말없이 먹었다. 그들은 서두르지 않았다. 꼼꼼하게 새고기를 발라 먹었다. 접시에는 뼈만 남았다. 그러자 집사는 안토니아 양 쪽으로 포도주가 담긴 유리병을 밀고는 고개를 숙인 채 잠시 가만히 있었다. "그걸 여기 둬요, 그리피스."

안토니아 양이 말했고 뼈를 집어 탁자 밑의 스패니얼에게 던져 주었다. 집사와 하인은 고개를 숙여 인사하고 나갔다.

"더 가까이 오고 있군."

래슐리 양이 귀를 기울이며 말했다. 바람이 거세게 일었다. 갈색 몸서리가 대기를 흔들었다. 이파리들이 너무 빨리 휘날려서 달라붙지 않았다. 창유리가 달가닥거렸다.

"새들이 난리 났겠군요."

안토니아 양은 정신없이 휘날리는 광경을 지켜보며 고개를 끄덕였다.

늙은 래슐리 양은 자기 잔에 포도주를 채웠다. 한 모금씩 마시면서 그들의 눈은 빛을 받은 약간 귀중한 원석처럼 광채를 발했다. 래슐리 양의 눈은 짙은 회색이 도는 청색이었고, 안토니아 양의 눈은 포트와인 같은 붉은색이었다. 포도주를 마시면서 깃털 아래 몸이 따뜻하고 나른해진 듯이 그들의 레이스와 장식 주름이 흔들리는 것 같았다.

"바로 이런 날이었어, 기억나?" 늙은 래슐리 양이 포도주 잔을 만지작거리며 말했다. "사람들이 그를 집으로 데려왔어. 심장에 총알이 박혔지. 가시덤불에서 그랬다고 하더군. 발을 헛디뎌서 무릎을 꿇고······." 그녀는 포도주를 홀짝거리며 낄낄 웃었다.

"그리고 존은······." 안토니아 양이 말했다. "암말의 발이 구덩이에 빠졌다고 했지요. 들판에서 죽었어요. 사냥꾼들이 그를 넘어 달려갔고요. 그도 덧문에 실려 집에 왔지요······." 그들은 다시 홀짝거렸다.

"릴리를 기억해?" 늙은 래슐리 양이 말했다. "나쁜 여자였지." 그녀가 고개를 저었다. "회초리에 새빨간 술을 달고 말을 달리고······."

"완전히 썩었죠!" 안토니아 양이 소리쳤다. "그 대령의 편지 생각나요? '아드님은 속에 악마가 스물은 들어 있는 듯이, 부하들의 선두에서 달려 돌격했습니다.' ······그런데 어느 하얀 악마가······. 아하!" 그녀가 다시 홀짝였다.

"우리 집안 남자들은," 래슐리 양이 말을 시작했다. 그녀는 잔을 들었다. 마치 벽난로 위에 있는 인어 석고상에 건배하듯 높이 들었다. 그녀는 멈추었다. 총성이 울렸다. 어디선가 판자가 갈라지는 소리가 났다. 아니면 벽토 뒤에서 뛰어다니는 쥐새끼일까?

"여자들은 늘······." 안토니아 양이 끄덕였다. "우리 집안 남자들. 하얗고 분홍색 옷을 입었던 방앗간의 루시 기억나세요?"

"'염소와 낫' 가게에서 일하던 엘런의 딸이었지." 래슐리 양이 덧붙였다.

"그리고 양복점에 있던 여자애," 안토니아 양이 중얼거렸다. "휴가용 승마 바지를 샀던 그 오른편의 작고 어두운 가게······."

"······겨울마다 물에 잠기곤 했지. 그런데 그의 아들이," 안토니아 양이 언니에게 몸을 기울이며 낄낄 웃었다. "교회를 청소해요."

뭔가 부서지는 소리가 났다. 슬레이트 하나가 굴뚝 속으로 떨어진 것이다. 큰 통나무가 두 쪽으로 딱 부러졌다. 벽난로 선반 위에 걸린 방패에서 회반죽 조각들이 떨어졌다.

"떨어지네," 늙은 래슐리 양이 빙그레 웃었다. "떨어져."

"그런데 누가," 안토니아 양이 카펫에 떨어진 횟가루 조각들을 보며 말했다. "누가 돈을 내야 하지?"

무관심하고 아무것도 개의치 않는 늙은 아기들처럼 그들은 키득거렸다. 난롯가로 가서 나뭇재와 횟가루 옆에서 셰리주를 홀짝거리다 보니 마침내 불그레한 자줏빛 포도주가 한 방울만 잔 바닥에 남았다. 노부인들은 이것과 헤어지고 싶지 않은 듯 보였다. 그들은 잿더미 옆에 나란히 앉아 잔을 만지작거렸지만 그것을 입술에 대지는 않았다.

"식료품 저장실의 밀리 매스터스는," 늙은 래슐리 양이 말을 꺼냈다. "그녀가 우리 오라비의……."

창문 밑에서 총성이 울렸다. 그 소리가 빗줄기를 붙잡고 있던 끈을 끊어 버렸다. 빗줄기가 창문을 채찍질하는 장대처럼 억수같이 쏟아져 내렸다. 카펫에서 빛이 사그라졌다. 흰 잿더미 옆에 앉아 빗소리를 듣는 두 여자의 눈에서도 빛이 사그라졌다. 그들의 눈은 물에서 꺼내진 조약돌 같았다. 탁하고 마른 회색 돌멩이. 그들의 손은 아무것도 움켜잡지 못한 죽은 새들의 발톱처럼 꼭 오그라들었다. 옷 속의 몸이 줄어든 듯이 쪼글쪼글해졌다. 안토니아 양은 잔을 인어상에게 치켜들었다. 마지막 남은 방울이었고 그녀는 그것을 마셨다.

"오고 있어!"

그녀는 꺽꺽거리며 말하고 잔을 탁 내려놓았다. 아래층 문에서 쾅 소리가 났다. 이윽고 또 다른 문에서도 소리가 났다. 그런 다음 또 다른 문에서. 회랑 쪽으로 복도를 따라 거칠게 쿵쿵거리며, 하지만 느릿느릿 끄는 발걸음 소리가 들렸다.

"가까워졌어! 더 가까워!"

래슐리 양이 누런 이 세 개를 드러내며 소리 없이 웃었.

엄청나게 높은 문이 벌컥 열렸다. 거대한 사냥개 세 마리가 뛰어 들어와 헐떡거리며 섰다. 그러고는 추레한 각반을 찬 지주 자신이 어슬렁거리며 들어왔다. 개들이 주인 옆에 바짝 붙어서 고개를 쳐들고 쿵쿵거리며 그의 주머니 냄새를 맡았다.

그러고 나서 앞으로 달려왔다. 고기 냄새를 맡은 것이다. 탐색하는 큰 사냥개들의 꼬리와 등에 바람이 후려치는 숲처럼 회랑 바닥이 흔들렸다. 그 개들은 식탁의 냄새를 맡았다. 식탁보를 발로 긁었다. 그러더니 거칠게 울듯이 컹컹거리며 식탁 밑에서 뼈다귀를 갉아먹고 있는 작고 노란 스패니얼에게 달려들었다.

"뒈져라, 뒈져!" 지주가 으르렁거렸다. 그러나 그의 목소리는 바람에 맞서 소리치는 듯이 먹먹하게 들렸다. "뒈져라, 뒈져!"
그가 이제는 누이들을 저주하며 소리쳤다.

안토니아 양과 래슐리 양이 일어섰다. 큰 개들이 스패니얼을 움켜잡았던 것이다. 그 개들은 스패니얼을 괴롭혔고 크고 누런 이빨로 공격했다. 지주는 매듭진 가죽 채찍을 이리저리 휘두르며 개들을 저주하고 누이들을 저주했다. 아주 크게 들렸지만 아주 약한 목소리였다. 채찍을 한 번 휘갈기자 국화꽃 화병이 휘감겨 바닥에 떨어졌다. 또 한 번 휘갈기자 채찍이 래슐리 양의 뺨에 부딪쳤다. 그 늙은 여자는 비틀거리며 뒷걸음질 치다가 벽난로 선반에 부딪쳤다. 마구 휘둘린 그녀의 지팡이가 벽난로 위의 방패에 부딪쳤다. 그녀는 잿더미 위에 쿵하고 쓰러졌다. 래슐리 가문의 방패가 벽에서 요란하게 떨어졌다. 래슐리 양은 인어 석고상 밑에, 창들 밑에 파묻혀 버렸다.

바람이 유리창을 후려쳤다. 파크에서 총성이 일제히 발사되는 소리가 들렸고 나무가 쓰러졌다. 그러자 은제 액자에 있던 에드워드 왕도 미끄러지고 기울어지더니 떨어졌다.

객차 안의 잿빛 안개가 짙어졌다. 안개가 베일처럼 덮여서 구석 자리의 네 여행객을 서로 멀리 떼어 놓은 것 같았다. 하지만 사실 그들은 삼등 객실에서 아주 가깝게 앉아 있었다. 그 효과는 기이했다. 나이가 들기는 했어도 인물이 괜찮았던, 좀 초라하지만 옷을 잘 차려입은 여자, 중부 지방의 어느 역에서 기차에 탄 그 여자의 형체가 사라진 것 같았다. 그녀의 몸은 온통 안개가 되었다. 오직 그녀의 눈만 어렴풋이 빛나며 변해 갔고, 홀로 살아 있는 것 같았다. 몸이 없는 눈, 보이지 않는 무언가를 보는 눈. 안개 자욱한 공기에서 두 눈이 빛을 발했고, 두 눈이 움직였다. 그래서 무덤 같은 분위기에서 — 창문은 뿌옇게 흐려지고 등불 주위로 안개가 후광처럼 둘러졌다 — 그 눈들은 춤추는 빛, 교회 뜰에서 불편한 잠을 자는 이들의 묘지 위에서 움직인다는 도깨비불 같았다. 터무니없는 생각이라고? 공상일 뿐이지! 하지만 결국 흔적을 남기지 않는 것은 없고 기억은 현실이 파묻힐 때 마음에 남아 춤추는 빛이므로, 저기서 어슴푸레 빛을 발하며 움직이는 눈이 무덤 너머에서 춤추는 한 가족의, 한 시대의, 한 문명의 유령이어서는 안 될 이유가 있을까?

기차가 속도를 줄였다. 등불들이 차례로 일어섰다. 한순간 노란 머리를 똑바로 들었다가 등불이 쓰러졌다. 기차가 역사로 천천히 들어갈 때 등불이 다시 일어섰다. 불빛이 모여 휘황하게 빛났다. 구석 자리의 눈은? 그 눈은 감겨 있었다. 불빛이 너무 강한 모양이었다. 물론 기차역의 휘황한 불빛을 받자 분명하게 드러났다. 그녀는 아주 평범하고 좀 나이가 많은 여자였고, 어떤 일상적인 용무로 — 고양이나 말, 또는 개와 관련된 일로 — 런던에 가고 있었다. 그녀는 손을 뻗어 여행 가방을 잡고 일어서서 선반에 있는 꿩을 내렸다. 그런데 그녀는 객차 문을 열고 나가면서 들어왔을 때와 똑같이 "쳇, 쳇."이라 중얼거렸던가?

래핀과 래피노바

그들은 결혼했다. 결혼 행진곡이 울려 퍼졌다. 비둘기들이 퍼덕거렸다. 이튼 스쿨 교복을 입은 작은 소년들이 쌀을 던졌다. 폭스테리어 한 마리가 한가로이 길을 가로질렀다. 어니스트 소번은 런던 거리에서 언제나 다른 사람들의 행복이나 불행을 즐기려고 모여드는 호기심 많은 낯선 사람들 사이로 신부를 이끌고 차로 데려갔다. 확실히 그는 멋져 보였고 신부는 수줍어 보였다. 더 많은 쌀이 던져지는 가운데 차가 출발했다.

그 일은 화요일에 있었고 지금은 토요일이다. 로절린드는 자신이 어니스트 소번 부인이라는 사실이 아직 실감 나지 않았다. 어쩌면 영원히 실감하지 못할지도 모른다고, 그녀는 호수 너머로 산들이 내다보이는 호텔의 내닫이창가에 앉아서 남편이 아침 식사를 하러 내려오기를 기다리며 생각했다. 어니스트는 익숙해지기 어려운 이름이었다. 그녀라면 선택하지 않았을 이름이었다. 차라리 티머시나 앤서니, 아니면 피터가 더 나았을 텐데. 그는 어니스트처럼 보이지도 않았다. 그 이름은 앨버트 기념비,[15] 마호가니 찬장, 앨버트 공과 그 가족의 강판 판화, 간단히 말해서 포체스터 테라스에 있는 시어머니의 식당을 연상시켰다.

그런데 그가 이제 내려왔다. 다행히도 그는 어니스트처럼 보이지 않았다, 전혀. 그러면 무엇처럼 보였을까? 그녀는 곁눈질로 그를 보았다. 음, 토스트를 먹고 있는 그는 토끼처럼 보였다. 어느 누구도 콧날이 오뚝하고 푸른 눈에 입이 매우 단호하게 보이는 이 말쑥한 근육질의 젊은이에게서 그토록 작고 소심한 동물과 비슷한 점을 보지 못했을 것이다. 하지만 그래서 더 재미있었다. 그는 음식을 먹을 때 코를 아주 조금 씰룩거렸다. 그녀의 애완용 토끼도 그랬다. 그녀는 씰룩이는 그의 코를 계속 지켜보았다. 유심히 쳐다보고 있다는 것을 그가 알아차렸을 때 그녀는 웃은 이유를 설명해야 했다.

"당신이 토끼 같아서요, 어니스트," 그녀가 말했다. "산토끼 같아요." 그녀가 그를 보며 덧붙였다. "사냥하는 토끼, 왕 토끼, 다른 토끼들에게 법을 정해 주는 토끼."

어니스트는 그런 토끼가 되는 것에 반감을 느끼지 않았다. 자신이 코를 씰룩이는 것을 보며 그녀가 즐거워했으므

---

15) 빅토리아 여왕이 남편 앨버트 공이 죽은 후 그를 기리기 위해 세운 기념비이다.

로 — 그는 자기 코가 씰룩인다는 것을 전혀 알지 못했었다 — 일부러 코를 더 씰룩거렸다. 그러면 그녀는 웃고 또 웃었다. 그도 웃었다. 그래서 나이 든 독신 여성들과 낚시꾼, 기름 묻은 검은 재킷을 입은 스위스인 웨이터는 금세 짐작했다. 아주 행복한 부부라고. 그러나 그 행복이 얼마나 오래 지속될까? 그들은 속으로 질문을 던졌고 각자 자신의 상황에 따라 답했다.

점심 시간에 호숫가에 무더기로 피어 있는 야생화 헤더 덤불에 앉아서 로절린드는 완숙 달걀과 함께 제공된 양상추를 내밀며 "양상추 먹을래, 토끼야?"라고 말했다.

"내 손에서 받아먹으렴."

그녀가 덧붙이자, 그는 몸을 뻗고 누워 양상추를 야금야금 갉아 먹으며 코를 씰룩였다.

"착한 토끼, 멋진 토끼야."

그녀는 집에서 길들인 토끼를 토닥거릴 때처럼 그를 토닥거리며 말했다. 하지만 그건 말도 되지 않았다. 그는 어떻든 간에 길들여진 토끼가 아니었다. 그녀는 토끼(rabbit)를 프랑스어로 바꾸어 '라팽(lapin)'이라고 불러 보았다. 그러나 그는 어떻든 간에 프랑스 토끼가 아니었다. 그는 온전한 영국인으로, 포체스터 테라스에서 태어나 럭비 스쿨에서 교육받았고 지금은 영국 관청에서 서기로 일하고 있었다. 그래서 그녀는 '버니(bunny)'라고 불러 보았지만 그건 더 고약했다. '버니'는 통통하고 부드럽고 우스꽝스러운 사람을 연상시켰다. 그는 마르고 단단하며 진지했다. 하지만 그의 코는 씰룩거렸다. "래핀

(lappin)." 그녀는 갑자기 외쳤다. 그러고는 자신이 찾던 단어를 찾은 듯이 작게 소리를 질렀다.

"래핀, 래핀, 래핀 왕."

그녀가 반복해서 소리쳤다. 그에게 꼭 들어맞는 것 같았다. 그는 어니스트가 아니었다. 래핀 왕이었다. 왜? 그녀도 이유는 알지 못했다.

둘이서 고적하게 긴 산책을 하던 중에 새로운 얘깃거리가 없을 때면 — 모두들 미리 주의를 주었듯이 비가 내리거나 또는 추운 저녁에 나이 든 독신 여성들과 낚시꾼은 자리를 떴고 웨이터는 벨을 눌러야만 왔으므로 단둘이 난롯가에 앉아 있을 때면 — 그녀는 래핀 부족에 대해 이야기하며 상상의 나래를 폈다. 그녀의 손 밑에서 — 그녀는 바느질을 했고, 그는 신문을 읽었다 — 그들은 아주 실감 나고 생생하며 대단히 흥미로운 부족이 되었다. 어니스트는 신문을 내려놓고 그녀의 이야기를 거들었다. 검은 토끼들과 붉은 토끼들이 등장했다. 적군 토끼들과 아군 토끼들도 있었다. 그들은 숲에서 살았고, 그 너머에 대평원과 습지가 있었다. 특히 래핀 왕은 코를 씰룩거리는 묘기만 있는 것이 아니라서 시간이 지날수록 뛰어난 자질을 가진 동물이 되었다. 로절린드는 그에게서 늘 새로운 특질을 찾아냈다. 그런데 무엇보다 그는 뛰어난 사냥꾼이었다.

"그런데 왕께서는 오늘 무엇을 하셨나요?" 로절린드가 신혼여행의 마지막 날에 물었다.

사실 그들은 온종일 등산을 했고 그녀의 뒤꿈치에 물집이 잡혔다. 하지만 그녀가 그런 뜻으로 말한 것은 아니었다.

"오늘," 어니스트는 시거의 끝을 물어 뜯어내며 코를 씰룩거리면서 말했다. "그는 산토끼를 추격했소." 그는 멈추었고, 성냥을 긋고 다시 씰룩였다. "암컷 산토끼였지." 그가 덧붙였다.

"하얀 토끼!" 로절린드가 그럴 줄 알았다는 듯이 큰 소리로 말했다. "좀 작은 토끼였겠죠, 은회색 털에 눈이 크고 반짝이는?"

"그래요." 어니스트는 그녀가 자기를 바라보는 것처럼 그녀를 바라보며 말했다. "좀 작은 동물이었는데 눈이 툭 튀어나오고 작은 앞발 두 개를 늘어뜨리고 있었지."

그녀가 앉아서 손에 든 바느질거리를 늘어뜨리고 있는 모습과 똑같았다. 아주 크고 빛나는 그녀의 눈은 확실히 약간 튀어나와 있었다.

"아, 래피노바." 로절린드가 중얼거렸다.

"그게 그 토끼의 이름이오?" 어니스트가 말했다. "진짜 로절린드의 이름?"

그는 그녀를 보았다. 그녀를 무척 사랑한다고 느꼈다.

"그래요, 그녀의 이름이에요." 로절린드가 말했다. "래피노바."

그날 밤 잠자리에 들기 전에 모든 것이 정해졌다. 그는 래핀 왕이고 그녀는 래피노바 여왕이었다. 그들은 서로 정반대였다. 그는 과감하고 단호한 반면, 그녀는 조심성이 많고 미덥지 못한 성격이었다. 그는 토끼들의 분주한 세계를 지배했다. 그녀의 세계는 황량하고 신비한 곳이었고, 그녀는 대개 달빛을 받으며 그곳을 배회했다. 그렇더라도 그들의 영토는 접해 있고, 그들은 왕과 여왕이었다.

이렇게 신혼여행에서 돌아왔을 때 그들은 내밀한 세계를

갖게 되었는데, 그곳은 흰 산토끼 한 마리를 제외하면 순전히 집토끼들이 사는 세계였다. 누구도 그런 곳이 있으리라고는 짐작하지 못했고, 그래서 그 세계가 더욱 즐거웠다. 덕분에 그들은 나머지 세상에 맞서 대개의 젊은 부부들보다 더 단결된 느낌을 갖게 되었다. 사람들이 토끼와 숲, 덫과 사냥에 대해 이야기할 때 그들은 종종 은밀히 서로를 바라보았다. 또는 메리 숙모가 접시에 담긴 산토끼 요리를 도저히 쳐다볼 수 없다고 — 너무 아기처럼 보였기에 — 말했을 때나 사냥을 즐기는 어니스트의 동생 존이 그해 가을에 윌트셔에서 토끼값으로 가죽과 고기를 다 합쳐서 얼마를 받을 수 있다고 말했을 때 그들은 식탁 너머로 은밀히 눈짓을 보냈다. 어쩌다 그들의 은밀한 세계에 사냥터지기나 밀렵꾼 또는 장원 영주가 필요하면 그들은 친지들에게 그 역할을 나눠 맡기며 즐거워했다. 가령 어니스트의 어머니 레지널드 소번 부인은 지주 역할에 완벽하게 들어맞았다. 하지만 그 모든 것은 비밀이었다. 그것이 중요했다. 두 사람을 제외하면 누구도 그런 세계가 있다는 것을 알지 못했다.

그 세계가 없었다면 그해 겨울을 어떻게 보냈을지 모르겠다고 로절린드는 생각했다. 가령 금혼식 파티가 열렸는데 그때 소번의 온가족이 포체스터 테라스에 모여 쉰 번째 결혼기념일을 축하했다. 그 결혼은 대단히 축복받은 결합이었고 — 그래서 어니스트 소번이 태어나지 않았던가? — 그리고 생산적인 결합이었다. 아들딸을 아홉 명 더 낳았고, 그 많은 자식들이 결혼해서 똑같이 생산적이지 않았던가? 그녀는 그 파티가 두려웠다. 하지만 어쩔 수 없었다. 2층으로 올라가면서 그녀는 자신이 외동인 데다가 고아였다는 사실을 가슴 쓰리게 실감했다. 실크 벽지가 은은히 빛나고 가족 초상화가 빛을 발하는 큰 응접실에 모인 소번 가족들 사이에서 그녀는 대양에 던져진 물 한 방울 같은 존재에 불과했다. 살아 있는 소번 가족들은 초상화 속의 인물들과 아주 닮아 보였다. 색칠한 입술 대신 진짜 입술을 갖고 있는 것만 제외하고. 그 입술들에서 농담이 흘러나왔다. 공부방에 대해 회상하며 가정교사가 앉으려는 의자를 끌어당겼다고 말했고, 개구리에 대해 농담하며 노처녀들의 홑이불 사이에 개구리를 집어넣었다고 말했다. 그녀 자신은 시트를 중간에 접어 다리를 뻗지 못하게 하는 장난조차 쳐 본 적이 없었다. 선물을 들고 그녀는 호화로운 노란색 공단 드레스를 입은 시어머니와 화려한 노란색 카네이션으로 장식한 시아버지에게 다가갔다. 주위 탁자와 의자 위에는 온통 황금색 공물이 쌓여 있었다. 어떤 것은 솜에 감싸여 있고, 다른 것들은 눈부시게 가지를 뻗었는데, 촛대와 담배 상자, 목걸이 각각에는 순금 품질을 보장하며 진짜라는 금세공인의 인증이 박혀 있었다. 그러나 그녀의 선물은 구멍 뚫린 작은 합금 상자에 불과했다. 예전에 잉크가 번진 곳에 모래를 흩뿌리는 데 사용되었던 오래된 모래 뿌리개였고 18세기의 유물이었다. 다소 무의미한 선물이라고 그녀는 느꼈다. 압지를 사용하는 시대에 모래 뿌리개라니. 그것을 내밀었을 때, 약혼 시절 시어머니가 소망을 담아 "내 아들이 너를 행복하게 해 줄 거야."라고 써 준 검고 뭉툭한 글자가 눈앞에 떠올랐다.

아니, 그녀는 행복하지 않았다. 전혀 행복하지 않았다. 그녀는 어니스트를 쳐다보았다. 대쪽같이 꼿꼿하고, 가족 초상화에 그려진 코들과 똑같은 코가 조금도 씰룩이지 않았다.

그리고 나서 그들은 정찬 식사를 하러 내려갔다. 그녀는 커다란 국화꽃들에 반쯤 가려졌고, 붉고 노란 꽃잎들은 크고 촘촘한 공처럼 둥글게 말려 있었다. 모든 것이 금이었다. 금색 첫 글자들이 서로 엮여 있고 금색 테두리를 두른 카드에는 그들 앞에 차례로 나올 모든 요리 목록이 적혀 있었다. 그녀는 맑은 황금색 액체가 든 접시에 숟가락을 담갔다. 바깥의 으스스한 하얀 안개가 등불 빛을 받아 금색 그물망으로 바뀌었고, 그로 인해 접시 가장자리가 흐릿해졌고 파인애플 껍질이 거친 금색을 띠었다. 하얀 웨딩드레스 차림에 튀어나온 눈으로 앞을 응시하는 그녀만이 녹을 수 없는 고드름 같았다.

하지만 정찬이 진행되면서 그 방은 후끈한 열기로 가득 찼다. 남자들의 이마에서 땀방울이 솟았다. 그녀는 자신의 고드름이 녹아 물로 바뀌고 있다고 느꼈다. 그녀는 녹고, 흩어지고, 녹아 없어지고 있었다. 곧 실신할 것 같았다. 그때 머릿속에서 굽이치는 파동과 귓속의 소음을 뚫고 어떤 여자의 외침 소리가 들려왔다. "하지만 그것들은 그렇게 새끼를 낳지!"

소번 가족들. 맞아, 그들도 그렇게 새끼를 낳지, 그녀는 죄다 둥글고 불그레한 얼굴들을 보면서 그 말을 따라 했다. 그녀를 압도한 어지러움 속에서 그 얼굴들은 두 배로 커지고 후광처럼 에워싼 금빛 안개 속에서 더욱 확대되어 보였다.

"그들은 그렇게 새끼를 낳지." 그러자 존이 고함을 질렀다.

"골치 아픈 것들! ……그것들을 쏴 버려! 큰 구두를 신고 짓밟아 버려! 그것들을 다루는 방법은 그것밖에 없어…… 토끼들!"

그 단어, 그 마술적인 단어에 그녀는 활기를 되찾았다. 국화꽃 사이로 살짝 훔쳐보니 어니스트의 코가 씰룩거리고 있었다. 코에 잔물결이 일더니 계속 씰룩거리며 퍼져 나갔다. 그러자 소번 가족에게 신비로운 재앙이 덮쳤다. 금색 식탁은 가시금작화가 만발한 습지가 되었다. 크고 불쾌한 목소리들은 하늘에서 울려 퍼지는 종달새의 긴 웃음소리가 되었다. 하늘은 푸르고 구름들이 천천히 지나갔다. 그리고 그들 모두, 소번 가족이 변해 버렸다. 그녀는 시아버지를 보았다. 염색한 수염에 수상쩍게 보이는 작은 남자였다. 그의 기이한 취미는 물건들, 가령 인장이나 에나멜 상자, 18세기의 화장대에서 나온 하찮은 물건들을 수집하는 것이었고 그런 것들을 아내 몰래 자기 서재 서랍에 숨겼다. 이제 그는 그의 본래의 모습 — 밀렵꾼으로 보였다. 코트가 불룩해지도록 꿩과 자고새를 코트 안에 숨기고 도망쳐서는 연기 자욱한 자신의 작은 오두막의 삼각 단지에 몰래 떨어뜨리는 밀렵꾼이었다. 그것이 진짜 시아버지, 밀렵꾼이었다. 그리고 결혼하지 않은 딸 실리아는 사람들이 숨기려는 사소한 것들, 다른 사람들의 비밀을 늘 냄새 맡고 다녔는데, 그녀는 분홍색 눈을 가진 흰담비였고, 지독하게 코를 땅속에 박고 쑤셔 대는 통에 코에는 흙이 잔뜩 엉겨 붙어 있었다. 남자들의 어깨에 매달린 그물 속에 처박혔다가 구덩이에 내던져진 가련한 인생 — 실리아의 인생이었다. 그것은 그녀의 잘못이 전혀 아니었다. 그녀는 실리아를 그렇게 보았다. 그런 다음에 그녀는 나리라는 별명이 붙은 시어머니를 보았다. 붉게 상기된 얼굴에 상스럽고 으스대는 인간 — 거기 서서 고맙다고 말할 때 그녀는 그저 그렇게 보였다. 그런데 지금 로절린드, 즉 래피노바가 시어머니를 보자 그 뒤에서 쇠락한 가족의 저택, 회반죽이 떨어져 나간 벽이 보였고, 이제는 존재하지 않는 세계에 대해 (그녀를 미워한) 자식들에게 고맙다고 말하는 흐느낌 섞인 목소리가 들렸다. 갑자기 침묵이 감돌았다. 그들 모두 술잔을 들고 일어섰고 모두 마셨다. 그러고는 파티가 끝났다.

"아, 래핀 왕!" 안개 속에서 집으로 돌아가면서 그녀가 큰 소리로 말했다. "당신의 코가 그 순간에 씰룩거리지 않았으면 나는 덫에 빠졌을 거예요!"

"하지만 당신은 안전해요." 래핀 왕이 그녀의 앞발을 누르며 말했다.

"물론 안전하죠." 그녀가 대답했다.

그래서 그들, 습지와 안개, 가시금작화 냄새를 풍기는 황야의 왕과 여왕은 파크를 달려 돌아갔다.

그렇게 시간이 흘렀다. 한 해, 두 해의 시간이. 그리고 우연히도 그 금혼식 파티의 기념일이었던 어느 겨울밤에 — 하지만 레지널드 소번 부인은 죽어서 그 집을 세놓아야 했고, 관리인 한 사람만 거주하고 있었다 — 어니스트가 퇴근하고 집에 돌아왔다. 그들은 작고 아늑한 집을 갖고 있었다. 사우스 켄싱턴에 있는 마구 제조상의 가게 위층에 있는 집으로 지하철역에서 멀지 않았다. 안개 낀 추운 날이었고, 로절린드는 난롯가에 앉아 바느질을 하고 있었다.

"오늘 내게 무슨 일이 있었는지 알아요?" 그가 앉아서 난롯불로 다리를 쭉 뻗자마자 그녀가 말을 꺼냈다. "내가 개울을 건너고 있는데……."

"무슨 개울 말이오?" 어니스트가 그녀의 말을 가로막았다.

"우리 숲이 검은 숲과 만나는 곳에 있는 개울 말이에요." 그녀가 설명했다.

어니스트는 한순간 완전히 멍한 표정을 지었다.

"대체 무슨 말을 하고 있는 거요?" 그가 물었다.

"아니 어니스트!" 그녀가 깜짝 놀라 소리쳤다. "래핀 왕," 그녀가 불빛에 작은 앞발을 늘어뜨린 채 덧붙였다. 그러나 그의 코는 씰룩거리지 않았다. 그녀의 손은 — 그것은 손으로 바뀌었다 — 잡고 있던 천을 움켜쥐었다. 눈이 머리에서 절반쯤 튀어나왔다. 그가 어니스트 소번에서 래핀 왕으로 바뀌는 데 적어도 오 분은 걸렸다. 기다리는 동안 그녀는 누군가 자기 목을 비틀려는 듯이 목덜미를 짓누르는 것을 느꼈다. 마침내 그가 래핀 왕으로 변했다. 그의 코가 씰룩거렸다. 그들은 평소처럼 숲속을 거닐면서 저녁을 보냈다.

그러나 그녀는 잠을 설쳤다. 한밤중에 뭔가 기이한 일이 자신에게 일어난 듯한 느낌에 깨어났다. 그녀의 몸은 뻣뻣하고 차가웠다. 마침내 그녀는 불을 켜고 옆에 누운 어니스트를 보았다. 그는 깊이 잠들어 있었다. 그는 코를 골았다. 그런데 코를 골아도 코가 전혀 움직이지 않았다. 한 번도 씰룩인 적이 없는 것처럼. 그가 정말 어니스트일 수 있을까? 그녀가 실제로 어니스트와 결혼했을 수 있을까? 시어머니의 식당이 환영처럼 눈앞에 떠올랐다. 그곳에 그들이, 자신과 어니스트가 늙은 모습으로 판화들 아래, 찬장 앞에 앉아 있었다……. 그들의 금혼식 날이었다. 그녀는 참을 수 없었다.

"래핀, 래핀 왕!" 그녀가 속삭였고, 한순간 그의 코가 저절로 씰룩거리는 것 같았다. 그러나 그는 여전히 자고 있었다. "일어나요, 래핀, 일어나요!" 그녀가 소리쳤다.

어니스트는 깨어났다. 바로 옆에 똑바로 앉아 있는 그녀를 보고 그가 물었다.

"무슨 일이오?"

"내 토끼가 죽은 줄 알았어요!" 그녀가 훌쩍이며 말했다. 어니스트는 화가 났다.

"그런 쓸데없는 얘기 하지 말아요, 로절린드," 그가 말했다. "누워서 다시 자요."

그는 몸을 돌렸다. 다음 순간 그는 깊이 잠들어 코를 골았다.

그러나 그녀는 잠을 이룰 수 없었다. 그녀는 자기 쪽 침대에 누워 산토끼처럼 웅크렸다. 불을 껐지만 가로등 불빛이 천장을 희미하게 비추었고 바깥의 나무들이 그 위에 레이스 같은 그물을 그려 놓아서 마치 천장에 어둑한 숲이 있는 것 같았다. 그 숲에서 그녀는 배회하면서 방향을 선회하고, 뚫고 나아가고, 들어갔다 나오고, 빙빙 돌고, 쫓고 쫓기고, 으르렁거리는 사냥개들과 나팔 소리를 들었다. 달아나고 도망치면서……. 마침내 하녀가 블라인드를 걷고 아침 차를 가져왔다.

다음 날 그녀는 어떤 일에도 마음을 붙일 수 없었다. 무언가를 잃은 것 같았다. 몸이 오그라든 느낌이었다. 몸이 작아지고 시커멓고 딱딱해졌다. 관절도 뻣뻣해진 것 같았다. 집 안을 돌아다니며 여러 차례 거울을 들여다보았는데, 번 빵에 박힌 건포도처럼 눈이 머리에서 튀어나온 것 같았다. 방들도 쪼그라든 것 같았다. 큰 가구들이 특이한 각도로 튀어나와서 그녀는 가구들에 부딪치곤 했다. 결국 그녀는 모자를 쓰고 밖으로 나왔다. 크롬웰 거리를 따라 걸었다. 그녀가 지나치며 들여다본 방들은 모두 식당 같았다. 두꺼운 노란색 레이스 커튼이 걸리고 마호가니 찬장이 있는 그곳에서 사람들은 강철 판화 밑에 앉아 음식을 먹고 있었다. 마침내 그녀는 자연사 박물관에 이르렀다. 어렸을 때 좋아하던 곳이었다.

그러나 들어갔을 때 제일 먼저 눈에 들어온 것은 가짜 눈 위에 서 있는 분홍색 유리 눈의 박제된 산토끼였다. 그것을 보자 왠지 온몸이 떨렸다. 땅거미가 지면 나아질지 모른다. 그녀는 집에 와서 불을 켜지 않고 난롯가에 앉아서 자신이 홀로 황야에 있다고 상상하려 했다. 시냇물이 세차게 흘렀고, 시냇물 너머에 어두운 숲이 있었다. 하지만 그녀는 시냇물 너머로 갈 수 없었다. 결국 그녀는 둑 위의 젖은 풀에 쪼그려 앉았다. 자기 의자에 웅크리고 앉아서 빈 양손을 늘어뜨렸고 눈은 불빛 속에서 유리 눈처럼 광택이 났다. 그때 날카로운 총소리가 들렸다······. 그녀는 총에 맞은 듯이 깜짝 놀랐다. 그것은 그저 어니스트가 문에 열쇠를 넣어 돌리는 소리였다. 그녀는 떨면서 기다렸다. 그는 들어와서 불을 켰다. 거기 헌칠하고 잘생긴 그가 추위로 빨개진 손을 비비고 있었다.

"어두운 데 앉아 있소?" 그가 말했다.

"아, 어니스트, 어니스트!" 그녀가 의자에서 벌떡 일어서며 소리쳤다.

"아니, 이제는 무슨 일이오?" 그가 손을 난롯불에 덥히면서 쾌활하게 물었다.

"래피노바 말이에요……." 그녀가 깜짝 놀란 큰 눈으로 그를 맹렬하게 바라보며 더듬거렸다. "그녀가 가 버렸어요, 어니스트. 그녀를 잃어버렸어요!"

어니스트는 이맛살을 찌푸렸다. 입술을 꼭 다물었다.

"아, 그게 문제로군, 그렇소?" 그가 아내를 보고 음산한 미소를 지으며 말했다. 십 초간 그는 거기 서서 아무 말도 하지 않았다. 그녀는 목덜미를 조이는 두 손을 느끼며 기다렸다.

"그래," 그가 마침내 말했다. "가엾은 래피노파……." 그가 벽난로 선반 위의 거울을 보며 넥타이를 바로 맸다. "덫에 걸려," 그가 말했다. "죽었소."

그러더니 앉아서 신문을 읽었다.

그렇게 그 결혼은 끝났다.

탐조등

그 18세기 백작의 대저택은 20세기에 클럽이 되었다. 기둥들이 늘어서고 샹들리에의 휘황한 빛이 비치는 큰 방에서 식사를 한 후 파크가 내려다보이는 발코니에 나오니 쾌적했다. 나무들의 잎이 무성했는데, 달이 나왔더라면 밤나무에 걸린 분홍색과 크림색의 꽃 모양도 볼 수 있었을 것이다. 그러나 달이 없는 밤이었고, 화창한 여름날의 낮이 저물었어도 아주 따뜻했다.

아이비메이 씨 부부 일행은 발코니에서 커피를 마시고 담배를 피우고 있었다. 그들이 이야기를 나누지 않아도 된다는 듯이, 그들이 전혀 애쓰지 않아도 즐거움을 주려는 듯이, 장대 같은 빛줄기들이 하늘을 가로지르며 빙빙 돌았다. 전시 상태가 아니었으므로, 공군이 하늘에서 적의 비행기를 찾는 훈련을 하는 중이었다. 어떤 의심스러운 지점을 찔러 보려고 멈춘 후에 그 광선은 풍차의 날개처럼 빙빙 돌았고, 다시 거대한 곤충의 더듬이처럼 선회하면서 여기서는 유령 같은 비석의 표면을 드러내고 저기서는 만발한 꽃들이 떠 있는 밤나무를 드러냈다. 그러다 갑자기 광선이 발코니를 곧바로 강타했고, 한순간 원반 모양이 눈부시게 빛났다. 아마 어느 부인의 핸드백에 있는 거울이었을 것이다.

"저거 보세요!" 아이비메이 부인이 경탄했다.

그 빛이 지나갔다. 그들은 다시 어둠에 잠겼다.

"저 빛으로 내가 무엇을 보게 되었는지 절대로 짐작 못 하실걸요." 그녀가 덧붙였다. 당연히 그들은 짐작했다.

"아뇨, 아니에요, 아니요." 그녀가 주장했다. "누구도 짐작할 수 없어요. 오로지 나만 알고 있거든요. 오로지 나만 알 수 있어요. 왜냐하면 내가 그분의 증손녀이니까. 그분이 그 이야기를 직접 들려주었어요. 무슨 이야기냐고요? 원한다면 들려드리죠. 카드 게임을 시작하기 전에 아직 시간이 남아 있으니까요."

"그런데 이야기를 어디서부터 시작해야 하나?" 그녀가 생각했다. "1820년? ……바로 그때쯤 내 증조부는 소년이었어요. 나 자신도 젊지는 않지만."

아니, 그녀는 체격이 아주 좋고 보기 좋은 얼굴이었다.

"내가 어렸을 때, 그러니까 그 이야기를 들려주실 때 증조부는 아주 나이가 많은 분이었어요. 숱이 많은 백발에 푸른 눈을 가진 아주 잘생긴 노인이었죠. 어렸을 때는 분명 아름다운 소년이었을 거예요. 하지만 기묘한 구석이 있었는데…… 그들이 어떻게 살았는지를 보면 그건 그저 당연했어요." 그녀가 설명했다.

"이름은 콤버였어요. 그들은 몰락했어요. 좋은 가문 출신이었고, 요크셔에 땅을 갖고 있었죠. 그런데 증조부가 어렸을 때 탑만 남았어요. 집은 들판 한가운데 서 있는 작은 농가에 지나지 않았죠. 우리도 십 년 전에 그 집을 가까이 가서 살펴보았는데, 차에서 내려 들판을 가로질러 걸어야 했어요. 집까지 가는 길이 없었거든요. 집은 달랑 혼자 서 있고 풀이 대문 높이까지 자라…… 닭들이 방들을 들락거리면서 사방에서 먹이를 쪼아 대고 있었죠. 모든 것이 황폐하고 파괴되어 있었어요. 그 탑에서 갑자기 돌이 떨어졌던 게 기억나는군요." 그녀가 멈추었다. "그곳에서 그들이 살았어요." 그녀가 말을 이었다.

"노인과 한 여자, 그리고 소년이. 여자는 그의 부인도 아니고 그 소년의 엄마도 아니었어요. 그저 농장 일을 거들던 소녀였는데, 노인이 아내가 죽자 함께 살려고 데려온 거였죠. 아무도 그곳을 찾아오지 않은 이유, 그곳이 완전히 황폐해진 또 다른 이유였어요. 그런데 문 위에 붙어 있던 문장과 책들, 곰팡이가 핀 고서들이 기억나요. 그가 아는 모든 건 책에서 독학으로 배운 거였어요. 옛 책들, 페이지마다 지도가 늘어져 있는 책들을 읽고 또 읽었다고 내게 말했어요. 그는 책들을 탑 꼭대기로 끌어올렸죠. 밧줄과 부서진 계단들이 아직 거기 남아 있었어요. 바닥이 떨어져 나간 창가에 아직 의자가 있고, 바람에 창문이 열리고 유리창은 깨져, 황야 너머로 몇 킬로미터나 이어지는 풍경을 볼 수 있었죠."

그녀는 마치 그 탑에 올라 바람에 열린 창문에서 내다보는 듯이 말을 멈추었다.

"그런데 우리는 그 망원경을 찾을 수 없었어요." 그녀가 말했다. 그들 뒤편의 식당에서 접시들이 달그락거리는 소리가 더 커졌다. 그러나 아이비메이 부인은 발코니에서 망원경을 찾을 수 없어 어리둥절해하는 것 같았다.

"망원경은 왜요?" 누군가 물었다.

"왜냐고요? 망원경이 없었다면," 그녀가 웃었다. "내가 지금 여기 앉아 있지 않을 테니까요."

그리고 분명히 그녀는 지금 거기 앉아 있었다. 균형이 잘 잡힌 중년 여성으로 어깨 너머에 뭔가 파란 것이 있었다.

"틀림없이 망원경은 거기 있었어요," 그녀가 다시 말을 이었다. "왜냐하면 노인들이 잠자리에 들 때 밤마다 창가에 앉아서 망원경으로 별들을 보았다고 그가 말해 주었거든요. 목성, 알데바란, 카시오페이아를요."

그녀는 나무들 너머로 보이기 시작한 별들에게 손을 흔들었다. 점점 어두워지고 있었다. 탐조등 불빛은 더 밝아 보였고, 하늘을 가로지르며 여기저기서 멈춰 별들을 응시했다.

"저기 있었어요, 별들이." 그녀가 말을 이었다. "그리고 그는, 내 증조부, 그 소년은 스스로에게 물었죠. '저것들은 뭐지? 왜 있지? 그리고 나는 누구지?' 말할 상대가 하나도 없이 홀로 앉아 별을 바라보는 사람이 흔히 그러듯이 말이죠."

그녀는 입을 다물었다. 그들은 어둠 속에서 등장하는 별들을 나무들 너머로 바라보았다. 별들은 영원히 존속할 것처럼,

전혀 변하지 않을 것처럼 보였다. 런던의 고함 소리가 가라앉았다. 100년의 세월이 아무것도 아닌 것 같았다. 그들은 그 소년이 자신들과 함께 별을 보고 있는 듯이 느꼈다. 그와 함께 탑에서 황야 너머로 별을 바라보고 있는 것 같았다.

그때 뒤쪽에서 어떤 목소리가 들려왔다.

"당신 말이 맞아요. 금요일."

그들은 모두 고개를 돌렸고, 자세를 바꾸었다. 다시 발코니에 떨어진 기분이었다.

"'당신 말이 맞아요, 금요일.' 아, 그런데 그에게 그 말을 해 줄 사람이 없었어요." 그녀가 중얼거렸다. 그 부부는 일어나서 가 버렸다.

"그는 혼자였어요." 그녀가 다시 말했다. "맑은 여름날이었어요. 6월의 어느 날이었죠. 모든 것이 열기 속에서 멈춰 버린 듯 완벽한 여름날이었어요. 닭들은 농장 마당에서 모이를 쪼아 댔고, 늙은 말은 마구간에서 발을 굴렸죠. 노인은 잔을 앞에 두고 졸고 있었어요. 그 여자는 부엌방에서 물통을 문질러 닦고 있었고요. 어쩌면 탑에서 돌멩이가 떨어졌을 거예요. 그날이 절대 끝나지 않을 것 같았죠. 그는 말을 걸 상대도, 해야 할 일도 전혀 없었어요. 온 세상이 그의 눈앞에 펼쳐져 있었어요. 완만한 기복을 이루는 황야, 황야와 맞닿은 하늘, 녹색과 푸른색, 녹색과 푸른색이 영원히, 영원히 이어졌죠."

어슴푸레한 빛 속에서 그들은 아이비메이 부인이 발코니에 기대어 턱을 두 손에 고인 채 마치 탑 꼭대기에서 황야를 내려다보는 듯이 서 있는 것을 볼 수 있었다.

"오로지 황야와 하늘, 황야와 하늘, 영원히 그리고 영원히." 그녀가 중얼거렸다.

그러더니 그녀는 무언가를 흔들어 제자리에 놓는 듯이 움직였다.

"그런데 망원경으로 보면 땅은 어떻게 보였을까요?" 그녀가 물었다.

그녀는 무언가를 빙빙 돌리는 듯이 손가락들을 재빨리 조금 움직였다.

"그는 초점을 맞추었어요." 그녀가 말했다. "땅에 초점을 맞추었어요. 지평선 위의 검은 숲에 초점을 맞추었어요. 자기 눈에 보이도록 초점을 맞추었죠……. 나무 하나하나…… 나무들 각각을……. 그리고 새들…… 오르내리는…… 그리고 한 줄기 연기…… 저기에…… 나무들 한가운데…… 그러고 나서…… 더 아래로…… 아래로……. (그녀는 눈을 내리깔았다.) ……집이 있었어요……. 나무들 사이에 있는 집…… 농가…… 벽돌이 하나하나 보였어요……. 그리고 문 양쪽의 큰 화분들…… 그 안에 분홍 꽃들과 푸른 꽃들이 피어 있고, 아마 수국이……." 그녀는 멈추었다……. "그때 소녀 하나가 집에서 나왔고…… 머리에 푸른 것을 쓰고…… 거기 서서…… 새들에게 먹이를 주고…… 비둘기들…… 새들이 그녀 주위에서 퍼덕거리고…… 그때…… 봐요 …… 한 남자…… 한 남자가! 모퉁이를 돌아왔어요. 그가 그녀를 두 팔로 꼭 안았어요! 그들은 키스를 했어요……. 그들이 키스했어요."

아이비메이 부인은 누군가에게 키스를 하는 듯이 두 팔을 벌렸다가 내렸다.

"남자가 여자에게 키스하는 것을 본 건 처음이었어요. 자기 망원경으로, 황야를 가로질러 몇 킬로미터 떨어진 곳에서!"

그녀는 무언가를 밀어냈다, 아마도 망원경을. 그녀는 꼿꼿이 앉았다.

"그래서 그는 계단을 뛰어 내려갔어요. 들판을 달려갔죠. 오솔길을, 큰길을, 숲속을 달려갔어요. 몇 킬로미터를 달리고 달렸고, 나무들 위로 별들이 나오기 시작할 때 그 집에 도착했어요……. 먼지에 뒤덮인 채 땀을 줄줄 흘리면서……."

그녀는 마치 그를 본 듯이 말을 멈추었다.

"그러고, 그러고 나서…… 그러고 나서 그가 무엇을 했어요? 뭐라고 말했나요? 그리고 그 소녀는……." 사람들이 그녀를 재촉했다.

누군가 망원경의 렌즈 초점을 그녀에게 맞춘 듯이 한 줄기 광선이 아이비메이 부인을 비추었다.(그것은 적군의 비행기를 찾는 공군이 쏜 빛이었다.) 그녀는 일어서 있었다. 머리에 푸른 것을 두르고 있었다. 그녀는 문간에 서 있는 듯이 어리둥절한 얼굴로 손을 들어 올렸다.

"아, 그 소녀…… 그녀는 나……." 그녀는 '나 자신'이라고 말하려는 듯이 망설였다. 하지만 정신을 차리고 말을 바로잡았다.

"그녀는 내 증조모였어요." 그녀가 말했다.

그녀는 망토를 찾으려고 몸을 돌렸다. 그것은 바로 뒤의 의자에 있었다.

"하지만 말해 줘요, 그 다른 남자, 모퉁이를 돌아온 남자는 어떻게 됐어요?" 그들이 물었다.

"그 남자? 아, 그 남자," 아이비메이 부인은 중얼거리며 고개를 숙이고 망토를 만지작거렸다. (탐조등은 발코니를 벗어났다.)

"아마 그는 사라졌을 거예요."

"빛은," 그녀가 자기 물건들을 그러모으며 덧붙였다. "그저 여기저기를 비추죠."

탐조등은 지나갔다. 그것은 이제 평평하고 널찍한 버킹엄 궁에 초점을 맞추었다. 이제 카드놀이를 하러 들어갈 시간이었다.

유산

"시시 밀러에게." 길버트 클랜던은 아내의 응접실 작은 탁자 위에 흩어져 있는 반지들과 브로치 사이에 있던 진주 브로치를 집어 올리며 메모를 읽었다. "시시 밀러에게, 사랑을 보내며." 비서였던 시시 밀러도 빼놓지 않다니, 앤절라다웠다. 하지만 아내가 모든 것을 그처럼 잘 정돈하고, 모든 벗들에게 작은 선물을 남긴 것은 참으로 이상한 일이라고 길버트 클랜던은 다시금 생각했다. 마치 자신의 죽음을 예상했다는 듯이. 그렇지만 육 주 전 그날 아침 집을 나섰을 때, 피커딜리가의 연석에서 내려서다가 차에 치여 죽었을 때, 그녀는 더할 나위 없이 건강했다.

그는 시시 밀러를 기다리는 중이었다. 그녀에게 와 달라고 요청했었다. 자기 가족과 오랜 시간을 같이 지내 왔으므로 그녀에게 이 정도의 배려는 보여야 한다고 생각했다. 그래, 앤절라가 모든 것을 그처럼 잘 정리하여 남긴 것은 참으로 이상한 일이라고, 그는 앉아서 기다리며 계속 생각했다. 모든 친구에게 작은 애정의 징표를 남겼던 것이다. 반지와 목걸이, 제각기 크기가 다른 상자들이 겹겹이 끼여 있는 작은 상자 한 벌 — 그녀는 그런 상자들을 좋아했다 — 마다 이름이 붙어 있었다. 그에게는 추억이 어린 물건들이었다. 이것은 그가 아내에게 준 것이었다. 이것 — 루비 눈이 박힌 에나멜 돌고래 — 은 그녀가 어느 날 베네치아의 뒷골목에서 별안간 달려 들어 손에 넣은 것이었다. 그녀가 기뻐하며 작게 지르던 탄성을 그는 기억할 수 있었다. 물론 그에게는 그녀가 특별히 남긴 물건이 없었다. 일기를 남긴 것이 아니라면. 녹색 가죽으로 제본된 열다섯 권의 작은 일기장이 뒷전에 있는 그녀의 책상에 놓여 있었다. 결혼한 후 아내는 늘 일기를 써 왔다. 언쟁이라고까지는 할 수 없어도 어쩌다 그들이 사소한 말다툼을 벌인 것도 이 일기장과 관련된 경우가 있었다. 일기를 쓰고 있을 때 그가 들어오면 아내는 늘 일기장을 닫거나 그 위에 손을 올려놓았다.

"아니, 안 돼요, 안 돼." 그녀는 이렇게 말하곤 했다. "내가 죽은 후에, 어쩌면."

그러니 그 일기장은 그에게 남긴 셈이었다. 유산으로. 그녀가 살아 있을 때 그와 공유하지 않은 것은 그것뿐이었다. 하지만 그는 아내가 당연히 자기보다 오래 살 거라고 생각했다. 그녀가 한순간 걸음을 멈추고 자기가 무엇을 하고 있는지 돌아보았더라면 지금도 살아 있을 텐데. 그러나 그녀는 연석에서 곧바로 내려섰다고, 사고를 낸 차의 운전자가 조사를 받으며 말했다. 그에게 차를 멈출 기회를 주지 않았다는 것이었다……. 현관에서 들리는 목소리에 이런 생각이 중단되었다.

"밀러 양이 오셨어요." 하녀가 말했다.

그녀가 들어왔다. 그는 지금껏 혼자서 밀러 양을 본 적이 없었고, 당연히 그녀가 눈물을 흘리는 것도 본 적이 없었다. 그녀는 몹시 슬퍼하고 있었는데 그것은 놀랍지 않은 일이었다. 앤절라는 그녀에게 고용주 이상의 존재였다. 좋은 친구였던 것이다. 그는 의자를 밀어 주고 앉으라고 말하며, 자신에게 밀러 양은 그녀와 같은 부류의 여자들과 전혀 다르지 않은 사람이었다고 생각했다. 시시 밀러처럼 검은 옷차림에 작은 서류 가방을 들고 다니는 생기 없고 자그마한 여자들은 수천 명이나 있었다. 그러나 앤절라는 놀라운 공감력으로 시시 밀러에게서 온갖 훌륭한 자질을 찾아냈다. 시시는 사려 깊고, 너무나 조용하고, 너무나 믿음직해서, 그녀에게 무슨 이야기든 할 수 있다는 그런 말을 했었다.

밀러 양은 처음에 아무 말도 하지 못했다. 가만히 앉아서 손수건으로 눈을 살짝 눌렀다. 그러더니 애써 입을 열었다.

"죄송해요, 클랜던 씨." 그녀가 말했다.

그는 나지막이 중얼거렸다. 물론 그는 이해했다. 지극히 당연한 말이었다. 아내가 그녀에게 어떤 존재였는지 그는 짐작할 수 있었다.

"저는 여기서 무척 행복했어요."

그녀가 돌아보며 말했다. 그녀의 눈길은 그의 뒤쪽에 있는 책상에 머물렀다. 여기서 그녀는 앤절라와 함께 일했다. 앤절라에게는 유망한 정치인의 아내가 으레 감당해야 하는 자기 몫의 일거리가 있었다. 그가 경력을 쌓아 가는 데 그녀는 더할 나위 없이 큰 도움을 주었다. 그녀와 시시가 저 책상에 앉아 그녀가 편지를 구술하면 시시가 타자기에 받아 치는 것을 그는 종종 보았다. 틀림없이 밀러 양도 그것을 생각하고 있을 터였다. 이제 그가 할 일은 아내가 남긴 브로치를 그녀에게 건네주는 것이었다. 그 선물은 조금 부적절해 보였다. 얼마간의 돈이나 차라리 타자기를 남기는 편이 나았을 텐데. 그러나 "시시에게, 사랑을 보내며."라며 브로치가 거기 놓여 있었다. 그래서 그는 브로치를 집어 밀러 양에게 주면서 준비했던 말을 간략하게 했다. 그녀가 그 선물을 소중하게 여길 것을 알고 있다고 말했다. 아내가 종종 착용하던 브로치였으니까. 그러자 그것을 받으면서 그녀 또한 할 말을 준비한 듯 보물처럼 간직하겠다고 대답했다……. 진주 브로치를 달아도 어색하게 보이지 않을 다른 옷들이 그녀에게 있을 거라고 그는 생각했다. 그녀는 그녀와 같은 직장 여성들이 제복처럼 입는 보잘것없는 검은색 코트와 스커트 차림이었다. 그러다가 그는 불현듯 기억을 떠올렸다. 그래, 그녀는, 물론, 상중이었다. 그녀도 비극적인 사건을 겪었다. 그녀가 무척 좋아한 오라비가 앤절라보다 딱 한두 주일 전에 죽었다. 어떤 사고였더라? 그가 기억하는 것은 그 이야기를 전하던 앤절라뿐이었다. 놀라운 공감력을 지닌 앤절라는 그 사건으로 몹시 상심했었다. 이제 시시 밀러가

자리에서 일어나 장갑을 끼고 있었다. 그를 방해해서는 안 된다고 느낀 게 분명했다. 하지만 그는 그녀의 장래에 대해 뭔가 묻지 않고는 그녀를 보낼 수 없었다. 앞으로 어떻게 할 계획이오? 내가 도울 방법이 있겠소?

그녀는 책상을 응시했다. 그녀가 늘 앉아서 타자기를 치던 곳에 지금은 일기장이 놓여 있었다. 앤절라에 대한 회상에 빠져 있었기에 그녀는 도와주겠다는 그의 제안에 즉시 대답하지 않았다. 한순간 그의 말을 이해하지 못한 것 같았다. 그래서 그가 다시 말했다.

"앞으로 어떻게 할 계획이오, 밀러 양?"

"제 계획이요? 아, 괜찮습니다, 클랜던 씨." 그녀가 크게 대답했다. "저에 대해 신경 쓰지 마세요."

그는 그 말을 경제적인 도움이 필요하지 않다는 뜻으로 이해했다. 그런 종류의 제안은 편지로 하는 편이 더 나을 거라고 생각했다. 지금 그가 할 수 있는 일은 그녀의 손을 꼭 쥐고 말하는 것뿐이었다.

"밀러 양, 혹시 내가 도울 방법이 있다면 내가 기쁘게 여기리라는 것을 기억해 줘요……."

그러고 나서 그는 문을 열었다. 잠시 문지방 위에서 불현듯 어떤 생각이 떠오른 듯이 그녀가 걸음을 멈췄다.

"클랜던 씨."

그녀가 처음으로 그의 눈을 똑바로 들여다보며 말했다. 공감을 담았으면서도 뭔가 살피려는 눈빛에 그는 처음으로 쌈싹 놀랐다.

"언제라도 제가 도와드릴 일이 있다면, 부인을 위해서 기꺼이 해 드리리라는 걸 기억해 주세요."

이렇게 말하고 그녀는 떠났다. 그 말과 그 말을 할 때의 표정은 전혀 예상 밖이었다. 그가 언젠가 그녀를 필요로 할 것이라고 믿고 있거나 그러기를 바라는 것 같았다. 다시 의자로 돌아가던 그의 머리에 희한한, 어쩌면 터무니없는 생각이 떠올랐다. 그가 그녀를 거의 주목하지 않았던 그 긴 세월 동안 그녀는, 소설가들이 말하듯, 그에 대한 열정을 품어 왔던 것일까? 그는 지나가면서 거울에 비친 자신의 모습을 흘끗 보았다. 그는 쉰 살이 넘은 나이였다. 하지만 거울이 보여 주듯이 그는 아직도 매우 준수한 외모의 남자라는 것을 인정하지 않을 수 없었다.

"가엾은 시시 밀러!"

그는 반쯤 웃으며 말했다. 이 농담을 아내와 나눌 수 있다면 얼마나 좋을까! 그는 본능적으로 그녀의 일기로 눈을 돌렸다.

"길버트는," 그는 아무 데나 펼쳐서 읽었다. "너무 멋지게 보였다……."

마치 그녀가 그의 질문에 답한 것 같았다. '당신은 여자들에게 아주 매력적이에요.'라고. 물론 시시 밀러도 그렇게 느꼈을 것이다. 그는 계속 읽어 나갔다.

"그의 아내가 되어 너무 자랑스럽다!" 그도 그녀의 남편인 것이 늘 자랑스러웠다. 밖에서 외식을 하다가 식탁 너머로 그녀를 바라보며 '내 아내가 여기서 가장 사랑스러운 여자야!'라고 생각한 적이 얼마나 많았던가. 그는 계속 읽었다. 그가 처음 국회 의원이 된 해였다. 그는 아내와 함께 지역구를 돌았다.

"길버트가 자리에 앉을 때 어마어마한 박수갈채가 쏟아졌다. 청중이 모두 일어서서 한목소리로 '그는 정말 좋은 사람'이라고 외쳤다. 나는 완전히 압도되고 말았다."

그도 그날을 기억했다. 그녀는 단상에서 그의 옆에 앉아 있었다. 그녀가 그를 바라보던 눈빛과 그 눈에 어린 눈물이 지금도 생생하게 기억났다. 그는 몇 페이지를 넘겼다. 그들은 베네치아에 갔다. 선거가 끝난 후의 그 행복했던 휴가가 떠올랐다.

"우리는 플로리안 카페에서 아이스크림을 먹었다."

그는 미소를 지었다. 그녀는 아직도 너무나 어린아이 같았고, 아이스크림을 좋아했다.

"길버트는 베네치아의 역사를 아주 흥미롭게 들려주었다. 그가 말한 바로는 그 총독은……."

그녀는 여학생 같은 필체로 온갖 일을 시시콜콜히 써 내려갔다. 앤절라와 여행할 때 느꼈던 즐거움 중 하나는 그녀가 무언가를 아주 열심히 배우려 한다는 점이었다. 그녀는 자신이 몹시 무식하다고 말하곤 했다. 그것이 그녀의 한 가지 매력이 아니란 듯이. 그리고 나서 — 그는 다음 일기장을 펼쳤다 — 그들은 런던에 돌아왔다.

"나는 좋은 인상을 주려고 안절부절못했다. 그래서 내 웨딩드레스를 꺼내 입었다."

그녀가 늙은 에드워드 경 옆에 앉아서 그 무시무시한 노인의 마음을 사로잡았던 일이 생생히 떠올랐다. 그는 재빨리 읽어 나가며 그녀가 기술한 단편적인 조각들에 여러 장면들을 하나씩 채워 나갔다.

"하원에서 식사했다……. 러브그러브가에서 열린 이브닝 파티에 참석했다. 길버트의 아내로서 내 의무를 알고 있느냐고 레이디 L이 물었다."

그다음에, 세월이 흐르면서 ─ 그는 책상에서 다른 일기장을 집어 들었다 ─ 그는 점점 더 자기 일에 몰두하게 되었다. 그래서 그녀는, 당연히, 혼자 지내는 시간이 더 많아졌다.

"길버트에게 아들이 있으면 얼마나 좋았을까!"

어느 일기에는 이렇게 적혀 있었다. 희한하게도 그 자신은 그 점을 유감스럽게 생각한 적이 단 한 번도 없었다. 일상생활을 있는 그대로 해 나가는 것만으로도 너무 바쁘고 흥미진진한 날들이었다. 그해에 그는 정부에서 그리 중요하지 않은 직책에 임명되었다. 사소한 직책이었지만 그녀는 이렇게 언급했다.

"이제는 길버트가 수상이 될 거라고 완전히 믿는다!"

글쎄, 상황이 다르게 풀렸더라면 그럴 수도 있었겠지. 그는 잠시 멈추고 어떤 일이 일어날 수 있었을지 생각해 보았다. 정치는 도박과 같다고 생각했다. 하지만 그 게임은 아직 끝나지 않았다. 쉰 살에 끝날 수는 없다. 그는 재빨리 여러 페이지를 훑어보았다. 그녀의 삶을 이루는 작고 하찮은 일들, 무의미하고 행복한 매일매일의 사소한 사연들이 가득 찬 일기였다.

그는 또 다른 일기장을 집어 아무 곳이나 펼쳤다.

"내가 얼마나 겁쟁이인지! 또다시 기회를 놓쳤으니. 그러나 가뜩이나 생각할 거리가 많은 남편에게 내 문제로 성가시게 하는 건 너무 이기적인 것 같다. 그런데 우리가 저녁 시간에 단둘이 지내는 날이 너무 드물다."

이 말은 무슨 뜻일까? 아, 여기 그 설명이 있다. 그녀가 이스트 엔드에서 하려던 일에 관한 얘기였다.

"용기를 내서 마침내 길버트에게 얘기했다. 그는 아주 친절하고 호의적이었다. 전혀 반대하지 않았다."

그는 그 대화를 떠올렸다. 그녀는 자신이 너무 나태하고, 너무 쓸모없는 존재로 느껴진다고 했다. 자신의 일을 갖고 싶다는 것이었다. 다른 사람들을 돕기 위해 무언가를 하고 싶다. 바로 저 의자에 앉아 이 말을 하면서 아주 귀엽게 얼굴을 붉혔던 게 기억났다. 그는 가벼운 농담을 건넸다. 나를 돌봐 주고 가정을 꾸리는 것만으로도 할 일이 충분하지 않소? 그렇지만 당신이 즐겁다면 물론 반대하지 않겠소. 무슨 일이라고? 어느 구역에서? 어떤 위원회라고? 다만 당신이 아프지 않겠다고 약속해야 해요. 이렇게 되어 수요일마다 그녀는 화이트채플에 가는 것 같았다. 그때마다 그녀가 입었던 옷이 몹시 마음에 들지 않았던 기억이 났다. 하지만 그녀는 그 일을 아주 진지하게 받아들이는 듯했다. 이런 언급이 일기에 즐비했다.

"존스 부인을 만났다······. 자녀가 열 명이었다······. 부인의 남편은 사고로 팔을 잃었다······. 릴리가 직업을 구하도록 최선을 다해 도왔다."

그는 건너뛰며 읽었다. 자신의 이름은 예전처럼 자주 등장하지 않았다. 그의 흥미도 줄어들었다. 거기 적힌 몇 가지는 전혀 이해되지 않았다. 가령 이런 문장이 있었다.

"사회주의에 관해 B. M.과 격한 논쟁을 벌였다."

B. M.이 누구일까? 그 첫 글자들의 나머지를 채워 넣을 수 없었다. 아내가 어느 위원회에서 만난 여자일 것 같았다.

"B. M.은 상류층을 맹렬하게 공격했다……. 그 회의가 끝난 후에 B. M.과 돌아왔고 그를 설득하려고 애썼다. 그러나 그는 무척 편협하다."

그렇다면 B. M.은 남자이고, 스스로를 지식인으로 여기는, 앤절라가 말했듯이, 아주 맹렬한 사람임이 분명했다. 그녀가 그 남자에게 자기를 만나러 오라고 초대했던 모양이다.

"B. M.이 정찬에 왔고, 미니와 악수했다!"

이 느낌표 때문에 그가 마음속으로 그렸던 이미지는 또다시 일그러졌다. B. M.은 하녀를 많이 접해 보지 않은 인물 같았다. 미니와 악수를 나눈 걸 보면. 아마도 그는 숙녀들의 응접실에서 자기 견해를 토로하는, 대단치 않은 노동자일 것이다. 길버트는 그런 유형을 알고 있었고, 이 B. M.이 누구든 간에 이 특정한 인물에 대해 호감을 느끼지 않았다. 여기 또다시 그가 등장했다.

"B. M.과 런던탑에 갔다……. 그는 혁명이 반드시 일어날 거라고 말했다……. 우리가 바보들의 천국에 살고 있다고 했다."

이거야말로 B. M.이 할 법한 말이었다. 길버트는 그의 말을 생생히 들을 수 있었다. 또한 그의 모습을 또렷하게 떠올릴 수 있었다. 거친 턱수염에 붉은 넥타이를 매고, 그런 사람들이 늘 그렇듯 트위드 재킷을 입은 작고 땅딸막한 남자, 평생 정직한 일이라고는 한 번도 해 본 적 없는 남자일 것이다. 앤절라에게도 그런 남자를 꿰뚫어 볼 수 있는 분별력이 분명 있었겠지? 그는 계속 읽었다.

"B. M.은 —에 대해 매우 불쾌한 말을 했다."

그 이름은 조심스럽게 지워져 있었다.

"—에 대한 비난은 더 이상 듣지 않겠다고 그에게 말했다."

또다시 이름이 지워져 있었다. 그것이 자신의 이름이었을까? 그 때문에 앤절라는 자신이 방에 들어서면 재빨리 일기장을 덮었던 것일까? 이런 생각이 들자 B. M.에 대한 혐오감이 더욱 커졌다. 바로 이 방에서 주제넘게 자신에 대해 떠들어 댄 것이다. 앤절라는 왜 그 인간에 대해 말하지 않았을까? 무엇이든 숨기는 것은 그녀답지 않았다. 그녀는 속속들이 솔직한 영혼이었다. 그는 페이지를 넘기며 B. M.에 대한 언급을 찾아냈다.

"B. M.이 어린 시절 이야기를 들려주었다. 그의 모친은 청소일을 하러 다녔다……. 그 생각을 하면 내가 이처럼 사치스럽게 살아가는 것을 견딜 수 없다……. 모자 하나에 3기니나 쓰다니!"

아내가 스스로 이해하기에는 너무나 어려운 문제들을 놓고 안쓰럽게 그 작은 머리를 쥐어짜지 말고 자신에게 상의했더라면! 그 남자는 아내에게 책도 빌려주었다. 『카를 마르크스』. 『다가오는 혁명』. 이름의 첫 글자 B. M., B. M., B. M.이 거듭거듭 등장했다 그런데 왜 이름을 온전히 다 쓰지 않았을까? 첫 글자만 쓴 것은 허물없고 친밀하다는 느낌을 주었고 그것은 앤절라답지 않았다. 그녀는 그를 직접 대면할 때도 B. M.이라고 불렀을까? 그는 계속 읽어 나갔다.

"뜻밖에 B. M.이 저녁 식사 후에 찾아왔다. 다행히도 난 혼자 있었다."

바로 일 년 전이었다. '다행히도'라니. 왜 다행일까?

"난 혼자 있었다."

그날 밤에 그는 어디 있었을까? 그는 자신의 약속 메모용 수첩에서 그 날짜를 찾아보았다. 런던 시장 공관에서 정찬 모임을 한 날이었다. 그런데 B. M.과 앤절라는 저녁 시간을 단둘이 보낸 것이다. 그는 그날 밤을 기억해 보려고 애썼다. 자신이 돌아왔을 때 그녀가 기다리고 있었던가? 방이 평소와 똑같았던가? 탁자 위에 술잔들이 있었던가? 의자들이 가까이 끌어당겨져 있었던가? 아무것도 기억나지 않았다. 시장 공관에서 자신이 했던 말 외에는 아무것도 생각나지 않았다. 그 상황이 그로서는 점점 더 이해되지 않았다. 아내가 알지 못하는 남자를 홀로 집 안에 들이다니. 다음 일기장에서 설명이 나올지 모른다. 조급히 그는 마지막 일기장을 집어 들었다. 아내가 죽었을 때 끝내지 않고 남겨 둔 일기장이었다. 거기, 바로 첫 장에 그 지긋지긋한 인간의 이름이 다시 적혀 있었다.

"B. M.과 단둘이 식사했다……. 그는 무척 흥분해 있었다. 우리가 서로를 이해할 때가 되었다고 말했다……. 나는 그가 내 말을 듣게 하려고 애썼다. 하지만 그는 들으려 하지 않았다. 그는 위협했다. 만일 내가 ― 하지 않으면……."

그 페이지의 나머지 부분엔 글자가 덧씌워져 있었다. 그녀가 그 페이지 전체에 '이집트, 이집트, 이집트'를 써 놓았던 것이다. 그는 한 단어도 알아볼 수 없었지만, 가능한 해석은 하나뿐이었다. 그 불한당이 그녀에게 정부가 되어 달라고 요구한 것이다. 자신의 방에서 단둘이! 길버트 클랜던의 얼굴에 피가 끓어올랐다. 그는 급히 페이지를 넘겼다 그녀는 뭐라고 대답했을까? 이름의 첫 글자만 쓰던 것도 중단되었다. 이제는 간단히 '그'였다.

"그가 다시 왔다. 나는 어떤 결정도 내릴 수 없다고 말했다……. 나를 내버려두라고 그에게 간청했다."

바로 이 집에서 그 작자가 그녀에게 강요했던 것이다. 그런데 왜 아내는 자신에게 말하지 않았을까? 어떻게 한순간이라도 망설일 수 있었을까? 그다음에 이런 문장이 나왔다.

"그에게 편지를 보냈다."

그다음에는 몇 페이지가 비어 있었다. 그러고 나서 이런 문장이 나왔다.

"내 편지에 답장이 없다."

그러고 나서 몇 페이지가 비어 있고 그런 다음에 이렇게 적혀 있었다.

"그가 협박하던 것을 실행했다."

그다음에……. 그다음에 무슨 일이 있었나? 그는 거듭거듭 페이지를 넘겼다. 모두 비어 있었다. 그러나 거기, 그녀가 죽기 바로 전날에, 이렇게 적혀 있었다.

"나도 그렇게 할 용기가 있을까?"

그것이 끝이었다.

일기장이 길버트 클랜던의 손에서 바닥으로 굴러떨어졌다.

그는 바로 눈앞에서 그녀를 그려 볼 수 있었다. 그녀가 피커 딜리가의 연석 위에 서 있었다. 눈을 동그랗게 뜨고 응시했고, 주먹을 꼭 쥐고 있었다. 여기 차가 왔다…….

그는 참을 수 없었다. 진실을 알아야 했다. 그는 성큼성큼 전화기로 걸어갔다.

"밀러 양!"

아무 말도 들리지 않았다. 그러다가 방에서 누군가 움직이는 소리가 들렸다.

"시시 밀러입니다."

그녀의 목소리가 마침내 대답했다.

"B. M.이 누구요?"

그가 고함을 질렀다.

그녀의 벽난로 위에서 재깍거리는 값싼 시계 소리가 들렸고, 긴 한숨 소리가 들렸다. 그러고 나서 마침내 그녀가 대답했다.

"제 오라버니예요."

그는 바로 그녀의 오라비, 자살했다는 오라비였다.

"제가 설명해 드릴 일이 있을까요?" 시시 밀러가 묻는 소리가 들렸다.

"없소!" 그는 소리쳤다. "전혀!"

그는 유산을 받았다. 아내가 진실을 말해 준 것이다. 그녀는 연인과 다시 결합하려고 연석에서 발을 내디뎠다. 그녀는 그에게서 벗어나려고 연석에서 발을 내디딘 것이다.

작품 해설

상상력의 자유로운 유희와 실험

20세기 초의 뛰어난 비평가이자 혁신적인 작가인 버지니아 울프(1882~1941)는 에세이 「베넷 씨와 브라운 부인」(1924)에서 "1910년 12월 혹은 그즈음에 인간의 본성이 달라졌다."라는 유명한 말을 남겼다. 일면 과장되고 장난기 어린 이 발언은 말 그대로 인간성에 대한 진술이라기보다는 현대 문명의 사회적, 문화적 변화 속에서 인간이 자신과 세계 및 인간관계를 인식하는 방식의 변화를 가리킨다고 볼 수 있다. 이른바 모더니즘 문학과 미술은 이처럼 변화된 의식을 담기 위해 전통적인 양식에 도전하고 새로운 시각으로 경험을 포착하려는 노력의 소산이었다.

이러한 의식의 변화는 기존의 가치관이나 세계관, 종교관이 붕괴된 현대 사회에서 인간 존재와 리얼리티(실체 또는 실재)의 의미를 찾으려는 시도로 이어진다. 울프에게 삶의 리얼리티란 고정된 실체가 아니고, 일상적인 사건에서 순간적으로 의식에 각인되어 진실이나 의미를 깨닫게 하는 경험을 뜻한다. 울프가 종종 사용한 '존재의 순간'이라는 표현은 제임스 조이스의 에피파니(epiphany, 어떤 사물의 의미나 본질을 직관적으로 통찰하는 순간)와 마찬가지로 리얼리티를 포착하여 숨겨진 의미를 직감하는 강렬한 순간을 뜻한다. 울프는 작품에서 그러한 순간을 포착하고자 했으며, 이런 의미에서 그녀의 단편들은 제각기 존재의 순간을 그려 냈다고 말할 수 있다.

울프가 '당대의 가장 발랄한 상상력과 섬세한 문체'를 지닌 작가라는 평판을 얻었던 것은 초기에 발표된 단편 소설을 통해서였다. 울프는 1917년부터 1925년 사이에 장편 소설 세 편과 에세이집 한 권, 많은 평론을 발표했을 뿐만 아니라 스물다섯 편의 단편과 스케치를 썼다. 대단히 생산적인 이 시기에 그녀의 단편 소설들은 서술 기법을 실험한 시험대였고, 그 기법들은 장편 소설에서 더욱 정교하게 발전되었다. 울프 생전에 발간된 유일한 단편집 『월요일 또는 화요일』(1921)에 실린 작품들과 『댈러웨이 부인』 전후에 쓰인 단편들은 울프가 자신만의 독특한 서사적 목소리를 발견하고 있음을 보여 준다.

초기 단편 소설(1917~1921)

『월요일 또는 화요일』에 실린 단편 여덟 편은 울프의 초기 서사적 실험을 단적으로 보여 준다. 울프는 의식과 시간의 끊임없는 흐름과 복잡 미묘하게 변화하는 인간 심리에 천착하며 감각이나 감정, 생각, 의식을 담아 낼 새로운 언어와 형식을 개발했다.

모더니즘 소설 기법을 전형적으로 보여 주는 대표적 작품 「벽 위의 자국」(1917)에서 울프는 처음으로 '자유 연상'에 따른 '의식의 흐름'을 그려 내는 서술 양식을 시도했다. 이 단편이 울프에게 창조적 돌파구가 되었음은 "나는 「벽 위의 자국」을 쓴 날을 결코 잊지 못할 겁니다 — 몇 달간 침체되어 있다가 마치 날아가듯이 전부 삽시간에."라는 말로 밝힌 바 있다. 이 단편은 이후 울프의 작품에 중요한 주제로 등장할 삶의 우연성이라든지 남성의 권위적 세계와 사회 계층의 문제, 휘터커 연감 같은 사회적 표준이나 규범의 문제, 소설에서 리얼리티를 제시하는 문제 등을 제기한다는 점에서 흥미롭다.

「큐 식물원」에서 울프는 산책하는 사람들과 꽃밭의 식물 및 달팽이를 대조적으로 묘사하면서 여름날의 풍경화를 그려 내고, 대기와 빛과 그림자, 색깔의 섬세한 묘사를 통해 인상주의적 화폭을 만들어 낸다. 여기 한가로이 거니는 네 커플 중에서 처음 등장하는 사이먼은 아내 엘리너와 일부러 거리를 유지하고 걸으면서 십오 년 전 다른 여성에게 청혼했던 날을 떠올린다. 그는 아내에게 과거에 사랑했던 여자 이야기를 하면서 자기기만과 자기 중심성을 드러낸다. 이에 반해 엘리너는 과거에 어떤 노부인에게 받았던 키스를 떠올린다. 이 커플이 드러내는 소통의 부재, 부조화와 거리감은 식물원을 거니는 나른 커플들에게서도 반복되며 일종의 패턴을 이룬다. 화자의 시점이

지표면과 공중을 오가며 전체적 구도를 형성한다는 점에서 이 작품은 「과수원에서」의 다양한 시점의 실험을 연상시킨다.

「단단한 물체」는 비교적 전통적인 서술 방식으로 강박적 편집증을 그려 낸 흥미로운 이야기이다. 바닷가 모래사장에서 유리 조각을 파낸 존은 모양과 색깔이 흥미로운 유리 조각을 수집하며 서서히 편집증에 빠져들고 현실 세계와 멀어지게 된다. 한낱 유리 조각이나 쇳조각에 불과한 것에 특별한 가치를 부여하고 매료되는 과정은 인간이 외적 사물에 어떤 속성이나 염원을 투사하며 그것에 심리적으로 지배되는 과정을 상징적으로 암시한다.

「쓰지 않은 소설」은 상상력의 자유로운 유희를 즐기는 울프를 보여 주는 듯하다. 여기서 화자는 「사냥꾼들」과 에세이 「베넷 씨와 브라운 부인」에서와 마찬가지로 열차 안에서 마주친 인물을 소재로 상상의 나래를 펼쳐 간다. 화자는 인물에 대해 의혹을 제기하거나 질문을 던지면서 자기 나름의 추측으로 이야기를 발전시키다가 잘못된 해석이라고 배척하기도 한다. 이 단편을 발표한 후 울프는 "내게 축적된 모든 경험을 어떻게 적합한 형태로 형상화할 수 있는지"를 발견했다고 썼고, 이 실험적인 초기 소설은 일상적인 관찰을 바탕으로 픽션을 구성하는 소설가의 마음을 일견할 수 있게 해 준다.

아주 짧은 단편 「유령의 집」에서 울프는 유령 이야기 장르의 관습을 전도한다. 유령들이 찾으려는 보물이 "가슴속의 빛"인지를 묻는 마지막 문장은 신선한 충격을 가하며 의미심장한 여운을 남긴다.

「어떤 모임」에서 울프는 종래 소설에서 다루지 않았던 여성들의 교류와 관계를 그리며 남성의 지적 우월성을 풍자한다. 울프는 소설가 아널드 베넷이 당시 신문에 발표한 여성의 지적 열등성에 대한 글에 강력한 반발로 여성에 관한 논문을 구상하고 있다고 1920년 9월 일기에 썼다. 논문은 나오지 않았지만 이 단편은 베넷의 주장에 대한 반응의 일환으로 볼 수 있다.

울프는 자신의 단편 소설에 대해 "거칠게 분출된 자유, 불분명하고 우스꽝스럽고 인쇄에 부적절한 소리의 외침에 불과하다."라고 말한 적이 있는데, 두 쪽도 안 되는 짧은 단편 「월요일 또는 화요일」과 「푸른색과 초록색」은 특히 그런 성격을 드러낸다. 유리 조각의 초록색은 자유로운 연상에 의해 열대 우림과 사막, 대양을 지나 밤이 되면서 푸른색으로 나아간다. 다양한 이미지들이 충돌하고 겹치면서 의미와 연상이 쌓이는 시적 산문이 만들어진다.

「현악 사중주」에서 울프는 음악이 미치는 감정적 영향을 시적 언어와 인상주의적 이미지로 표현한다. 연주회가 시작되기 전에 사교적 대화를 나누면서 불안한 내부 독백이 이어지지만 연주가 시작되자 분위기가 바뀌고 음악에 영감을 받은 이미지들과 정교한 이야기들이 솟아오른다. 산문은 음악의 상태에 이를 수 없다고 하지만, 여기서 울프는 음악에 감응하여 그 상태로 나아가려는 마음의 능력을 보여 준다.

「밖에서 본 여자 대학교」는 여성의 자립과 계층의 문제를 제기한다. 앤절라는 주위의 여학생들과 달리 경제적으로 자립해야 하는 처지이지만 여성에게 선택권이 거의 없는 가부장적 사회에 살고 있음을 예리하게 의식하며 중압감을 느낀다. 하지만 규칙이나 시간표, 훈육을 상징하는 대학교 기숙사에서 한밤중에 터져 나오는 여학생들의 웃음소리, 앨리스의 고향집 방문 약속과 키스, 가벼운 애무에서 앤절라가 느끼는 기쁨과 흥분은 새로운 가능성의 세계를 암시한다. "무수한 시대의 어두운 격동을 거친 후 여기 터널의 끝에 빛이, 생명이, 세계가 있다."라는 직관적 깨달음은 이 시적인 단편에 상징적인 여운을 더해 준다.

「과수원에서」는 "미란다는 과수원에서 자고 있었다."라는 동일한 문장으로 시작하지만 이미지와 모티프, 관점이 각각 다른 세 부분으로 이루어져 있다. 첫 부분의 지배적인 모티프는 소리이고, 구구단을 외우는 아이들의 목소리와 교회의 오르간 소리, 산후의 감사 예배를 드리는 교회의 종소리, 교회 탑의 바람개비 소리 등이 수직적 층위에 따라 들려온다. 두 번째 부분은 미란다의 내적 독백과 상상에 초점을 맞추고 있다. 세 번째 부분은 미란다를 둘러싼 자연 세계, 과수원의 사과나무와 새 들을 묘사한다. 동일한 풍경을 여러 관점에서 조망하는 이 실험적 단편은 이른바 문학적 큐비즘(입체주의)을 시도한 것이라고 볼 수도 있고, 또한 순식간에 사라지는 소리와 빛, 색채, 바람을 떠올려 끊임없이 변화하는 느낌을 창조한다는 사실에서 '인상주의적' 그림을 그려 낸다고 말할 수도 있다. 빛과 그림자에서 종소리로, 그리고 구름이나 파도로 시각적 이미지와 청각적 메아리가 교체되고 혼합되는 흐름은 울프의 특징적 문체를 보여 준다.

'댈러웨이 부인의 파티' 시리즈(1922~1925)

울프는 첫 번째 실험적 소설 『제이콥의 방』을 출간한 직후 '집에서 또는 파티'라고 불릴 다음 책을 구상하기 시작했다. 이 짧은 책은 "각각 독자적으로 완결되지만 어떤 식으로 결합될 예닐곱 개의 장(章)으로 구성될" 예정이었다. 이 책의 첫 번째 장이 「본드가의 댈러웨이 부인」이었다. 이 단편을 쓰면서 화자가 인물의 마음속에 들어가 인물의 생각과 감정을 떠오르는 대로 제시하는 법을 처음으로 발견했으므로, 이 작품은 울프의 발전 과정에서 또 다른 중요한 도약대가 되었다고 말할 수 있다. 이 단편을 끝낸 후 울프는 독자적인 장들을 쓰려는 계획을 미뤄 두고 『댈러웨이 부인』(1925)을 집필했다.

댈러웨이 부인의 파티를 정점으로 구성된 『댈러웨이 부인』에서 클래리사 댈러웨이는 그녀가 속물적인 이유로 파티를 연다는 피터 월시의 암묵적 비난에 대해서 자신이 파티를 여는 것은 삶을 위해서, 삶을 좋아하기 때문이라고 항변한다. 울프의 작품에서 파티가 중요한 비중을 차지하는 것은 여러 사람이 어우러져 공감과 화합의 순간을 경험하고 현재의 삶을 살아가는 동시대인들이 집단 의식을 공유하는 계기가 되기 때문일 것이다. 실제로 『댈러웨이 부인』과 『등대로』에서 묘사된 파티는 불완전하나마 일부 인물들의 화합과 교감을 그려 낸다.

『댈러웨이 부인』을 집필한 직후에 울프는 '파티 의식(the party consciousness)'을 탐구하고 싶다고 언급했고, 댈러웨이 부인의 파티를 배경으로 한 여덟 편의 단편 소설을 신속히 집필했다. 이 단편들에서 울프는 파티에 참석한 개개인에 초점을 맞추면서 미묘한 심리적 긴장 상태를 그려 낸다. 그들은 화합과 교감을 경험하는 것이 아니라 대체로 자기 중심성이나 불안정한 자아로 인해 소통의 실패와 소외감과 단절을 경험한다. 파티가 현대의 파편화된 인간의 불안정한 의식을 노출하는 무대가 된 셈이다.

「새 드레스」의 주인공 메이블 워링은 열등감으로 인한 불안정한 자아에 시달린다. 그녀는 노력과 비용을 들여 새 드레스를 장만했지만 사교계의 유행에 맞지 않는다는 생각에 자신이 부적합한 존재라는 자괴감에서 헤어나지 못하고 그로 인해 다른 사람들과의 소통과 교감에 실패한다. 완전히 다른 인간이 되어 사교계와 전혀 상관없이 유니폼을 입고 사회 운동을 하며 살아가겠다는 생각을 잠시 떠올리기도 하지만 댈러웨이 부인의 집을 나서면서 그녀는 모든 것이 '거짓'이라고 요약한다. 이 시리즈의 다른 단편 「단순한 멜로디」에서 조지 카슬레이크는 "예쁜 노란색 드레스를 입은 메이블 워링이 떠나는 것을 보았다. 활기차게 보이려고 애썼지만 긴장한 표정에 불행한 눈으로 응시하며 불안해 보였다."라고 서술한다. 노란색 드레스가 조지의 눈에는 예쁘게 보인다는 점에서 그녀의 감정은 순전히 스스로 만들어 낸 허상임을 알 수 있다.

「함께 그리고 외따로」는 자기 중심적인 두 인물이 의미 있는 소통을 이루지 못하는 장면을 그려 낸다. 사교계 여성들과의 교류로 인해 자신의 꿈을 이루지 못했다고 생각하는 로더릭 설은 자기만족과 자부심에 갇혀 있고, 루스 애닝은 자신만의 작은 세계에 칩거하여 안정감을 느끼는 인물이다. 캔터베리에 대한 이야기를 나누면서 서로의 내밀한 세계에 접할 순간이 있기는 하지만 중년의 두 사람은 곧 관성적인 자아의 세계로 돌아간다.

「동류 인간을 사랑한 남자」에서 옛 동창을 우연히 마주치는 바람에 파티에 초대받은 프리켓 엘리스는 중년의 법정 변호인으로서 어려운 사람들을 돕는 일에 자부심을 느끼며 파티에 참석한 유한 계층에 대해 반감과 경멸을 느낀다. 자신의 미덕을 과시하고 싶은 욕구에 휩싸인 그와 이야기를 나누게 된 오키프 양은 세상에 대한 분노와 약자에 대한 동정심을 표방하며 자부심을 느낀다는 점에서 프리켓과 일면 '동류'의 인물이다. 과시적인 자부심에 사로잡혀 상대방의 요구를 수용하지 못하므로 그들의 교류는 단절의 확인으로 끝난다.

「요약」은 표면적으로 예의 바르게 교류하는 사람들도 감정적, 지적 간극으로 인해 괴리되어 있음을 보여 준다. 버트럼 프리처드는 존중받는 문관이지만 말이 너무 많은 코믹한 유형이다. 반면 자신감이 결여된 사샤 래덤은 그의 말에 귀를 기울이지 않고 역사의 변천에 관한 상상의 나래에 빠져든다. 그녀는 의미 있는 통찰을 얻으려 하고 정원에 서 있는 나무 한 그루를 바라보다가 인간의 영혼은 "본래 짝지어진 적이 없는 천인조, 그 나무에 초연히 앉아 있는 새"라고 느낀다. 이 계시적 순간은 곧 파티장으로 돌아가려는 프리처드의 몸짓과 불명확한 비명 소리로 인해 산산이 부서진다.

후기 단편들(1926~1941)

1925년 이후 울프는 단편 소설을 많이 쓰지 않았고, 장편 소설을 쓰는 동안 압박감을 덜기 위해 간헐적으로 집필했을 뿐이었다. 「존재의 순간: 슬레이터네 핀은 뾰족하지 않아」는 『등대로』를 완성하는 동안에, 「거울 속의 여인: 하나의 상(像)」은 그다음 장편 소설 『파도』를 집필하면서 기분 전환 삼아 썼을 것이다. 1930년대에 집필된 단편들 가운데 「사냥꾼들」 같은 작품은 실제 일화에서 탄생했고, 「공작 부인과 보석상」 같은 작품은 오래전에 작성해 두었던 원고를 수정한 것이다. 후기 단편들은 출세 지향적인 보석상이나 자기 가문의 몰락을 고소해하는 노부인 등 등장인물들이 다양화되고 있음을 보여 준다.

「존재의 시간: 슬레이터네 핀은 뾰족하지 않아」에서 울프는 다층적인 시간과 여러 인물의 관점을 엮어 줄리아 크레이의 초상을 그려 낸다. 줄리아에게 피아노를 배우는 패니 윌못은 줄리아가 독신으로 살기 위해 내렸을 결단들을 상상하며 점차 긍정적으로 보게 된다. 외롭고 궁핍한 생활로 대가를 치르면서도 마지막 부분에서 줄리아의 모습은 의기양양한 승리의 불꽃으로 타오르는 듯이 묘사된다. 그녀가 갑자기 패니를 포옹하는 장면은 다소 놀랍지만 울프 자신은 이 작품을 '작은 동성애 이야기'라고 언급하며 의도를 밝힌 바 있다.

「거울 속의 여인」은 「쓰지 않은 소설」과 마찬가지로 화자가 사색에 잠겨 누군가의 삶을 상상으로 그려 내고 그 상상화가 실제와 다르다는 사실이 밝혀지면서 부서지고 마는 이야기를 묘사한다. 이런 소설은 이야기를 지어내는 상상력을 조롱하고 픽션의 창조자인 작가를 풍자하는 면도 있지만, 무의미하게 보이는 일상에서 보다 심오한 의미나 본질을 발굴하려는 창조적 마음을 극화하기도 한다. 리얼리티를 포착해서 묘사하려는 시도에 결함이 있을 수밖에 없음을 인정하더라도 중요한 것은 의미를 창조하는 상상력과 마음의 작용이다.

「사냥꾼들」은 열차에 탄 여성에 대한 호기심으로 그녀에 관한 이야기를 펼치고 전혀 다른 사실적 묘사로 끝나는 구도를 갖고 있다. 격자 안의 이야기에서 화자는 꿩 사냥을 상상하며 지주 계층 남자들의 특권과 호전적이고 무자비한 폭력성을 암시하고 몰락해 가는 지주 사회를 강력하게 비판한다. 죽은 꿩들의 오그라든 발톱과 눈은 지주의 두 누이에 대한 묘사와 오버랩되면서 여성에 대한 경멸과 폭력을 시사한다.

「래핀과 래피노바」에서 신혼의 로절린드와 어니스트는 함께 상상력을 발휘해서 이야기를 만들어 가고 그 환상 세계를 통해 유대를 이어 간다. 어니스트가 그 세계에 싫증을 느끼고 현실 세계로 돌아갈 때 결혼 생활이 끝나고 마는 이 이야기는 인간이 자신에 대해서나 관계에 대해서 만들어 내는 허구가 삶을 이끌어 가는 강력한 힘이 있으면서도 부서지기 쉬운 것임을 암시한다.

「탐조등」은 2차 세계 대전 중 공습에 대비하기 위한 탐조등 훈련이 이루어지는 가운데 파티에 참석하여 화려한 발코니에 모인 사람들에게 아이비메이 부인이 들려주는 수수께끼 같은 이야기를 그려 낸다. 외진 습지에서 외로운 삶을 살았던 증조부의 이야기는 파편적으로 전개되며 반복되는 이미지를 통해 현재와 과거의 경계를 허물고 사랑과 유산, 우주의 신비에 대한 의문을 남긴다.

「유산」은 울프의 마지막 단편 소설로 자서전적 요소가 많이 담긴 작품이다. 이 소설은 보다 전통적인 서사 방식으로 아내의 내밀한 삶의 진실을 알게 되는 주인공의 감정 변화를 그려 내면서 자기 중심성과 자기만족의 허상을 주제로 다룬다.

이 선집은 울프가 쓴 단편 소설의 절반에 해당하는 분량으로 비교적 전통적인 단편 소설부터 소설적 상념이나 실험적 스케치로 불릴 수도 있는 다양한 작품들을 수록하고 있다. 빛에 따라 변화하는 색채에 천착한 인상파처럼 울프는 매순간 의식의 안팎에서 벌어지는 미묘한 드라마를 포착하여 숨은 의미를 그려 낸다. 그 결과 예리하게 벼려진 감각으로 일상적 삶의 단면을 조명하는 각각의 단편들을 통해서 독자들은 "무수한 시대의 어두운 격동을 거친 후 여기 터널의 끝에 빛이, 생명이, 세계가 있다는 것을" 깨닫는 「밖에서 본 여자 대학교」의 주인공처럼 뜻밖의 계시처럼 드러나는 의미와 통찰을 발견할 것이고 이는 쉽게 지워지지 않는 기억의 보고로 남으리라 믿는다.

2025년
이미애

작가 연보

1882년   1월 25일 런던에서 태어났다. 본명은 애들린(Adeline) 버지니아 스티븐. 아버지 레슬리 스티븐(Leslie Stephen)은 『영국 인명사전』을 편찬하고 명망 있는 《콘힐 매거진》을 편집한 당대 최고의 지식인이자 에세이 작가였으며, 어머니 줄리아 스티븐은 뛰어난 미인이자 귀족적 배경을 지닌 인물이었다. 경제적으로 상류층은 아니었지만 그녀의 집안은 당대의 유명한 소설가 헨리 제임스와 조지 메러디스, 윌리엄 새커리 등과 친분이 두터운 지적, 예술적 동아리를 형성하고 있었고, 빅토리아 시대 문화와 교양의 최고 중심이었다.

1895년   어머니의 죽음. 처음으로 정신 질환을 일으켰다.

1896년   언니 바네사와 함께 이탈리아를 여행했다.

1897년	이복 언니인 스텔라가 결혼 후 사망. 버지니아는 런던 킹스 칼리지에서 그리스어와 역사를 배웠다.
1899년	오빠 토비(Thoby)가 케임브리지의 트리니티 칼리지에 진학하여 이후 '블룸즈버리 그룹'을 결성할 리턴 스트레이치(Lytton Strachey), 레너드 울프, 클라이브 벨, J. M. 케인스 등과 교류했다.
1902년	재닛 케이스(Janet Case)에게서 그리스어를 배웠다.
1904년	아버지의 죽음. 이탈리아 여행 후 두 번째로 정신 질환을 일으켜서 세 달간 병석에 있었다. 첫 번째 글 발표. 블룸즈버리로 이사했다.
1905년	포르투갈과 스페인 여행. 논평을 쓰고 런던 몰리 칼리지에서 근로자들을 위한 야간 강의를 시작했다.
1906년	그리스 여행. 오빠 토비가 사망했다.
1907년	바네사와 클라이브 벨의 결혼. 버지니아는 남동생 에이드리언(Adrian)과 함께 이사. 첫 번째 소설 『멜림브로지어』(후에 『출항』으로 개칭) 집필을 시작했다.
1908년	이탈리아 여행. 《타임스》의 문예 부록과 《콘힐》에 서평을 기고했다.
1909년	리턴 스트레이치가 구혼했다.
1910년	여성 참정권 운동에 참가. 요양원에서 두 달간 보냈다.
1911년	튀르키예 여행. 에이드리언과 브런즈윅 스퀘어로 이사하여 케인스, 덩컨 그랜트, 레너드 울프와 한집에 거주했다.
1912년	레너드 울프와 결혼하여 프로방스, 스페인, 이탈리아로 신혼여행을 떠났다. 클리퍼드 인으로 이사했다.

1913년	『출항』을 탈고하여 출판사에 보냈다. 병세가 악화되어 자살을 기도했다.
1915년	런던 남부 리치먼드의 호가스 하우스(Hogarth House)로 이사. 『출항』 출판. 2월에 극심한 정신 이상 증세를 보이고 11월에 회복되었다.
1916년	여성 협동조합의 리치먼드 지부에서 강연했다.
1917년	호가스 출판사를 운영하기 시작하며 「벽 위의 자국」을 출판했다.
1918년	서평들을 기고하고, 『밤과 낮』을 집필했다.
1919년	『밤과 낮』 출판. 몽크스 하우스를 구입했다.
1920년	단편들 출판. 『제이콥의 방』을 집필했다.
1921년	여름 내내 병을 앓고, 단편집 『월요일이나 화요일』을 호가스 출판사에서 간행했다.
1922년	1월부터 5월까지 병치레. 비타 색빌웨스트를 처음 만났다. 『제이콥의 방』을 출판했다.
1923년	스페인 여행. 『댈러웨이 부인』의 첫 원고인 『시간들』을 집필했다.
1924년	케임브리지에서 현대 소설에 대해 강연하고 그 원고를 정리하여 「베넷 씨와 브라운 부인」 간행. 『댈러웨이 부인』을 완성했다.
1925년	평론집 『일반 독자』 출판. 『댈러웨이 부인』을 출판했다.
1926년	독감을 앓고 난 후 『등대로』를 집필했다.
1927년	프랑스와 이탈리아 여행. 『등대로』 출판. 『올랜도』의 집필을 시작했다.

1928년	『올랜도』 출판. 케임브리지에서의 강연을 토대로 『자기만의 방』을 집필했다.
1929년	베를린 여행. 『자기만의 방』을 출판했다.
1930년	『파도』의 초고를 끝냈다.
1931년	프랑스를 자동차로 여행. 『파도』 출판. 『플러시』를 집필했다.
1932년	『일반 독자 속편』 출판. 처음에 『파지터 가족』이라 제목을 붙인 『세월』의 집필을 시작했다.
1933년	프랑스와 이탈리아를 자동차로 여행. 『플러시』를 출판했다.
1934년	『세월』 집필. 로저 프라이가 사망했다.
1935년	『세월』 재집필. 네덜란드, 프랑스, 이탈리아를 자동차로 여행했다.
1936년	『세월』 완성. 『3기니』 집필을 시작했다.
1937년	『세월』 출판. 『로저 프라이 전기』 집필 시작. 바네사의 아들 줄리안 벨이 스페인 내란에 참전하여 사망했다.
1938년	『3기니』 출판. 『로저 프라이 전기』 집필. 『막간』을 구상했다.
1939년	『막간』 작업. 런던에서 프로이트를 만났다.
1940년	『로저 프라이 전기』 출판. 메클렌버그 스퀘어의 집이 폭격을 맞았다. 『막간』을 완성했다.
1941년	『막간』 수정. 병을 앓고 난 후 3월 28일에 몽크스 하우스 근처의 우즈강에서 스스로 생을 마감했다. 『막간』을 출판했다.

세계문학전집 470

버지니아 울프 단편선

1판 1쇄 펴냄 2025년 8월 11일
1판 2쇄 펴냄 2025년 9월 23일

지은이 버지니아 울프
옮긴이 이미애
발행인 박근섭, 박상준
펴낸곳 (주)민음사

출판등록 1966. 5. 19. (제 16-490호)
서울특별시 강남구 도산대로1길 62(신사동) 강남출판문화센터 5층 (우편번호 06027)
대표전화 02-515-2000 팩시밀리 02-515-2007
www.minumsa.com

© 이미애, 2025. Printed in Seoul, Korea

ISBN 978-89-374-6470-6 04800
ISBN 978-89-374-6000-5 (세트)

* 잘못 만들어진 책은 구입처에서 교환해 드립니다.